QUANDO HAVIA LOBOS

Outra obra de Charlotte McConaghy
Migrações

QUANDO HAVIA LOBOS

Charlotte McConaghy

ALTA BOOKS
GRUPO EDITORIAL
Rio de Janeiro, 2023

Quando Havia Lobos

Copyright © 2023 da Starlin Alta Editora e Consultoria Eireli.
ISBN: 978-65-5520-983-9

Translated from original Once There Were Wolves. Copyright © 2021 by Charlotte McConaghy. ISBN 9781250244147. This translation is published and sold by permission of Flatiron Books, the owner of all rights to publish and sell the same. PORTUGUESE language edition published by Starlin Alta Editora e Consultoria Eireli, Copyright © 2023 by Starlin Alta Editora e Consultoria Eireli.

Impresso no Brasil — 1ª Edição, 2023 — Edição revisada conforme o Acordo Ortográfico da Língua Portuguesa de 2009.

Dados Internacionais de Catalogação na Publicação (CIP) de acordo com ISBD

M478q McConaghy, Charlotte
   Quando Havia Lobos / Charlotte McConaghy ; traduzido por Camila Moreira. - Rio de Janeiro : Alta Books, 2023.
   272 p. : il. ; 16cm x 23cm.

   Tradução de: Once There Were Wolves
   ISBN: 978-65-5520-983-9

   1. Literatura inglesa. 2. Ficção. I. Moreira, Camila. II. Título.

2022-3250
CDD 843
CDU 821.133.1-3

Elaborado por Vagner Rodolfo da Silva - CRB-8/9410

Índice para catálogo sistemático:
1. Literatura inglesa : Ficção 843
2. Literatura inglesa : Ficção 821.133.1-3

Todos os direitos estão reservados e protegidos por Lei. Nenhuma parte deste livro, sem autorização prévia por escrito da editora, poderá ser reproduzida ou transmitida. A violação dos Direitos Autorais é crime estabelecido na Lei nº 9.610/98 e com punição de acordo com o artigo 184 do Código Penal.

A editora não se responsabiliza pelo conteúdo da obra, formulada exclusivamente pelo(s) autor(es).

Marcas Registradas: Todos os termos mencionados e reconhecidos como Marca Registrada e/ou Comercial são de responsabilidade de seus proprietários. A editora informa não estar associada a nenhum produto e/ou fornecedor apresentado no livro.

Erratas e arquivos de apoio: No site da editora relatamos, com a devida correção, qualquer erro encontrado em nossos livros, bem como disponibilizamos arquivos de apoio se aplicáveis à obra em questão.

Acesse o site www.altabooks.com.br e procure pelo título do livro desejado para ter acesso às erratas, aos arquivos de apoio e/ou a outros conteúdos aplicáveis à obra.

Suporte Técnico: A obra é comercializada na forma em que está, sem direito a suporte técnico ou orientação pessoal/exclusiva ao leitor.

A editora não se responsabiliza pela manutenção, atualização e idioma dos sites referidos pelos autores nesta obra.

Produção Editorial
Editora Alta Books

Diretor Editorial
Anderson Vieira
anderson.vieira@altabooks.com.br

Editor
José Ruggeri
j.ruggeri@altabooks.com.br

Gerência Comercial
Claudio Lima
claudio@altabooks.com.br

Gerência Marketing
Andréa Guatiello
andrea@altabooks.com.br

Coordenação Comercial
Thiago Biaggi

Coordenação de Eventos
Viviane Paiva
comercial@altabooks.com.br

Coordenação ADM/Finc.
Solange Souza

Direitos Autorais
Raquel Porto
rights@altabooks.com.br

Produtoras da Obra
Illysabelle Trajano
Maria de Lourdes Borges

Assistente da Obra
Henrique Waldez

Produtores Editoriais
Paulo Gomes
Thales Silva
Thiê Alves

Equipe Comercial
Adenir Gomes
Ana Carolina Marinho
Daiana Costa
Everson Rodrigo
Fillipe Amorim
Heber Garcia
Kaique Luiz
Luana dos Santos
Maira Conceição

Equipe Editorial
Andreza Moraes
Beatriz de Assis
Betânia Santos
Brenda Rodrigues
Caroline David
Gabriela Paiva
Kelry Oliveira
Marcelli Ferreira
Mariana Portugal
Matheus Mello
Milena Soares

Marketing Editorial
Amanda Mucci
Guilherme Nunes
Jessica Nogueira
Livia Carvalho
Pedro Guimarães
Talissa Araújo
Thiago Brito

Atuaram na edição desta obra:

Tradução
Camila Moreira

Copidesque
Wendy Campos

Revisão Gramatical
Ana Mota
Raquel Escobar

Diagramação
Rita Motta

Capa
Caique Cavalcante

Editora afiliada à:

Rua Viúva Cláudio, 291 – Bairro Industrial do Jacaré
CEP: 20.970-031 – Rio de Janeiro (RJ)
Tels.: (21) 3278-8069 / 3278-8419
www.altabooks.com.br – altabooks@altabooks.com.br
Ouvidoria: ouvidoria@altabooks.com.br

ALTA BOOKS
GRUPO EDITORIAL

Para meu menino.

Uma fera, apenas uma, uiva pela floresta à noite.
— ANGELA CARTER

1

Quando tínhamos 8 anos, papai me cortou da garganta à barriga.

Sua oficina ficava em uma floresta nos confins da Colúmbia Britânica, empoeirada e emanando o odor fétido de sangue. As peles dependuradas para secar roçavam em nossas testas ao passarmos por baixo. Eu tremia, enquanto Aggie sorria diabolicamente à minha frente, muito mais corajosa do que eu. Após verões desejando saber o que acontecia naquele galpão, de repente, eu me sentia desesperada para sair dali.

Papai pegou um coelho e, embora nos deixasse acompanhá-lo em caçadas na floresta, nunca nos demonstrou o ato de matar.

Aggie estava ansiosa e, em sua afobação, chutou um barril de salmoura, emitindo um baque profundo, que também senti no meu pé. Papai levantou as sobrancelhas e suspirou.

— Vocês realmente querem ver?

Aggie aquiesceu.

— Estão preparadas?

Ela assentiu de novo.

Eu podia ver o coelho peludo e todas as facas. O animal não se mexia; já estava morto.

— Então se aproximem.

Ficamos ao lado de papai, nossos olhos um pouco acima da bancada, espreitando. Daqui, eu podia enxergar todos os tons sutis da pelagem, fios castanho-avermelhados e laranja-escuros, creme, cinza, brancos e pretos. Um caleidoscópio de cores, tudo projetado, suponho, para camuflá-lo e evitar aquele fatídico destino. Pobre coelho.

— Vocês entendem por que estou fazendo isso? — perguntou papai.

Nós duas assentimos.

— Por uma vida de subsistência — afirmou Aggie.

— E o que isso significa, Inti?

— Caçar apenas o que precisamos e retribuir à natureza, cultivar alimentos, viver da maneira mais autossuficiente possível — respondi.

— Muito bem. Então, vamos mostrar nosso respeito por essa criatura e agradecê-la por garantir nosso sustento.

— Obrigada — proclamamos Aggie e eu.

Tive a sensação de que o coelho pouco se importava com nossa gratidão. Silenciosamente, prestei um melancólico pedido de desculpas. Mas, durante todo o tempo, eu sentia um incômodo na minha barriga, bem no fundo. Eu queria sair dali. Aquele era o território de papai, as peles, as facas, o sangue, o cheiro que o impregnava. Sempre fora seu território, e eu preferia que continuasse assim. Este momento me parecia a abertura de uma porta para um lugar mais sombrio, mais cruel, mais *adulto*, e eu não sabia por que Aggie queria aquilo, mas se quisesse, então eu tinha que ficar. Aonde ela ia, eu ia atrás.

— Antes de comê-lo, temos que esfolá-lo. Vou curtir a pele para que possamos usá-la ou vendê-la, e depois comeremos cada parte da carcaça para que não haja...?

— Desperdício — respondemos.

— E por que isso é importante?

— O desperdício é o verdadeiro inimigo do planeta — dissemos.

— Vai logo, pai — queixou-se Aggie.

— Certo, primeiro cortamos da garganta à barriga.

A ponta da faca encostou no pelo da garganta do coelho, e eu soube que havia cometido um erro. Antes que eu pudesse fechar os olhos, a faca abriu minha garganta e, em um movimento ágil e certeiro, rasgou minha pele até a barriga.

Desabei no chão, dilacerada, jorrando sangue. Parecia tão real que tive certeza de que havia sangue, eu gritava sem parar. Papai começou a gritar também, a faca caiu, Aggie se abaixou e me abraçou com força. Seu batimento cardíaco acalmou o meu. Seus dedos tamborilavam minhas costas. E, em seus braços finos, eu me recompus. Ilesa, sem sangue, sem qualquer ferimento.

Eu sempre soube que havia algo de diferente em mim, mas, naquele dia, pela primeira vez, reconheci também algo perigoso. Ao sair do galpão em direção ao lusco-fusco do entardecer e encarar as árvores circunjacentes, eu vi meu primeiro lobo. E ele me viu.

Agora, em uma parte diferente do mundo, a escuridão impera e a respiração deles preenche o ambiente. O cheiro mudou. Ainda quente e terroso, porém mais almiscarado, o que significa que há medo e que um deles está acordado.

Os olhos âmbar refletem a escassa luz.

Calma, peço-lhe, sem dizer uma única palavra.

Ela é o lobo Número Seis, a mãe, e me observa de sua jaula de metal. Sua pelagem é clara como o céu invernal. Suas patas nunca haviam sentido o aço. Eu a pouparia disso se pudesse. A sensação é desagradável. O instinto me diz para tentar acalmá-la com palavras doces ou um toque carinhoso, mas a minha presença é o que mais a assusta, então a deixo em paz.

Passo delicadamente pelas outras jaulas até chegar à parte traseira da carroceria. As dobradiças da porta rangem para que eu possa sair. Minhas botas tocam o chão com um ruído crepitante. Este local à noite é um mundo misterioso. Um manto de neve cobre a lua, espelhando seu brilho. Árvores secas folheadas a prata. Minha expiração forma pequenas nuvens.

Bato na janela do motorista para acordar os outros, que dormem na cabine do caminhão. Eles me encaram com os olhos pesados de sono. Evan está enrolado em um cobertor; posso sentir a ponta áspera do tecido roçando meu pescoço.

— Seis está acordada — aviso, e eles sabem o que significa.

— Isso não vai dar certo — alerta Evan.

— Eles não vão descobrir — replico.

— Annie vai enlouquecer, Inti.

— Dane-se a Anne.

Haveria imprensa, oficiais do governo, chefes de departamentos e guardas armados. Seria um alarde. Em vez disso, estamos paralisados por uma petição de última hora, destinada a nos atrasar até que o estresse da jornada prolongada mate nossos animais. Nossos inimigos querem que os mantenhamos enjaulados até que seus corações cedam. Mas não permitirei. Somos quatro — três biólogos e uma veterinária —, sob a luz do luar, esgueirando-nos pela floresta com nossa preciosa carga. Silenciosos e discretos. Sem autorização. Do jeito que deveria ter começado.

Como não há mais estrada para o caminhão, estamos a pé. Levantamos a jaula da Número Seis primeiro. Niels e eu segurando a parte de trás, enquanto Evan, que é corpulento, segura a parte da frente sozinho. Amelia, nossa veterinária e a única habitante local entre nós, ficará para vigiar as outras duas jaulas. Dá pouco mais de 1,5km até o cercado, e a neve é espessa. O único som que Seis emite é um arquejo sutil indicando sua angústia.

Um mergulhão-do-norte solta seu canto característico e adorável.

Pergunto-me se isso a comove, aquele canto solitário no meio da noite, um lembrete de seu uivo ancestral. Se for este o caso, ela não demonstra qualquer indício que eu possa compreender.

O caminho dura uma eternidade, mas, após um tempo, consigo enxergar a cerca de arame. Colocamos a jaula da Seis dentro do cercado e retornamos para buscar os outros dois animais. Não gosto de deixá-la desprotegida, mas poucas pessoas sabem exatamente onde na floresta ficam os cercados.

Em seguida, carregamos o lobo Número Nove. Esse macho é uma criatura enorme, o que torna a segunda caminhada ainda mais difícil do que a primeira, mas, pelo menos, ele ainda está dormindo. O terceiro lobo, filha de Seis, é a Número Treze, uma fêmea com cerca de um ano, mais leve do que qualquer um dos adultos. Amelia nos acompanha nessa última jornada. Ao colocarmos a jaula da Treze no cercado, já é quase madrugada e sinto o peso do cansaço, mas também estou agitada e preocupada. A fêmea Número Seis e o macho Número Nove não se conhecem. Eles não vieram da mesma alcateia. Mas os colocamos juntos na esperança de que se afeiçoem. Precisamos de casais reprodutores para que nosso esforço dê certo.

Também é provável que eles se matem.

Abrimos as três jaulas e saímos do cercado.

Seis, o único lobo consciente, não se move. Não até recuarmos o máximo possível sem perdê-los de vista. Ela não gosta do nosso cheiro. Logo vemos seu corpo ágil se levantar e ir em direção à neve. Ela é quase tão branca quanto o solo sobre o qual caminha com delicadeza, destacando-se na escuridão. Alguns segundos se passam enquanto ela levanta o focinho para cheirar o ar, talvez percebendo sua coleira de couro com radiotransmissor. Então, em vez de explorar o novo mundo, ela corre rapidamente para a jaula da filha e se deita ao lado dela.

A cena desperta algo em mim, algo acolhedor e frágil que passei a temer. Há perigo aqui.

— Vamos chamá-la de Ash — sugere Evan.

A alvorada transforma o mundo cinza em dourado e, à medida que o sol nasce, os outros dois animais despertam de seu sono induzido. Todos os três lobos emergem das jaulas e preenchem seu único espaço de floresta cintilante.

Por enquanto, é tudo o que podem ter, mas não é suficiente. Eu gostaria que a cerca não fosse necessária.

Voltando para o caminhão, anuncio:

— Sem nomes. Ela é a Número Seis.

Não muito tempo atrás, quando a situação ainda não havia chegado a este ponto, esta floresta não era pequena e escassa, e, sim, robusta e cheia de vida. Exuberante, com sorveiras, álamos, bétulas, zimbros e carvalhos, estendia-se por uma ampla faixa de terra, colorindo os morros agora áridos da Escócia, fornecendo alimento e abrigo para todos os tipos de criaturas indomáveis.

E, em meio a essas raízes, troncos e copas, corriam os lobos.

Hoje, os lobos voltam a caminhar sobre este terreno, que não vê sua espécie há centenas de anos. Será que algo em seus corpos se lembra desta terra como ela se lembra deles? Ela os conhece bem e esteve esperando que eles a acordassem de seu longo torpor.

Passamos o dia todo carregando os lobos restantes para seus cercados e, ao cair da noite, voltamos ao acampamento do projeto, uma pequena cabana de pedra no limite da floresta. Na cozinha, os outros bebem espumante para comemorar a soltura de todos os quatorze lobos-cinzentos em seus três cercados de aclimatação. Mas nossos lobos ainda não estão livres, o experimento mal começou. Sento-me em frente aos monitores do computador e observo as imagens das câmeras nos cercados, me perguntando se eles gostaram desse novo lar. Uma floresta não muito distinta daquela de onde vieram, na Colúmbia Britânica, embora temperada em vez de boreal. Eu também vim daquela floresta e sei que o cheiro, o som, a aparência e a sensação serão diferentes. Porém se há algo que conheço sobre os lobos, é que eles se adaptam. Prendo a respiração enquanto o grande lobo Número Nove se aproxima da delicada Número Seis e sua filha. Na parte de trás do cercado, as fêmeas cavaram um buraco na neve, onde no momento se mantêm agachadas, cautelosas com o avanço de Nove. Imponente, em seus tons de branco, cinza e preto, ele é o lobo mais magnífico que já vi. Nove posiciona a cabeça sobre o pescoço de Seis, em um sinal de dominação, e sinto, com intensa vivacidade, seu focinho pressionar a minha nuca. Seu pelo macio faz cócegas na minha pele, o calor de sua respiração provoca arrepios no meu corpo. Número Seis choraminga, mas permanece abaixada, demonstrando sua submissão. Eu não me movo; qualquer indício de resistência e essa mandíbula abocanhará minha garganta. Ele a mordisca na orelha e os dentes perfuram meu lóbulo, compelindo-me a fechar os olhos. No escuro, a dor desaparece quase tão rapidamente quanto surgiu. Retorno ao meu ser. E, quando os observo de novo, Nove voltou a ignorar as fêmeas, andando de um lado para o outro junto à cerca. Se eu continuar a observá-lo, a cada um de seus passos, sentirei o frio da neve em meus pés, mas não, já estou perto demais, minhas sensações já não são somente as minhas. Então, desvio o olhar para o teto escuro da cabana, tentando desacelerar meu coração.

Eu sou diferente da maioria das pessoas. Vivo de forma distinta, com uma compreensão inteiramente única do toque. Eu a conheci antes mesmo de descobrir seu nome. É considerada uma condição neurológica. Sinestesia espelho-toque. Meu cérebro recria as experiências sensoriais de criaturas vivas, de todas as pessoas e às vezes até de animais. Se eu vejo, eu sinto e, por um instante, sou o outro, nos fundimos e eu experimento a dor ou o prazer alheio. Pode parecer mágica e por muito tempo achei que fosse, mas, na verdade, não está tão distante de como outros cérebros se comportam: a reação fisiológica ao testemunhar a dor de alguém é um retraimento, um recuo, um tremor. Somos predispostos à empatia. Houve uma época em que vivenciar as sensações alheias me agradava. Agora, o fluxo constante de informações sensoriais me exaure. Agora, eu daria tudo para ser livre.

Este projeto não vai funcionar se eu não me dissociar dos lobos. Se eu me perder neles, não sobreviverei. O mundo é um lugar perigoso para os lobos. A maioria deles morrerá em breve.

Quando confiro o relógio, já é meia-noite. Fiquei observando os lobos dormirem ou caminharem, esperando, em vão, que uivassem, que um deles começasse e o resto acompanhasse. Mas os lobos não uivam quando estão estressados. A cabana é composta por uma sala principal, na qual guardamos todos os monitores e equipamentos, uma cozinha adjacente e um banheiro nos fundos. Do lado de fora, há um estábulo que abriga três cavalos. Evan e Niels voltaram para suas casas alugadas na cidade mais próxima — estou tão cansada que nem me lembro de ter me despedido deles —, e Zoe, nossa analista de dados, dorme no sofá. Eu deveria ter saído horas atrás, então crio coragem e visto minhas roupas de frio.

O vento está cortante. Dirijo pela floresta e entro em uma estrada sinuosa, alguns quilômetros a noroeste de Cairngorms, guiada apenas pelos estreitos feixes dos faróis. Nunca gostei de dirigir à noite, pois o mundo vicejante parece se tornar vazio, abissal. Se eu parasse e optasse por caminhar, seria um mundo completamente diferente, repleto de vida pulsante, olhos pestanejantes e reluzentes, e patas inquietas tateando pela relva. Pego uma estrada menor e tortuosa, que me conduz até o vale onde está localizado o Chalé Azul. Feito de pedras azul-acinzentadas e circundado por pastos verdejantes, durante o dia oferece duas paisagens: ao sul, uma floresta densa e convidativa, e ao norte, grandes morros áridos que na primavera ficam tomados de veados-vermelhos.

As luzes estão apagadas, mas a lareira resplandece em tons de laranja. Tiro minhas roupas de frio, peça por peça, e atravesso a pequena sala até chegar em um quarto que não é meu. Ela está imóvel na cama, uma figura na escuridão. Deito-me ao seu lado; se a acordei, ela não demonstra qualquer indício. Conforto-me em seu cheiro, até hoje inalterado, mesmo que ela tenha se desfeito. Meus dedos se entrelaçam em seus cabelos claros e me permito adormecer, agora segura no território de minha irmã, que sempre esteve destinada a ser a mais forte de nós.

2

Com *calma*, ele diz.

Suas mãozinhas estão segurando firme as rédeas. Ela é muito pequena, tão pequena que com certeza será arremessada.

Com calma.

Ele a acalma, com uma mão em suas costas.

Sinta-o. Sinta o coração dele bater junto com o seu.

Há pouco tempo, este garanhão era livre e parte dele permanece assim, mas, quando ela o monta, com calma, como papai diz, ele amansa.

Estou empoleirada na cerca, com uma perna de cada lado, observando. Sinto a madeira áspera sob minhas mãos, uma farpa sob minha unha. E também estou montada nesse garanhão, eu sou minha irmã, pressionando o corpo quente dessa criatura trépida e poderosa, com a mão grande e firme de papai me segurando. Também sou a mão do meu pai e sou o garanhão, sou a carga leve que carrega e o metal frio do bridão em sua boca.

Todas as criaturas conhecem o amor, diz papai. Vejo Aggie envolver suas pernas em torno do animal em um misto de suavidade e força. Ela não será arremessada.

Mas a cabeça do cavalo se ergue no lusco-fusco rosado do entardecer; ele sente um cheiro trazido pelo vento e bate a pata dianteira contra o chão. Eu troco de posição na cerca para examinar a floresta circundante.

Calma, afirma papai, tranquilizando a sua filha e o garanhão. Mas acho que é tarde demais. Porque eu vi. Em meio às árvores, observando. Dois olhos estáticos.

Nossos olhares se cruzam e, por um momento, eu sou o lobo.

Atrás de mim, o cavalo empina, derrubando minha irmã.

Desorientada, desperto do meu sonho. É um sonho recorrente e também uma lembrança. Por alguns instantes, escolho o calor e conforto da cama, mas é preciso começar o dia. A luz do sol já entra pela janela e tenho que acordar minha irmã.

— Bom dia, meu amor — murmuro, tirando o cabelo de Aggie de seu rosto e cuidadosamente a ajudando a se levantar.

Eu a conduzo até o banheiro, e ela me deixa despi-la e sentá-la na banheira.

— Está fazendo sol — digo. — Então é melhor já lavarmos esse cabelo caso você queira secá-lo ao sol.

Ela adora fazer isso, tanto quanto adora qualquer coisa, mas sabemos que minhas palavras são em vão: eu sei que Aggie não sairá hoje.

— Os lobos estão em seus cercados. Eles sobreviveram à jornada — declaro, enquanto massageio seu couro cabeludo com shampoo. — Eles vão sentir saudade de casa.

Ela não responde. É um de seus dias ruins, o que significa que posso prosseguir meu monólogo enquanto ela mantém seu olhar apático em algum ponto além de minha visão. Ainda assim, vou continuar falando, caso minhas palavras a alcancem.

O cabelo de Aggie é espesso, comprido e claro, como o meu. Enquanto passo o condicionador e tento desembaraçar os fios emaranhados, eu me pergunto se deveria ter acatado sua opinião de que seria melhor cortá-lo. Para ela, hoje em dia tanto faz. Apesar do esforço exigido, não consigo me livrar dele, esse cabelo que sempre foi marcante, esse cabelo que passei a vida escovando, trançando e aparando.

— Se não os tivéssemos trazido para o outro lado do oceano, talvez eles conseguissem sozinhos.

Ajudo Aggie a sair da banheira e a seco, depois a visto com roupas quentes e confortáveis e a coloco em frente à lareira enquanto faço o café da manhã.

— Seis e Nove ainda não se apaixonaram — digo. — Mas também não se mataram.

A naturalidade de minhas palavras me assusta. É essa a essência do amor? O risco iminente da morte?

Mas as palavras não impactam Aggie, ela está distante demais para ser alcançada. Desejo segui-la para onde quer que tenha ido, mas temo esse lugar mais do que tudo. Também temo o dia em que ela não retorne.

Ela não come os ovos que deixo ao seu lado, cansada demais, exausta demais para fazer qualquer coisa. Escovo seu cabelo molhado lentamente, com delicadeza, e continuo a falar sobre os lobos, pois são tudo o que me resta além da raiva.

O Chalé Azul não é longe do acampamento do projeto. Ambos ficam à beira da floresta de Abernethy, uma das últimas remanescentes da antiga floresta da Caledônia, oriunda da Era do Gelo. Estas árvores antigas pertencem a uma ininterrupta cadeia evolutiva de 9 mil anos e, em meio a elas, está o cercado mais próximo, aquele que abriga os lobos Seis, Nove e Treze. Se eles conseguirem formar uma alcateia, o grupo receberá o nome de seu novo lar: Abernethy. Há poucas casas por aqui, mas, pela paisagem, estendem-se os pastos verdejantes das várias fazendas de ovelhas que nos separam da cidade mais próxima. Este não é o lugar que eu teria escolhido para uma nova alcateia. Porém, nas Terras Altas, é raro encontrar um local sem ovelhas e, de qualquer forma, os lobos se deslocarão. Só espero que prefiram o abrigo da floresta. Para além desse trecho de pinheiros invernais, erguem-se as montanhas Cairngorm e, segundo me disseram, lá é o coração selvagem das Terras Altas, onde não há ovelhas nem estradas. Talvez seja o lugar preferido dos lobos.

O aquecedor do carro está no máximo e a estrada, escorregadia. Uma leve nevasca começou, dando forma a delicados espirais rendados. O caminho é lindo. Este é um país grande com morros acentuados, rios sinuosos congelados e faixas de floresta densa.

Quando o cavalo preto surge à minha frente, a princípio penso se tratar da minha imaginação. Seu rabo é como o rastro escuro de um cometa. Meu pé afunda nos freios e o carro derrapa, rodopiando até parar no meio da estrada, a tempo de eu ver o cavalo sumir entre as árvores.

Ao chegar no acostamento, sinto um aperto no peito.

Uma caminhonete para ao meu lado.

— Você está bem? — pergunta o motorista pela fresta da janela.

Demonstro que sim.

— Você viu um cavalo por aí?

Eu aponto na direção em que o cavalo correu.

— Ah, droga — resmunga o motorista.

Então, para meu espanto, a caminhonete imediatamente sai da estrada em busca do cavalo. Fico chocada enquanto a observo deslizar pela neve. Verifico o relógio e desço do carro, seguindo as marcas dos pneus. Não é difícil. Há rastros ao longo de todo o caminho.

A nevasca piora. O mundo está desabando ao meu redor. Estou com pressa, atrasada para o trabalho; mesmo assim continuo. Olho para o céu. Flocos de neve pousam em meus lábios e cílios. Minha mão alcança a fria casca branca de uma bétula. A memória de 40 mil álamos-trêmulos respirando ao meu redor, seu volumoso dossel amarelo-canário é tão vívido quanto a voz dele em meu ouvido. *Está morrendo. Nós o estamos matando.*

Um grito ecoa de algum lugar distante.

Deixo a memória escapar e começo a correr. Passo pela caminhonete e sigo pela neve espessa, marcada apenas pelas pegadas do homem e pelos cascos frenéticos de um cavalo. Estou suando quando chego ao rio — uma faixa estreita de gelo entre encostas íngremes.

À frente, identifico uma figura humana. Abaixo, no gelo, está o cavalo.

Mesmo dessa distância, sinto o frio sob seus cascos. Um frio cortante. O homem é alto, mas não consigo distinguir o formato de seu corpo sob suas camadas de roupa. Seu cabelo é curto, escuro como sua barba. Há um collie preto e branco sentado calmamente ao lado dele. O homem olha para mim.

— Você sabe que esta é uma reserva natural? — interpelo.

Ele franze o cenho, intrigado. Aponto para a caminhonete e para o dano que causou pelo trajeto.

— Você não se importa de infringir a lei?

Ele me examina e sorri.

— Você pode me denunciar depois que eu lidar com o cavalo. — Seu sotaque escocês é acentuado.

Nós observamos o animal no gelo. É uma égua. Ela não está conseguindo apoiar uma das pernas dianteiras.

— O que você está esperando? — questiono.

— Tenho uma perna ruim. Se eu for lá, não conseguirei voltar. E esse gelo logo vai ceder.

Há pequenas rachaduras na superfície, que se expandem conforme o animal se mexe.

— É melhor eu pegar minha espingarda na caminhonete.

A égua relincha, balançando a cabeça. A única característica que destoa de sua pelagem escura é uma mancha branca entre seus olhos arregalados e furtivos. Pelo movimento rápido de seu abdômen, percebo sua respiração ofegante.

— Como ela se chama? — pergunto.

— Não faço ideia.

— Não é sua?

Ele revela que não.

Começo a descer pela encosta.

— Pare — diz ele —, não vou conseguir te tirar de lá.

Meus olhos fixam na égua enquanto deslizo. Minhas botas alcançam o gelo e me desloco devagar, atenta às rachaduras. Por enquanto, o gelo se mantém estável, mas há camadas finas o bastante para enxergar o fluxo de água. Seria fácil dar um passo em falso, romper a camada de gelo e afundar silenciosamente. Visualizo meu corpo sendo arrastado pela correnteza até desaparecer nas profundezas.

A égua. Ela está me observando.

— Olá — digo, fitando seus profundos olhos reluzentes.

Ela balança a cabeça e bate a pata dianteira; é arisca e desafiante. Eu me aproximo, e ela recua, seus cascos atingem o gelo, emitindo um estalo. Pergunto-me se ela sabe que sua fúria irá matá-la, se está contente com isso, se prefere desaparecer em vez de voltar para o que a fez fugir — para bridão, rédea e sela. Alguns cavalos não nasceram para serem montados.

Eu me agacho na tentativa de parecer menos ameaçadora. Ela não empina, mantendo os olhos em mim.

— Você tem alguma corda na caminhonete? — pergunto ao homem, sem me virar para ele.

Eu o ouço se afastar para buscar a corda.

A égua e eu esperamos. *Qual é o seu nome?*, indago silenciosamente. Ela é um animal forte e, suponho, recém-machucado. Faz muito tempo que não ando a cavalo e já não sou mais a mesma. Eu a deixo me observar, imaginando o que ela pensará de mim.

O homem volta com a corda e a arremessa para mim. Enquanto faço o antigo nó familiar que sei de cor, não tiro os olhos da égua. Mantenho-a tranquila e me levanto. Com um movimento rápido, jogo o laço por cima de sua cabeça e o fecho em volta de seu pescoço. Ela empina, furiosa. O gelo vai rachar, tenho certeza. Seguro a corda, leve o bastante para permitir que corra entre meus dedos, mas firme o suficiente para impedir que a égua fuja. Quando ela aterrissa, impeço-a de empinar novamente. Puxo a corda, forçando-a a baixar a cabeça, e me aproximo para levantar sua perna dianteira. Meu gesto faz com que a égua dobre a outra perna dianteira e, quase com alívio, deite-se no gelo e incline-se para o lado. Pressiono meu corpo contra o seu, acariciando sua testa e seu pescoço, sussurrando para ela. *Boa menina*. Seu coração está disparado. Posso sentir a corda em volta do meu próprio pescoço.

— O gelo — diz o homem, pois agora há inúmeras rachaduras na superfície.

Quando a égua parece pronta, coloco uma perna sobre suas costas, aperto-a entre os meus joelhos e estalo os lábios para que ela se levante. Ela obedece, e subo nela por completo, posicionando minha outra perna e firmando meus joelhos. A corda ainda está em seu pescoço, mas não preciso mais usá-la. Agarro sua crina e a conduzo à encosta íngreme enquanto o gelo estremece abaixo de nós. *Isso vai doer*, informo-a, mas ela pula na margem, inclinando meu corpo para trás com o impulso. Atenta, acompanho seus movimentos com as pernas firmes o bastante para não cair. A égua se esforça na subida, seus cascos buscam apoio e o chão lhe concede. Encosta acima, a adrenalina que corre em suas veias arde dentro de mim. Atrás de nós, o gelo sucumbe.

Mais uma vez, pressiono meu corpo contra o dela. *Boa menina. Corajosa.* A égua se acalma, mas não sei por quanto tempo. Ela não consegue apoiar a perna machucada. Sua fuga pode ter lhe causado uma lesão permanente. Desço e passo a corda para o homem. É áspera, ele sente em sua mão, eu sinto na minha.

— Seja gentil — peço-lhe.

— Muito obrigado — diz ele. — Você é uma amazona?

Retorço os lábios.

— Não.

— Você a levaria para casa? Ela é da fazenda Burns, não fica muito longe.

— Por que você veio buscá-la se ela não é sua?

— Acabei de conhecê-la, assim como você.

Eu o analiso.

— A perna está machucada. A égua não deve ser montada.

— Então vou conseguir um reboque para transportá-la. Você não é daqui?

— Acabei de me mudar para cá.

— Onde você mora? — pergunta o homem, e fico imaginando se ele é uma daquelas pessoas que fazem questão de conhecer todo mundo nos arredores. Ele tem sobrancelhas grossas e um olhar enigmático. Não consigo decidir se o acho bonito, mas algo nele é inquietante. — O que te trouxe até aqui?

Dou-lhe as costas para ir embora.

— Você precisa conseguir um reboque.

— É você que trabalha com os lobos? — questiona ele, e eu paro no meio do caminho. — Disseram que uma moça australiana chegaria por aqui. Como isso aconteceu? Não há coalas suficientes para você abraçar?

— Na verdade, não há — respondo —, a maioria morreu em incêndios florestais.

— Ah.

Minha resposta o deixou sem palavras.

Depois de uns instantes, ele pergunta:

— Os lobos já estão livres?

— Ainda não. Mas logo estarão.

— Vou alertar os moradores para trancarem suas esposas e filhas. Os grandes lobos maus estão chegando.

Eu o encaro.

— Se eu fosse você, estaria mais preocupado com a possibilidade de as esposas e filhas saírem para correr com os lobos.

Ele me olha, surpreso. Dou meia-volta e sigo em direção ao meu carro.

— Da próxima vez que for seguir um animal, chame alguém capacitado em vez de destruir a reserva natural com sua caminhonete.

Idiota.

Eu o ouço rir.

— Sim, senhora.

Quando olho para trás, concentro-me na égua. *Adeus*, digo. *Sinto muito*. Sua perna machucada lhe concederá um outro tipo de liberdade.

3

Pelos primeiros dezesseis anos de nossas vidas, Aggie e eu passávamos dois meses de cada ano visitando nosso pai em sua floresta. Nosso verdadeiro lar, onde pertencíamos. Uma paisagem que fazia sentido para mim. Quando criança, eu acreditava que as árvores desta floresta faziam parte da nossa família. Os primeiros galhos das mais altas e largas começavam bem longe do solo: era assim que sabíamos sua idade. Os cedros-vermelhos tinham listras, sulcos praticamente verticais em sua casca por quase toda sua extensão; fora isso eram lisos e seus tons cinzentos tornavam-se prateados sob a luz do entardecer que penetrava das copas acima. São elegantes, os cedros, com suas folhas que parecem samambaias. As cicutas eram diferentes, mais escuras, terrosas, com seus padrões retorcidos em sua casca grossa. Ambos salpicados de musgos, como pinturas, tão verdes que pareciam ser fluorescentes. Havia muitas outras árvores também, pequeninas, enroladas ao redor das maiores, estas eram mais jovens, talvez adolescentes, e indisciplinadas. Algumas serpenteavam seus galhos sobre o solo para nos fazer tropeçar, estas eram atrevidas, enquanto algumas eram frondosas e grossas, outras ralas e esguias. Não havia sequer uma igual; eram únicas, estranhas e variadas, mas todas tinham uma coisa em comum: elas falavam.

— A floresta tem um coração vivo que não podemos enxergar — papai nos disse uma vez. Ele estava deitado, todo esticado, sobre a terra, e nós o copiamos, colocando as mãos no solo quente e nossos ouvidos sobre a vegetação rasteira, escutando.

— É aqui, logo abaixo de nós. É assim que as árvores conversam e cuidam umas das outras. Suas raízes se emaranham, dezenas de árvores com outras dezenas, em uma rede que se estende ao infinito. Elas sussurram umas com as outras por meio das raízes. Avisam sobre perigos e dividem seu sustento. São como nós, uma família. Fortes juntas. Nada é capaz de passar pela vida sozinho. — Ele sorriu, então, e perguntou: — Conseguem escutar os batimentos?

E ouvíamos, de alguma forma, conseguíamos ouvir.

No dia em que completamos 10 anos, papai nos guiou a um lugar onde nunca estivemos antes. Havíamos acampado nestas matas a vida toda, mas ele nunca nos levara tão longe. Por cinco noites, dormirmos aqui fora, em meio ao verde; por cinco dias, caminhamos. Aggie gostava de esperar pelo silêncio profundo e então gritar algo tão alto que chocava o mundo. Eu apreciava mais o silêncio.

Papai carregava consigo a obra *Nomenclatura de Cores*, escrito por Werner, para todo lugar. Ele acreditava que era um livro para a vida toda. Aggie e eu dividíamos turnos inclinadas sobre as páginas, correndo os dedos sobre os pequenos quadrados de cores e suas descrições, decorando seus nomes. Para cada matiz havia um animal de tal cor, além de um vegetal e um mineral. Era, meu pai sempre dizia com orgulho, o mesmo livro que Charles Darwin usara para descrever as cores da natureza durante sua viagem no HMS *Beagle*. Sempre me fascinou como "vermelho-carne", que aos meus olhos parecia um rosa pálido e amarronzado, era a cor não apenas do calcário e das flores do delfino, como também de alguns tons de pele humana. Ou que "azul da Prússia" coloria o ponto mais lindo da asa de um marreco-selvagem, o estame de uma anêmona roxo-azulada e o profundo azul do minério de cobre.

— Este livro conecta tudo — nos disse papai. — Equipara tudo, somos todos iguais, só em tons diferentes. Ele nos torna parte da natureza.

Mas papai estava quieto naquele dia, e nós o seguimos de perto até que, em vez de caminhar por um morro e entrar em outro trecho de floresta fechada, nós adentramos um vale deserto. O solo abaixo de nossos pés havia sido vasculhado, cada árvore derrubada e arrastada.

— O que houve aqui? — perguntou Aggie, mas papai fitou em silêncio, absorveu a cena e seu rosto envelheceu. Seus olhos recaíram sobre algo a distância. Difícil não ver. Uma árvore solitária, a mais imponente que eu já havia visto. Um assombroso abeto-de-douglas, esticando-se na direção do céu, pelo menos oitenta por cento de seu tronco despido de seus galhos. Permanecia firme em meio aos destroços.

Papai liderou o caminho pelo vale até a árvore, que parecia maior a cada passo. Deitada com as costas no chão, eu observei as folhas distantes dançarem pelo céu.

Então papai nos contou uma história.

— Eu nem sempre fui o homem que conhecem — começou. — Há muito tempo, muito antes de vocês duas nascerem, eu era um lenhador.

Ele nos contou sobre suas caminhadas pela floresta, semelhantes às trilhas que faz hoje em dia e, ao mesmo tempo, tão diferentes. Era parte do seu trabalho mostrar aos seus colegas quais árvores derrubar e quais deixar, usando uma fita colorida reluzente para marcar as árvores e o valor de sua madeira. Uma vez feita sua parte, os madeireiros vinham e começavam a usar suas motosserras, e um espaço antes vivo quando ele entrou seria deixado arrasado e sem vida.

Um dia, ele caminhou por esta terra. Parecia diferente naquele tempo. Ele veio pelo rio que cruzamos pela manhã, calculando as distâncias e marcando suas árvores. Até chegar nessa. Esse abeto-de-douglas, a árvore que mudaria sua vida.

Soube, logo de cara, que era especial. Mais larga do que qualquer árvore com a qual já cruzara, valeria uma fortuna. Ele a marcou de vermelho e seguiu em diante.

Seu olhar retornou para ela, de novo e de novo, ao longo do dia. Sentiu algo se retorcer dentro de si. Alexander Flynn, aos 25 anos, agarrou sua fita verde e marcou a árvore uma segunda vez, dessa vez para "manter". E assim sua carreira chegou ao fim.

— Eu saí do serviço naquele dia e nunca mais voltei — disse papai. — Já era tarde. Tarde demais. — Seu olhar percorreu os tocos. — É uma espécie ameaçada agora. Noventa e cinco por cento dos abeto-de-douglas mais antigos foram derrubados. O que torna este o último de sua espécie.

— Não está solitário? — perguntei, sentindo a dor das raízes que deviam estar em busca de algo ao qual se agarrar.

— Sim — respondeu papai. Então descansou sua testa sobre a majestosa árvore e fez algo que Aggie e eu nunca o vimos fazer, não antes daquele dia nem depois: ele chorou.

Foi uma longa jornada de Vancouver a Sydney, e Aggie e eu a conhecíamos bem. Uma longa jornada deixando o pai madeireiro, que virou naturalista da floresta remanescente, para encontrar a mãe, uma corajosa detetive presa à cidade. A vida com mamãe era um mundo bem diferente. Mas mesmo após retornar para o lar, um prédio residencial de concreto, em meio a praias desertas e sem árvores com suas marés revoltas, eu ainda sonhava com o solitário abeto-de-douglas e acordava com a certeza de que suas raízes eram minhas, estendendo-se sem encontrar nada, nem mesmo as de Aggie.

Mamãe não nos perguntou como foi a viagem, ela nunca perguntava. Na verdade, nunca nos perguntava nada. Normalmente era eu quem questionava, querendo saber mais. Nenhuma resposta era o suficiente, eu era um papagaio que aprendera a falar "por quê?" apenas para deixar minha mãe louca, como ela costumava dizer.

A maioria das minhas preocupações era com meus pais e como eu nunca os via no mesmo cômodo, que dirá *juntos*, juntos. *Por que você e papai moram tão longe um do outro?* "Alguém precisa manter as empresas aéreas funcionando", ela dizia, ou algo parecido. Então eu perguntava: *Onde se conheceram?* "No Canadá." *Por que você estava no Canadá?* "Porque, às vezes, as pessoas vão a outros países, Inti." *Quantos anos você tinha?* "Não me lembro." *Você se apaixonou?* "Quando se é adulto, essa palavra tem um significado diferente." *Ele ficou feliz quando você engravidou?* "Eu nunca o vi mais feliz." *E você?* "O que você acha, doidinha?" *Então por que terminaram?* "Porque eu queria uma carreira e ele não queria deixar a floresta." *Por quê?* "Por que o quê?" *Por que ele não queria sair?* "Eu não sei, Inti, é algo que nunca vou entender", mamãe dizia, e então fingia me amordaçar, o que fazia nós duas cairmos na risada e esse era o fim do interrogatório do dia.

Após a última visita a papai, quando os pesadelos sobre árvores mortas ocorriam havia algum tempo, ela me chamou em seu escritório — isso foi inusitado o suficiente para me deixar nervosa. O escritório da mamãe era um lugar de pessoas feridas, sangue e morte. Não tão diferente do galpão de papai. Nós não tínhamos permissão de entrar ali.

— Sente-se aqui — ela disse, puxando uma segunda cadeira ao seu lado à mesa. Eu me sentei, observando uma fresta na porta, por onde Aggie bisbilhotava. — O que vocês fizeram com papai dessa vez? — perguntou mamãe.

— Só acampamos, esse tipo de coisa.

— O que as perturbou tanto?

Eu pensei sobre a questão.

— Há tantas árvores cortadas.

Ela estudou meu rosto por uma eternidade.

— Inti — disse com clareza —, você precisa ser mais forte.

Meu rosto corou.

Mamãe acariciou meu cabelo uma vez, colocou-me sobre seu colo com seus braços fortes. Na mesa, havia pastas de abas dobráveis. Dentro, fotografias. Mulheres de rostos sorridentes.

— Estas — mamãe contou — são mulheres que foram assassinadas este mês por seus maridos ou namorados.

Eu não entendi.

— Acontece uma vez por semana na Austrália.

— Por quê?

— Eu não sei. O que sei é que se preocupar com árvores não é um bom jeito de gastar sua energia. Preocupe-se com isso. Outras pessoas. Sua sinestesia espelho-toque a torna vulnerável; além disso, você é muito gentil, Inti. Se não tiver cuidado, se não for *vigilante*, alguém vai machucá-la. Entendeu?

Ela tirou um canivete da gaveta da mesa. Seu cassetete e Taser estavam na mesma gaveta, mas sua arma ficava no trabalho. Eu nunca a vi atirando, mas Aggie costumava desenhá-la com a arma o tempo todo e perguntava sobre isso constantemente.

Mamãe abriu a lâmina com um movimento, e, sem aviso, cortou seu dedo indicador.

Eu gritei de dor e agarrei meu dedo com força, tentando conter o sangue. Exceto que não havia nenhum e eu sabia que não haveria, mas ainda assim me enganava, toda vez.

Aggie irrompeu para dentro do cômodo, gritando.

— Não!

— Calma, Aggie — disse mamãe. — Ela está bem. Abra os olhos — mamãe me falou, e, então, enquanto eu observava, ela cortou um segundo dedo, que também era o meu, depois um terceiro, quarto e quinto. Eu estava chorando quando ela disse: — Essa dor não é sua. Não lhe pertence. Quando as células de seu cérebro disserem o contrário, estarão mentindo. Então você deve criar uma defesa.

— Eu serei a defesa dela — disse Aggie.

— Eu sei disso, mas nem sempre estarão juntas. Ela precisa se defender sozinha.

Aggie e eu nos encaramos e, mutualmente, desdenhamos desse comentário.

— Como? — perguntei à mamãe.

— De qualquer forma que conseguir, porque as pessoas machucam umas às outras. Eu vejo isso todos os dias. Você precisa começar a se proteger. Eu vou me cortar até que você não sinta mais.

E assim ela fez.

As câmeras de monitoramento no acampamento base não estão ajudando, então eu caminho até o cercado e escalo uma árvore. Sem binóculos, observo Número Seis e Número Nove decidindo como se sentem em relação um ao outro.

Isso não vai funcionar. Eu tenho certeza. O mundo não é tão gentil; eu não sou tão sortuda assim.

Mas então funciona. Porque não tem nada a ver comigo ou com a minha sorte.

Ele caminha até ela, que se levanta para recebê-lo. Estou certa de que vão brigar, uma luta para acabar com um dos dois, que sem dúvidas, será a fêmea menor. Mas, em vez disso, Número Nove toca seu focinho no dela e se acomoda ao seu lado, onde seus corpos se manterão aquecidos. Os dois se acomodam e se lambem, então descansam a cabeça um no outro.

O primeiro par de lobos a formar um casal na Escócia em cem anos.

É fácil dizer a mim mesma que o que se passa entre eles é apenas biológico, da natureza deles, mas quem disse que, de todas as coisas, não existe amor na natureza?

Eu desço da árvore. Independentemente se alguma das fêmeas ficará prenha ou não nesta temporada, agora temos três casais de reprodução, o que significa que estamos um passo mais perto do retorno dos lobos à Escócia. Apenas assim a floresta voltará à vida.

Eu desvio meu caminho para casa a fim de parar e subir a colina, a base de todo este projeto.

A primeira coisa que Evan fez quando eu cheguei na Escócia, há algumas semanas, foi me trazer até esta colina. É o local escolhido para a pesquisa de vegetação que mais tarde instruirá nosso relatório para o governo. Evan, que já foi um botânico, tem estado em contato com consultores botânicos para executar a pesquisa de modo independente.

Uma grande área de transecção de cem metros foi estabelecida, com pequenos quadrados em intervalos demarcados.

— Há quadrantes de quatro por quatro — Evan explicou no primeiro dia. — Estão monitorando a diversidade e abundância de espécies, e vão continuar a fazer isso pelos próximos anos para medir o impacto físico dos lobos na regeneração do habitat.

Meus olhos já perscrutaram a vida vegetal neste trecho de morro uivante, como fazem novamente agora. Há poucas espécies de árvores e apenas gramíneas baixas abaixo da Calluna. Um local de pastagem favorito do cervo-vermelho que cobre as Terras Altas da Escócia.

— Então este pedaço de terra vai determinar se teremos sucesso ou não — falei.

— Sim. E é melhor que seja logo, porque está em um estado deplorável.

Ao chegar de volta ao acampamento base, meu telefone toca. Estou em maus lençóis com Anne Barrie da Fundação Wolf Trust por colocar os lobos nos cercados de aclimatação sem a devida autorização. Acho que ela está irritada porque gostaria de estar lá para ver. Anne tem se esforçado para fazer tudo isso acontecer. Foi uma sacanagem de minha parte, mas, ainda assim, mantê-los naquelas jaulas teria sido negligência. Eu quase não atendo sua ligação, não estou com humor para ouvir sermão de novo.

— Ei, Anne.

— Espero que esteja na reunião hoje à noite.

Eu suspiro.

— Você vai, Inti. A líder do projeto precisa mostrar a cara.

— Certo, está bem.

— Mas você não vai dizer nada, ok? Deixe isso com o Evan. Ele é charmoso e você não.

— Que bom.

— É sério. É uma oportunidade para reduzir a tensão, não piorar ainda mais.

— Eu estava planejando levar um cartaz sobre o poder vegano. Você acha que vai ajudar?

— Por favor, não coloque tudo a perder agora, Inti. Eu não tenho tempo para isso.

— Por que estamos bajulando as associações mesmo?

— Ah, Deus, não comece com isso. Eu sei que você não é burra.

Eu não seguro o sorriso. É fácil irritá-la.

— Só, *por favor*, não perca a cabeça.

— Não vou, pode deixar.

O auditório da escola não tem aquecimento, o ar lá dentro parece ainda mais frio do que do lado de fora. Meus dedos estão ficando dormentes conforme me afundo na cadeira ao lado de Niels e Zoe no fundo. Há uma mulher na plateia segurando um cartaz com os dizeres Cigarros e lobos, assassinos traiçoeiros e uma criança levantando um que diz Vai sobrar algum cervo quando eu crescer? Revirei os olhos.

No palco havia uma fileira de pessoas sentadas. Evan está entre elas, nosso representante, escolhido não apenas por ser articulado e carismático, mas porque é o único do nosso time principal que é escocês, e isso, nos foi dito, tem mais chances de agradar aos moradores locais. Niels, em contraste, é um escandinavo austero que possui o conhecimento de uma enciclopédia de nossa área, mas zero habilidades com pessoas e um forte sotaque norueguês. Zoe é uma analista de dados norte-americana que não gosta do ar livre, e não esconde isso, enquanto eu sou uma australiana com um péssimo temperamento, que tem dificuldade em esconder seu desgosto e é péssima para falar em público. Ao lado de Evan está Anne, a guerreira que sozinha fez este projeto ser aprovado pelo Parlamento e uma enorme dor de cabeça para mim. Eu não sei quem são os demais ali em cima, suponho que sejam membros proeminentes da comunidade. Tenho conhecimento de que, em meio à plateia, há membros da associação de fazendeiros, da associação de grupos de caça e do grupo Montanheses, além de dezenas de donos de terra de toda a região de Cairngorms — e todos eles são contrários a este projeto. Apesar das minhas brincadeiras com Anne, eu entendo o motivo. Não há membros das indústrias agrícolas esta noite. Essas pessoas são em geral fazendeiros locais vivendo uma enorme pressão financeira, e uma ameaça ao seu suado modo de vida é algo assustador. É o trabalho de Evan tentar amenizar esse medo.

Um dos homens no palco se levanta para falar, de cabelos grisalhos e vestido com o tradicional kilt de lã *tartan* e um pulôver de tricô mais casual.

— A maioria de vocês me conhece, mas para os desconhecidos, eu sou o prefeito Andy Oakes — ele diz. — Esta é uma reunião agendada para oferecer a vocês as informações necessárias e para expressarem e, assim espero, tranquilizar seus receios. Ouviremos hoje Anne Barrie, líder da Fundação Wolf Trust, em cooperação com a Iniciativa de Conservação para Reintrodução da Vida Selvagem na Escócia, e Evan Long, um dos biólogos atuantes no Projeto Lobo de Cairngorms.

Anne faz um pequeno discurso de agradecimento que não podia ser mais falso se tentasse, então cede o palco para Evan explicar a situação: no momento existem três cercados de aclimatação abrigando um total de quatorze lobos dentro do Parque Nacional de Cairngorms e, ao fim do inverno, os animais serão libertados desses recintos para viverem livres nas Terras Altas da Escócia. Os animais estão aqui especialmente para um esforço de reintrodução de espécies que integra uma tentativa mais abrangente para desacelerar a mudança climática e possui base experimental.

— O que temos aqui na Escócia — disse Evan — é um ecossistema em crise. Precisamos urgentemente reintroduzir a vida selvagem. Se pudermos estender a cobertura da floresta em centenas de milhares de hectares até 2026, então poderemos reduzir de modo drástico as emissões de CO_2 que contribuem para a mudança climática e poderemos prover habitats naturais para espécies nativas. O único modo de conseguir isso é controlar a população de herbívoros, e o modo mais simples e efetivo é reintroduzir uma espécie predadora essencial na cadeia que habitava essa região muito antes de nós. O elemento vital de predação no ecossistema esteve ausente nestas terras por centenas de anos, desde que os lobos foram caçados até a extinção. Matar os lobos foi uma tremenda tolice de nossa parte. Ecossistemas precisam de superpredadores, porque eles promovem mudanças ecológicas dinâmicas que percorrem toda a cadeia alimentar, conhecidas como "cascatas tróficas". Com o seu retorno, a paisagem vai mudar para melhor, mais habitats para vida selvagem serão criados, a saúde do solo vai melhorar, as enchentes diminuirão e as emissões de carbono serão mitigadas. Animais de todas as formas e de todos os tamanhos retornarão a estas terras.

Observo os rostos que consigo ver; a maioria parece estar entre irritado, entediado ou simplesmente confuso.

Evan prossegue.

— Cervos se alimentam de brotos de árvores e de plantas, então nada tem a chance de crescer. Há uma superpopulação de cervos. Mas os lobos vão reduzir essa população e a manterão em movimento, o que permite o crescimento natural de plantas e vegetação, o que encoraja o retorno de insetos polinizadores, pequenos mamíferos e roedores que, por sua vez, possibilitam o retorno de aves de rapina, e, ao manter a população de raposas sob controle, os lobos também permitem a proliferação de animais de porte médio, como texugos e castores. As árvores crescerão de novo, purificando o ar que respiramos. Quando o ecossistema é diverso, é saudável, e todos se beneficiam de um ecossistema natural saudável.

Um homem na plateia se levanta. Ele veste uma camisa alva como a neve, gravata e segura sua boina de lã grossa e aba reta em suas mãos. Seu bigode grisalho de pontas curvas é um espetáculo à parte, mesmo a distância.

— Isso é tudo lindo e maravilhoso para a natureza — disse ele, em uma voz profunda e ressonante. — Mas está me custando terras, onde minhas ovelhas poderiam estar pastando. A agricultura é o terceiro maior setor empregador na zona rural da Escócia. Se ameaçarem isso, estarão ameaçando toda a comunidade.

Gritos de apoio ecoam ruidosamente pelo auditório.

— É inaceitável — continua — que animais possam ser reintroduzidos e destruam o modo de vida dos moradores das Terras Altas. Eu desejo ver uma comunidade próspera, quero ver os vales repletos de ovelhas e pessoas. Pessoas são a vida deste lugar.

Um assobio, uma rodada de aplausos. Eu encaro as costas do fazendeiro. Este mundo que descreve, desprovido de criaturas e ambientes selvagens, tomado por pessoas e sua agricultura, é um mundo moribundo.

— Nós propomos que possa haver os dois — Evan diz. — Equilíbrio é essencial. Eu posso garantir que as sociedades são capazes de prosperar economicamente com lobos e agricultura lado a lado. Vemos isso ao redor do mundo.

— Você já fez isso antes — disse o fazendeiro. — Veio e nos convenceu ser de nosso interesse reintroduzir águias-marinhas. Eu vivenciei isso e vi essas águias comerem os cordeiros. E agora você quer adicionar lobos além das águias? Vocês vão acabar com a agropecuária nas Terras Altas.

— Existem métodos para reduzir a predação de lobos — diz Evan. — Cães de guarda, lhamas, burros, pastores. Alto-falantes que emitem sons de lobos para afugentar qualquer lobo que se aproxime.

— Já tentaram isso na Noruega — diz o fazendeiro. — Não funcionou, não completamente.

— Também tentaram isso nos Estados Unidos e os resultados foram excelentes. A única razão para tentarmos este projeto aqui é devido a este forte precedente. A reintrodução de lobos no Parque Nacional de Yellowstone nos Estados Unidos tem sido um enorme sucesso. Trouxe vida de volta ao parque e houve poucos impactos negativos na comunidade local e na agricultura.

— Eu preciso dizer que a Escócia é um tanto menor que os Estados Unidos? — questiona o homem, causando uma erupção de risadas ao redor do auditório.

Evan mantém a calma, mas eu vejo sua frustração crescer.

— Mas é grande o suficiente para sustentar o projeto. Vejam, temos que esperar um certo número de abates predatórios, é normal! Acontece em todo o mundo. Mas, diferente de outras regiões, aqui vocês terão compensação financeira por suas perdas, que, segundo modelos estatísticos, serão extremamente baixas de qualquer jeito.

— E como você vai me recompensar — diz o fazendeiro, em uma voz profunda e arrastada — pela tragédia de ver algo que amo, algo que passei uma vida cultivando, ser assassinado de modo selvagem?

— Não estamos pedindo para que assista passivamente a isso — Evan responde. — Se encontrar um lobo atacando seu rebanho, poderá atirar nele.

Há silêncio após sua fala. Acho que ninguém esperava por isso.

Meus olhos são atraídos para um canto do auditório, onde há um homem ao lado da porta, o mesmo que conheci no rio hoje, mas cujo nome não sei. Ele não observa Evan ou o fazendeiro, mas o resto das pessoas na plateia, seu olhar escaneia cada um de seus rostos. Eu me pergunto o que ele busca entre nós.

— Essa população de lobos é pequena e experimental — Evan explica. — É protegida até certo ponto. Se puder provar que o lobo estava atacando seu rebanho, então tem permissão para atirar. Vocês também terão permissão para relatar isso à equipe e teremos a obrigação legal de reunir evidências de que houve predação por lobos, capturá-los e abatê-los nós mesmos. Mas caso matem um por esporte ou simplesmente porque o avistaram, isso será punível por multa e até prisão.

— Se acha que vou deixar lobos chegarem perto de minhas crianças, está enganado — gritou uma mulher, e houve uma rodada de murmúrios em concordância. — Será preciso que uma de nossas crianças seja morta antes de decidir que o "experimento" falhou?

— A chance de uma pessoa ser atacada por um lobo é quase inexistente — garante Evan. — São criaturas tímidas e gentis que vivem em grupos. Não deveríamos temê-los.

— Isso é uma mentira, senhor — diz o fazendeiro. — Predadores são temidos e caçados porque são predadores, são perigosos. Meus ancestrais arriscaram suas vidas para livrar estas terras dessas bestas e agora você quer soltá-las nas portas de nossas casas. Espera que nossas crianças fiquem presas dentro de casa?

Cartazes tremulam entre as crescentes vozes irritadas. Se Evan chegou a ter controle da sala, o está perdendo rapidamente agora.

Eu me levanto.

— O que é perigoso — digo — é a disseminação injustificada do medo.

O fazendeiro se vira para mim, assim como uma centena de rostos. Fosse outro momento, o suspiro exasperado de Anne no palco poderia ser cômico.

— Se realmente acredita que lobos são sanguinários, então você é cego — digo. — *Nós* somos. Somos assassinos de pessoas, de crianças. *Nós somos* os monstros.

Eu me sento em meio ao silêncio. O auditório parece ainda mais frio.

Meus olhos são atraídos para o homem na porta. Ele me observa e eu percebo o que procurava na multidão, porque ele parece ter encontrado em mim. Uma perturbação. Uma ameaça.

Irrompo pelas portas dos fundos e as deixo baterem atrás de mim. Puxo o ar para meus pulmões. Minhas mãos tremem.

Os demais emergem de um conjunto diferente de portas e seguem em direção ao estacionamento. Eu me recosto sobre o tijolo gelado do auditório e olho para a lua prateada. Tenho um anseio estranho por ela que me perturba ao mesmo tempo que acalma. Uma enorme silhueta se move e bloqueia minha visão. Não consigo reconhecer bem seu rosto, mas sei que se trata do fazendeiro que levantou a voz, o homem que os demais permitiram falar por eles. Para combinar com seu incrível bigode, há um par de sobrancelhas grossas e espetadas.

— Red McRae — diz ele, estendendo a mão.

Eu o cumprimento.

— Inti Flynn.

— Meu nome é Ray, mas todos me chamam de Red. Eu queria aproveitar a chance para me apresentar, porque você ainda vai ouvir muito meu nome.

— Por que sinto que não será divertido para mim?

Red se inclina para frente a fim de que eu veja bem seu rosto sob a sombra de seu chapéu. Seus traços são envelhecidos, duros; ele poderia ser atraente se não estivesse cheio de desdém.

— Porque se um desses lobos tirar um pedacinho sequer de minhas ovelhas — diz ele —, vou eu mesmo, junto com meu pessoal, àquela floresta e não vou parar até ter caçado o último deles.

— Parece que você mal pode esperar, Red.

— Bem, talvez mal consiga esperar mesmo.

No silêncio que se segue, eu aproveito para avaliar meu oponente, como é o seu desejo. Mas vejo mais do que ele pode imaginar. Já cruzei com tipos assim tantas vezes que é risível, exceto que não vou cometer o erro de subestimar o estrago que um homem raivoso pode fazer, não de novo.

Desencosto da parede e endireito a postura.

— Você entrou lá como se tivesse algo ainda a ser decidido. Já está feito. Os lobos são protegidos. Se caçá-los, irá para a cadeia. Eu mesma vou garantir isso.

Red inclina sua boina para mim e se afasta, seguindo seu caminho.

Avisto outro homem, o daquela manhã, caminhando rápido pela rua com um pronunciado claudicar. Trata-se de um machucado recente ou um muito sério; cada passo lhe causa dor, observá-lo me causa dor.

— Ei! — chamo, correndo em sua direção.

Ele olha para trás e para ao me reconhecer.

— Como está a égua?

— Estão dando fim nela.

Eu o encaro, talvez em busca de algum sinal de que ele se importa, mas não vejo nada.

— Quando?

Ele olha para seu relógio.

— Daqui a pouco. Agora. Talvez já esteja feito.

Eu assinto e me viro para o carro.

— Merda — murmuro. — Onde eles moram?

— O que vai fazer, garota, aparecer lá e impedi-los você mesma?

— Claro, talvez. Onde eles moram?

Ele considera minha pergunta, então continua na direção de sua caminhonete.

— Você nunca vai achar no escuro. Venha.

Ele me disse que a fazenda Burns é enorme e que há uma estrada de terra até a casa e outra para os estábulos. Foi essa a extensão de nossa conversa no carro. Isso e:

— Me chamo Duncan MacTavish.

— Inti Flynn.

Duncan tem uma velha caminhonete de dois lugares, coberta de pó, teias de aranha e ferramentas imundas. Tivemos que viajar com a janela aberta porque um rato havia morrido dentro de algum lugar do motor, então exalava um fedor horrível, o sistema de ar-condicionado está quebrado. Meu nariz está congelado quando chegamos. Ele está em silêncio agora, preocupado.

As luzes dentro dos estábulos estão acesas, como olhos brilhando sob a sombra da montanha.

Três pessoas estavam paradas do lado de fora da baia da égua, e ela estava bem viva, seus olhos inquietos dardejando de um lado para o outro. Eu me apresentei para o casal Burns. Stuart é alto e carrega uma pança que ameaça explodir pelos botões de sua camisa. Ombros maciços, feições carnudas e amigáveis, cabelo loiro envelhecido sob a boina. Lainey Burns é tão pequena quanto seu marido é grande, mas seu aperto de mão quando a cumprimento é mais forte do que eu esperava. A terceira eu já conheço — Amelia, nossa veterinária —, e ela segura uma bolsa na qual vejo claramente uma seringa. Eles cumprimentam Duncan, que fica para trás e lhes diz que está apenas como meu motorista, que não tem nada a ver com isso.

— Inti é quem resgatou sua égua da ravina hoje de manhã.

Isso desperta o interesse deles.

— Então nós estamos em dívida com você — diz Stuart. — Essa aqui não trancou o portão do piquete direito. — Ele gesticula para Lainey, sem olhar para ela, e Lainey cora. — E agora temos que sacrificar a égua. Mas, pelo menos, me deixe agradecer, Srta. Flynn. Vamos ter uma boa ração para cachorro agora.

— É por isso que estou aqui. Não há razão para sacrificá-la.

— Amelia disse que o ligamento na pata dianteira está destruído.

— Não foi bem isso que eu disse, Stuart — Amelia corrige. — Eu disse que está rompido.

— Não podemos montá-la, certo?

— Por um bom tempo, não.

— Ela vai se recuperar com descanso e fisioterapia? — pergunto.

— Talvez — diz Amelia. — É provável que nunca mais possa correr, ou carregar muito peso, e o dano emocional pode significar que nunca possa ser montada novamente...

— Sinto dizer — diz Stuart, e realmente soa desolado —, mas não temos tempo nem mão de obra para reabilitar um cavalo que pode ou não trabalhar para nós de novo. Agora, se nos der licença, é melhor acabarmos com o sofrimento do animal.

Minha pulsação dispara como um rio turbulento, correndo, descontrolada, inundando meus ouvidos, não consigo pensar direito.

Stuart entra no estábulo, Amelia o segue com relutância. Lainey se vira, sem desejar assistir, mas sem disposição para discutir.

— Eu a compro — anuncio.

— O que foi, querida?

— Quanto quer por ela?

— Você quer comprar uma égua inútil?

— Sim.

— Por quê?

Porque sim e danem-se todos vocês.

Na ausência de uma resposta minha, Stuart olha para Lainey, então para Duncan e há algo suspeito em seu olhar, como se pensasse estar perdendo algo na conversa. Mas ele dá de ombros.

— Três mil.

Amelia desata a rir.

— Ah, fala sério, Stuart.

Ele não tira os olhos de mim e percebo que é muito mais astuto do que aparenta.

— Esse é o preço de um cavalo não domado e eu me esforcei muito para domá-la.

E que belo trabalho ele fez.

— E ela é inútil para você — Amelia o lembra. — Para qualquer um.

— Não me importa se é inútil — ele diz. Pois percebeu o quanto eu a quero.

— Mil — ofereço.

Ele se vira para o estábulo, gesticulando para Amelia.

— Está bem. Três — cedo.

Stuart sorri e estende sua mão para me cumprimentar novamente. Eu não tenho três mil libras. Aceito o cumprimento mesmo assim.

— Venho buscá-la de manhã.

— Lainey e eu teremos café e um bolo esperando por você — ele diz, alegre, como se não tivesse acabado de me passar a perna de forma descarada. Lainey não tem nada próximo de um sorriso em seus lábios. Pensei que ela estaria aliviada e isso me deixa desconcertada.

— Todos felizes, então? Stuart? — pergunta Duncan.

— Nas nuvens — responde o fazendeiro grandalhão.

— Lainey, você está bem, querida?

— Sim, obrigada — ela responde e lá está um sorriso, radiante e súbito, e percebo que ela é boa em sorrir mesmo contra sua vontade. — Se eu não fosse tão idiota, não estaríamos nesta confusão.

— Não há confusão — digo.

— Eu já deixei portões de piquetes abertos centenas de vezes — Amelia diz. — Acontece.

— Não nesta fazenda, não é? — Stuart pergunta à esposa.

Lainey balança a cabeça.

Nós nos despedimos e caminhamos para os carros, ao som das botas triturando a terra. Um manto de estrelas infinitas acima.

— Vejo você amanhã — Amelia me diz.

— Obrigada.

— Como estão?

— Seis e Nove são um casal agora.

Ela dá um grito tão alto que minha alma quase sai do corpo, então nós duas rimos antes de ela acenar em despedida e dirigir para longe.

Duncan e eu entramos na caminhonete, seguindo Stuart e Lainey pela estrada de terra até sua casa. Eles desaparecem para dentro da residência quando passamos em frente. Mas em vez de seguir adiante, Duncan para a caminhonete e desliga o motor e os faróis.

— O que estamos fazendo?

Ele não responde, apenas se acomoda como se estivesse de tocaia.

Fico confusa.

Até não estar mais.

Porque há um modo de ser que exala medo e outro que carrega uma raiva pungente, e eu vi ambos esta noite. Desde o Alasca, eu senti os dois mais do que desejava.

— Ela está em perigo? — pergunto.

Duncan não diz nada.

— Se ele nos vir será pior.

Quando o silêncio paira sobre nós, digo:

— Eu vou entrar.

Minha mão vai ao cinto de segurança, e a dele à minha. Busco em seu rosto por respostas. Por que esperar se não pretendemos fazer nada? Ficamos sentados em silêncio no escuro por muito tempo de qualquer maneira. Eu me esforço para ouvir sons da casa, sem sucesso. Apenas quando as luzes da casa são engolidas pela escuridão presumimos que o casal já esteja dormindo e que é seguro ir embora. Mas tudo o que consigo pensar é que eles escutarão a partida do motor, verão os faróis e saberão que estávamos de tocaia aqui. Nossa presença será um constrangimento para Stuart.

Minha mão se move, gesticulando. *Vire, volte.*

Mas Duncan não decifra os sinais.

— O que é isso?

— Nada.

Eu prometi nunca mais fazer isso, segurar minha língua. Sentar e ficar calada.

Duncan me deixa no meu carro na cidade. O fedor do rato começava a me nausear e fiquei aliviada ao descer.

— Eu moro na mesma rua que você — ele diz. — Na verdade, sou seu único vizinho, caso precise de alguma coisa.

— Obrigada. — Impossível não pensar que é um modo esquisito de apontar isso. — Está indo para casa?

— Vou dar uma passada no trabalho por uma ou duas horas. — Ele já havia desviado o olhar, sua mente focada na noite à frente.

— Qual o seu trabalho?

— Chefe de polícia.

Minha boca vai ao chão. Então rio.

— Chefe de polícia, só podia ser.

Ele sorri.

— Você quer denunciar o idiota dessa manhã?

Eu aquiesço.

— Diga a ele que há coisas preciosas embaixo da neve. É fácil esquecer que estão ali.

Ele inclina a cabeça.

— Sim, pode deixar.

Estou prestes a entrar no carro quando paro.

— Então, por que você não... o Stuart...?

— Prendê-lo?

Eu aquiesço.

— Pelo o quê?

Pela manhã, quando retorno para buscar a égua, o ajudante da fazenda é o único presente para me receber, porque Lainey havia sofrido um acidente e fora levada ao hospital.

4

Quando tínhamos 12 anos, mamãe ocasionalmente nos levava ao tribunal para assistir aos julgamentos nos quais ela era chamada para testemunhar. Quando o caso ficava feio, nós duas deslizávamos do banco até o chão e tínhamos conversas silenciosas, ditadas em geral pelos sinais mais recentes inventados por Aggie. Ela estava construindo um vocabulário para nós, uma língua completa interpretada por nossas mãos. Quando ela criou o sinal de "libélula", tivemos discussões silenciosas sobre quantas podíamos capturar, quais cores teriam e como um dia os cientistas provavelmente aprenderiam a fazê-las crescer até um tamanho suficiente para podermos montá-las. Ao criar o sinal de "universo", consideramos o que ele deveria conter e, após incluir nós duas, decidimos ser o suficiente para um só universo. Quando ela criou o sinal para "sexo", que era um gesto um tanto rude com o dedo indicador adentrando o espaço entre o dedo indicador oposto e o dedão, eu a lembrei de que esse sinal já existia, e caímos na gargalhada, tanto que levamos uma bronca do juiz e enfrentamos sérios problemas com a mamãe em casa. Mas, sinceramente, o que ela esperava? Por que insistia em nos levar para testemunhar o que há de pior nas pessoas?

Na verdade, se eu admitisse, sabia o motivo: ela tentava me domar. Tentava me fazer admitir que ela estava certa. De que as pessoas eram, na maior parte, imperdoáveis. E que se eu não ficasse mais forte, acabaria sendo uma das pessoas naquela tribuna, dizendo ao juiz o que eu havia sofrido.

Mas eu não seria domada assim. Eu tinha um poder mágico que não era mágico. Sentia o que os outros sentiam e sabia que aquilo que emanava daqueles toques, em sua maioria, era doçura. Não se toca com doçura quando não se é uma boa pessoa.

Uma noite voltando para casa após o tribunal, estávamos sentadas no banco de trás do carro de polícia do parceiro dela. Essa era uma das brincadeiras favoritas da Aggie — fingir sermos criminosas presas que tentavam se livrar da prisão na conversa. O parceiro de mamãe era um homem chamado Jim Owens, que era até bonito, mas também grande o suficiente para ser chamado de gordo, e obviamente era apaixonado por mamãe a vida toda. Ele sempre comprava sorvete para nós. Gostávamos dele. Acho que até amávamos Jim. Mamãe o tolerava. Eu não conseguia imaginar como ela seria apaixonada.

Mas até as piadas idiotas de Jim não podiam me distrair hoje.

— Por que aquela mulher, Tara... por que ela estava tentando afastar os filhos do pai? — pergunto.

Não pergunte, Aggie sinaliza.

— Você vai ver essa parte amanhã — diz mamãe.

— Não pode me dizer agora?

Ela vai tentar assustá-la amanhã, Aggie sinaliza. Ela revira os olhos também e isso chama a atenção de mamãe pelo retrovisor.

— Fale — ela pede a Aggie. E então, me responde: — Porque ele abusava deles.

— Dos filhos?

Mamãe assentiu.

— Não, eu não acredito em você.

— Ok.

Eu balancei a cabeça.

— Por que ele faria isso?

— Porque é um homem doente, querida — respondeu Jim.

— Não, não é — corrigiu mamãe. — Não ensine isso a ela. Ele é um arrombado, é por isso.

O ar no banco de trás do carro ficou muito quente. Eu fui abrir a janela manual e me lembrei de que não podia, pois estavam travadas.

Aggie arranjou as mãos em forma de diamante.

— Esse pode ser o sinal de arrombado.

O carro todo caiu em silêncio. Então desatamos a gargalhar. Aggie era boa em aliviar a tensão.

— Espero que seja a última vez que escuto você falar essa palavra, mocinha — disse Jim, mas suas palavras vinham misturadas com sua risada.

Depois de um tempo eu não pude deixar de pensar.

— Por que você odeia tanto as pessoas, mamãe?

— Eu não odeio. Sou realista.

— Papai diz que cuidar dos outros é a única maneira de amar a nós mesmos e que essa gentileza salvará o mundo.

Mamãe bufou com uma risada.

— Você diz o homem doido que mora sozinho na floresta e não tem contato com outros seres humanos? Esse pai? — Eu a observei balançar a cabeça e olhar para fora da janela. — Já cuidei de mais pessoas em um dia do que aquele homem patético na vida inteira.

— Você não cuida muito da gente — disse Aggie.

O corpo de mamãe se enrijeceu. Aggie não tinha filtro. Eu queria pegar essas palavras e enfiá-las de volta em sua boca, porque sabia que, mesmo mamãe agindo como se nada importasse para ela, ainda tinha sentimentos. Ainda se magoava. Ainda passava a vida tentando ajudar as pessoas.

Mas eu não podia apagar as palavras de minha irmã, e, depois de uma pausa, mamãe apenas falou:

— Me ligue quando seu marido agredir você ou seus filhos até quase a morte.

Eu dirijo até o hospital. Não sei bem o porquê. Não é da minha conta, mas aqui estou e para dentro eu vou. A recepcionista aponta a direção para mim. Ao fim de um longo corredor, está Duncan MacTavish. Ele observa por uma janela. Eu caminho até ele. E vejo.

Stuart está sentado ao lado da cama, segurando a mão da esposa. Ela só tem uma mão a oferecer porque a outra está engessada. Ela nem parece mais a Lainey: um lado inteiro do rosto está tão inchado que o olho desapareceu sob um inchaço azul e roxo, e o tecido ao redor do meu próprio olho começa a formigar e inchar, e eu perco a visão nele — tudo desaparece, fico perdida na meia escuridão, enquanto a outra metade ainda olha para o corte em sua cabeça, o corte que começa a pulsar na linha do meu cabelo, ainda sensível dos seis pontos que costuraram em minha carne...

Eu me viro e pressiono as costas na parede. Aqui. Aqui está seu corpo. Tento me centrar novamente, retorno a mim mesma, deixo a sensação formigar e desaparecer, acalmo meus pulmões ofegantes. Não é a sua dor. Não é o seu corpo. É uma ilusão.

— Ei — diz Duncan.

Abro os olhos, com minha visão clara mais uma vez.

— Você está bem?

Aquiesço. A dor nunca dura muito, mas a adrenalina, sim. A vigilância. A exaustão.

— O que ele disse que aconteceu com ela?

— Caiu de um cavalo.

— Ela confirmou que isso aconteceu mesmo?

— Ela ainda não acordou. — Ele olha para mim. — E não vai.

— *Ela não vai acordar?*

— Não vai *falar*. Ela não vai falar o que houve. Nunca fala.

— Então o que você vai fazer sobre isso?

Ele dá de ombros, virando-se para o quarto do hospital.

— O trabalho dela é domar cavalos selvagens — ele diz. — Ela cai. Todos caem às vezes.

— Eu e você ficamos sentados naquele carro e não fizemos nada. Deixamos isso acontecer.

O olhar dele encontra o meu, e ele me diz:

— Ela pode ter caído.

Eu me viro nos calcanhares e me afasto para não atravessar meu punho pela janela. Preciso encontrar alguém para conversar, para confirmar, exceto que não preciso disso, porque, se descobrir que ele realmente a agrediu, vou querer matá-lo.

Papai costumava me dizer que meu maior dom era poder adentrar a pele de outro ser humano. Podia sentir o que ninguém mais podia, realmente sentir e experimentar a vida do outro. O corpo é sábio, e eu tenho a habilidade milagrosa de conhecer mais de um corpo. A sabedoria espantosa da natureza. Ele também nos ensinou que a compaixão era a coisa mais importante que poderíamos aprender. Se alguém nos machuca, precisaríamos apenas de empatia para o perdão vir fácil.

Minha mãe nunca concordou. Ela não tinha um oceano de gentileza dentro de si, nem uma gota de perdão. Tinha um conhecimento diferente do que as pessoas fazem umas com as outras. Eu me esquivava disso. Parecia violento e intenso, e estes não são instintos com os quais nasci. Escolhi viver a vida pelo código do papai e havia sido fácil, até não ser mais.

Agora isso é óbvio, aliás, já faz um tempo. Mamãe estava certa, ela estava tão certa que estou envergonhada. E neste momento eu já estou no meu limite, não tenho mais uma gota de perdão sobrando.

A carcaça de cervo é pesada. Fica caindo da minha mão com um ruído abafado de carne. Os lobos da Alcateia Glenshee, mais ao Sul, não se apressam para comer, permanecem no canto mais distante do recinto, amontoados contra a grade. Todos, menos um. A Número Dez não é a fêmea reprodutora da alcateia, o que significa que não é a líder ou, em termos desatualizados, a alfa. Esse título pertence à irmã, a Número Oito. Mas a Dez tem algo único. Uma inquietude. É mais agressiva, menos disposta a ficar presa. Ela tem cavado em busca de liberdade, o único lobo a tentar escapar. Sozinha, ela cruza o cercado até mim e nunca, em todos esses anos trabalhando com lobos, só um deles fez isso: Dez encontra meu olhar, mostra os dentes e *rosna*.

Os fios de cabelo da minha nuca se arrepiam porque isso nunca acontece, não mesmo. Ela é magra e esguia. A pelagem é um caleidoscópio de tons de marrom e branco — um marrom-alaranjado profundo ao longo do flanco, com um tufo mais claro ao redor do focinho, quase dourado ou o laranja do auripigmento do livro de Werner. Seus dentes são muito afiados, é isso que ela quer me comunicar.

Meu chefe no Projeto Lobo de Denali, no Alasca, me alertou no meu primeiro dia de trabalho. *Não se engane em pensar que pode prever o comportamento de um lobo. É perigoso. Ele sempre vai surpreendê-la.*

Uma emoção profunda percorre meu corpo. Eu amo sua ferocidade. Posso sentir cócegas em minha garganta. A adrenalina me consome e ela pode sentir o cheiro, eu sei que pode.

A carcaça de cervo foi entregue, não há mais motivos para ficar.

Eu quero ficar.

Agora posso ver. Posso ver como eu me viro para correr e ela se lança sobre minhas pernas, rasga meu músculo femoral, eliminando qualquer chance de fuga. Então, permaneço encarando-a e ela avança em minha garganta, minha parte mais vulnerável. A força de seu corpo a permite voar, o poder de sua mandíbula esmaga meus ossos. Não passo de uma refeição fácil, sem a velocidade para correr, nem a força para lutar contra ela. Minha pele é desastrosamente fina. Ela reconhece minhas fraquezas? Pode sentir? Apesar dos demais de sua espécie não conseguirem? Apesar de serem enganados pelo poder de nossas vozes e armas, por nossa habilidade de prendê-los? Esta fêmea parece ver além, ela enxerga minha fragilidade. Ou talvez não veja, talvez não se importe de eu ter o poder que ela não tem, tamanha a sua fúria, seu instinto de lutar.

Meus olhos não se desviam dela enquanto eu caminho de costas para sair do cercado. Ainda assim, ela não se move, não se apressa para devorar a carcaça como os outros cinco lobos da alcateia. Ela continua a me observar.

Por trás dos arames da cerca, eu a vejo finalmente se reunir ao grupo. Ainda há calor na carcaça que inunda a sua boca, inunda a minha boca. Nossos dentes facilitam o trabalho de remoção da carne. O sabor acre do ferro no sangue me invade. Estava preocupada de que não aceitassem a carne devido ao cheiro de humanos, mas claramente a fome venceu. Minha própria fome desperta e me perturba. Eu me viro de costas para o banquete.

Após o trabalho, retorno ao rancho Burns com um trailer alugado e mil libras em dinheiro. Ninguém aparece para me receber, então começo eu mesma a carregar a égua no transporte. Ela está assustada e não aceita o bridão. Quase levo um coice ao tentar puxá-la. Só preciso levá-la para casa e colocá-la no piquete da frente, onde ela poderá relaxar, comer e fazer o que quiser, mas sua aflição está me deixando frustrada. Escuto um grito vindo da entrada com certo alívio. Stuart corre para segurar as rédeas, puxando o pobre animal para o trailer e o fecha. Eu a acaricio, mas ela se afasta e tenta escapar de mim. *Calma, garota. Calma.*

— Não é só a perna que está quebrada — diz Stuart.

— Talvez se fosse gentil com ela... — digo. Levanto o olhar para onde seu carro está estacionado e vejo Lainey saindo cambaleante.

— Ela não deveria estar no hospital?

— O melhor lugar para descansar é na sua própria cama — diz Stuart. — Venha comigo, Srta. Flynn. Vou acomodar Lainey e podemos continuar com os negócios.

O interior da residência está mais frio do que o esperado. Ao fim do corredor, posso ver através da porta aberta do quarto, onde ele ajuda Lainey a se deitar na cama. Ela está zonza e machucada, mas sorri para tranquilizá-lo. Observo enquanto ele se posiciona ao seu lado, toca seu rosto e beija a palma de sua mão. Eu fecho minha mão em punho para não sentir seus lábios.

Na cozinha, eu encho a chaleira.

— Obrigado — diz Stuart, enquanto esperamos a água ferver.

— Eu deixei as mil libras na baia dela.

— Havíamos combinado três mil.

— Sim. Eu queria perguntar se você pode me dar um tempo para juntar o resto.

— É claro, querida. — Ele me substitui na cozinha, coloca os sachês de chá em três xícaras, despeja a água e joga quatro cubos de açúcar na dele. — Para ser honesto, esse dinheiro não poderia vir em melhor hora — admite.

— Duncan disse que Lainey caiu do cavalo?

— Ela consegue domar o pior deles, minha Lainey, mas todos acabamos arremessados de vez em quando. — Sem aviso, Stuart começa a chorar, um choro contido.

Engulo em seco e desvio o olhar, então me forço a olhar, pois ontem à noite decidi não o fazer. Forço-me a ver seus ombros chacoalharem e não sinto uma gota de pena. Eu me vejo percorrer o cômodo e esmagar a xícara na parte de trás do seu crânio, enquanto ele está de costas e vulnerável. Não sei se é um desejo ou um pensamento passageiro. Minha boca se enche de saliva, e um pensamento ecoa em minha mente: *qual o seu problema, o que você se tornou?*

— Vou levar isso para ela — digo, e a voz que sai da minha boca é tão ríspida que não me pertence.

Lainey olha para mim com seu olho bom quando coloco a xícara na mesinha ao lado da cama. Provavelmente quer saber o que diabos estou fazendo em seu quarto.

— Você quer um pouco de luz?

Ela aquiesce, então atravesso o quarto até a janela e abro a cortina de estampa de tordos. A luz do sol inunda metade do quarto.

— Você está linda — digo, o que a faz rir um pouco e encolher-se de dor.

— Não me faça rir. Veio pela Gealaich?

Eu aquiesço.

— Diga o nome dela de novo?

Ela diz a palavra que soa como *gee-a-lash*.

— Eu não consigo dizer isso. Talvez a chame de Gall.

Isso a faz rir de novo. Acho que ela deve estar um pouco dopada.

— Desculpe, ele cobrou muito de você — diz Lainey.

Dou de ombros.

— Estamos em dificuldades. Essas colinas morrem cada vez mais a cada ano. Não resta muito para o rebanho pastar.

— Há quanto tempo estão aqui?

— Esta é a fazenda do meu pai. Está na família há gerações.

— Rebanhos e cavalos, certo? Não vejo tantos cavalos desde que cheguei aqui.

— Não, há mais ovelhas nessas bandas.

— O Stuart era fazendeiro antes de conhecê-la?

— Deus, não. Ele não conhecia nada disso, mas parece estar indo bem, apesar de não ser... sua especialidade. Sou grata por isso.

— Você nunca pensou em ter uma vida diferente?

— E aonde eu iria?

— O mundo é bem grande.

Ela balança a cabeça.

— Eu amo este lugar. É o meu lar.

— É um lindo campo.

— A floresta é o que eu mais gosto — diz ela, um tanto sonhadora, por certo um pouco dopada. — Toda aquela vida.

Sorrio.

— Eu costumava pensar que pertencia à família da floresta e que estava sendo criada pelas árvores.

Ela ri, então para ao sentir dor no rosto.

— Eu amo a floresta — diz ela. — Posso senti-la. Posso contar um segredo?

— Sim.

— Estou feliz que esteja aqui para salvar as árvores. Não conte ao meu marido.

— Não estou salvando nada. Os lobos farão isso.

— Você nunca vai vencê-los — diz ela, com um suspiro. — Os outros. Está muito enraizado neles.

Eu me sento ao pé da cama.

— Quando os lobos começarem a caçar, os cervos vão voltar a fazer o que deveriam fazer. Vão começar a se deslocar de novo. Tudo abaixo de seus cascos terá a chance de crescer. A vida vai florescer na terra. Você verá as colinas se encherem de verde. As formações de terra vão começar a mudar. — Eu encaro seu olho inchado e ignoro o formigar no meu. — Já vi lobos mudarem o curso de rios.

Ela sorri.

— Então talvez eles tenham chance mesmo. Talvez sobrevivam.

— Talvez. Se você precisar de um lugar para ficar, é bem-vinda na minha casa. É seguro.

Ela me olha, confusa.

— Estou em casa. Você está aqui.

Aquiesço.

O torpor de sua mente se dissipa e sua gentileza, que desfrutava esse momento, nós, se torna ríspida.

— Preciso descansar agora.

— Claro, perdão. — Levanto-me e sigo para a porta. — Melhoras, Lainey.

— Obrigada.

Stuart me aguarda do outro lado da porta.

— Ela tem tudo do que precisa aqui — diz ele. — Cuido da minha esposa desde o dia em que a conheci.

Penso em responder, mas não consigo. Caminho até a saída. Sob o céu, posso respirar novamente.

5

Há linguagens sem palavras e a violência é uma delas.

Na adolescência, Aggie já era um gênio da linguística. Fluente em quatro línguas e aprendendo várias outras, não eram apenas as linguagens faladas que ela entendia. Aggie sabia que havia algumas que não precisavam de vozes. Quando tínhamos 10 anos, ela inventou uma língua de sinais única para podermos nos comunicar em segredo. Ela criara um mundo apenas para nós e ambas estaríamos perfeitamente felizes em nunca deixá-lo. Aos 16, ela começou a aprender a linguagem da violência; quebrara o nariz de um garoto, e fizera isso por mim, como a maioria das coisas que fazia era por mim.

— "A senhorita me ensinou sua língua, e o que ganhei com isso foi que aprendi a praguejar." — Li em voz alta em uma tarde de sol na escola. — "Que a peste vermelha acabe com vocês, por terem me ensinado sua linguagem."[1] — Olhei para Aggie, assustada. — O que diabos isso quer dizer?

Ela suspirou e se jogou sobre a grama, protegendo o rosto do sol. Suas bochechas estavam rosadas; eu as observei e senti uma suave queimação em minha pele. Olhei sua cabeça pressionada sobre o chão e senti o pinicar das folhas de grama em meu pescoço.

— Caliban é insano, tentaram domá-lo e ele os odeia por isso.

Reli a passagem e não fazia ideia de como ela conseguiu entender isso. Mas, ao me apoiar sobre os cotovelos ao seu lado, pensei ter entendido. Isso me levou ao campo de papai e aos cascos e relinchos, e à percepção de que os cavalos selvagens prefeririam ser livres, independente do quanto amavam meu pai.

— Talvez se fizéssemos algo sem tantas palavras inventadas...

— Todas as palavras são inventadas — ela disse, um bom argumento.

— Deixe-me ser o Caliban. — Aggie tirou o livro pesado de minhas mãos e colocou-se de pé. Com um floreio teatral, ela deu início à passagem, com uma

---

[1] *A Tempestade*, William Shakespeare, Edição em português, Tradução de Beatriz Viégas-Faria, Editora L&PM Editores.

voz alta e feroz, sem se preocupar com os olhares das outras crianças ao nosso redor.

— "Que a peste vermelha acabe com vocês!" — Aggie rosnou, praguejando como uma bruxa.

Eu gargalhei.

— Sua selvageria natural finalmente é apropriada.

Daniel Mulligan e seus amigos estavam agrupados debaixo das árvores, cochichando, sem dúvida elaborando alguma pegadinha para humilhar sua próxima vítima. Senti seus uniformes em minha pele, a áspera coceira, o sempre presente desejo de arrancar o tecido e vestir suas roupas normais. Um rapaz se afastou para fazer embaixadinhas; eu podia sentir o *tap tap tap* sobre o topo de seu pé. Atrás de nós, as meninas brincavam de *netball* no campo, seus passos sobre o cimento eram ágeis, saltitantes, uma pressão sob meus tornozelos, enquanto à nossa esquerda havia garotas fazendo tranças no cabelo umas das outras, e o deslizar dos fios sedosos por meus dedos. Fui arrebatada por todas essas sensações, carregada a algum lugar luminoso e vívido, e de algum modo mais centrada ao meu corpo.

Aggie me observava.

— Como está se sentindo hoje?

— Parece eletricidade — respondi, mesmo não sendo bem isso. Era mais gentil. Peguei sua mão, desejando passar minhas sensações para o corpo dela, desejando compartilhá-las como compartilhávamos todo o resto.

— Aqui — eu disse, desejando que ela sentisse. — Sinta por mim.

Ela agarrou minha mão e olhou ao redor para as outras crianças, para o mundo de sensações. Mas não era assim que funcionava, nunca foi, e não importava o quanto eu desejasse. Ela suspirou, frustrada.

Meus olhos se voltaram para Daniel e seus amigos reunidos embaixo do salgueiro-chorão, porque um deles estava nos encarando — me encarando. John Allen, o quieto, que olhava diretamente para mim e, deliberadamente, se tocava. Eu não tinha um pênis, mas a sensação me percorreu mesmo assim, como ele sabia que iria — a sensação de ser tocada entre as pernas —, e fui tomada por um calor; calor este que corria por meu corpo e minhas bochechas. Isso era bem diferente; não era gentil, era constrangedor.

— Inti? O que foi? — perguntou Aggie.

Eu me encolhi, desejando afastar a sensação, enojada. Queria me desvincular de meu próprio corpo e nunca retornar. Podia ouvir os rapazes rindo.

— O que ele fez? — Aggie exigiu saber, mas eu não conseguia dizer. *Não olhe*, ela sinalizou e marchou até os rapazes, e, sem nenhum aviso, virou a coleção de peças de William Shakespeare na cara de John. *Baam*.

Eu sabia que não deveria, mas ainda assim olhei. Vi o impacto daquelas palavras — e havia muitas delas — no nariz de John, ou seja, em meu nariz, então perdi minhas forças, desabei, sumi.

Tons dourados e verdes flutuavam no ar, dolorosas alfinetadas de luz e esferas atordoantes de cor. As folhas das árvores lentamente tomaram forma mais uma vez, e voltei a mim. Aggie estava me olhando de cima. *Você quebrou meu nariz*, gesticulei, e ela respondeu, *eu disse para não olhar*. Nenhuma de nós segurou a risada.

Aggie fora expulsa da escola pela terceira vez em três anos, mamãe perdeu a cabeça e nos enviou para morar na casa de papai — o que para mim era o mais longe possível de um castigo. Mamãe disse que era a vez de papai lidar conosco, mas eu sabia em segredo que ela gostava de Aggie ser tão agressiva, tão rápida para brigar. Era comigo que ela não sabia como lidar — eu que era muito frágil e vulnerável. Eu não saber me proteger a assustava, pois que tipo de criatura nasce sem esse instinto?

Nossa chegada na Colúmbia Britânica não foi como eu esperava. O primeiro alerta foram as ferramentas no galpão. Durante toda nossa vida, ele as havia limpado, engraxado e afiado com todo o cuidado. Passava horas ali, perdido na meditação do processo, porque o mero pensamento de permitir que algo enferrujasse quando podia ser bem cuidado não era apenas um desperdício, mas também um desrespeito para com a ferramenta que nos alimentava e sustentava. Naquela manhã no galpão, fui atingida pelo cheiro familiar de sangue, serragem e óleo. A viscosidade acre era como voltar para casa. Mas ao ver os instrumentos da vida de papai espalhados sobre os bancos em vez de arrumados com cuidado na parede, em seus respectivos ganchos, ao ver o estado das lâminas, do sangue deixado para manchar e enferrujar o aço, os pingos de óleo esquecidos, as carcaças de animais deixadas para apodrecer em vez de tratadas com ternura e guardadas, eu não me senti em casa, senti medo.

A casa estava uma bagunça também. Aggie mergulhou em uma montanha de louça por lavar, enquanto eu guardei um amontoado de roupas e comecei a arrumar o caos da sala de estar. Papai passara a usá-la como um centro de reciclagem, com pilhas instáveis de papelão, papel e garrafas vazias. Ele costumava levar todos os recicláveis para as fábricas na cidade, mas quando questionei por que não havia feito isso por tanto tempo, ele respondeu que não confiava que não seriam apenas jogados em um aterro.

— Bem — falei —, acho que faz sentido. Mas você ainda precisa levar para algum lugar ou vai se afundar em lixo.

— Não há para onde levar. Eles precisam parar de produzir.

— Sim, mas... — Eu não sabia o que dizer.

Passei três dias no galpão, usando buchas de aço e uma lata de WD-40 para limpar a ferrugem de cada uma de suas ferramentas, desde facas para esculpir as chaves a centenas de pequenos parafusos. As pontas de meus dedos estavam em carne viva.

Enquanto eu cuidava do galpão, Aggie levou cada um dos cavalos do estábulo para esticar as pernas. Fui com ela na última volta e descobrimos que o que um dia fora uma floresta agora era uma terra desolada. Os madeireiros haviam chegado. Tinham devastado grandes extensões até a divisa da propriedade de papai; e ao olhar os tocos de madeira, a lembrança visceral da sensação de quando papai nos mostrou o solitário abeto-de-douglas retornou. E eu me perguntei se era assim que ele se sentia a todo momento, essa dor tamanha que o paralisava. Ou se era a memória do que um dia já fora que o havia despedaçado.

Aggie e eu deixamos os cavalos pastarem e nos deitamos em dois tocos de árvores. Eram tão largos que eu podia descansar tanto minha cabeça quanto meus pés sobre os anéis de idade. Se contasse os anéis, haveria centenas e mais centenas. Esta árvore era um gigante. Aggie me assustou ao soltar um grito furioso, um som lançado aos céus, carregado de todo pesar em meu peito. Toda nossa impotência. O fim da floresta de nossa família, que não existia mais. Pela primeira vez, levantei a voz e gritei junto com ela.

Fizemos espaguete à bolonhesa com carne de veado congelada que encontramos na despensa de papai. Ao pegá-la, percebi que era um dos últimos pacotes. As prateleiras estavam bem vazias também, nenhuma compota ou geleia de fruta, nenhum vegetal fresco da horta. Viver de subsistência demandava um imenso esforço e quando uma ponta se desatava, o resto logo se descarrilhava e, de repente, toda a vida que você havia criado se desmantelava.

— Quando foi a última vez que você caçou, papai? — perguntei ao nos sentarmos para comer. Meus dedos estavam latejando ao redor de uma farpa que ganhei ao cortar lenha, mas pelo menos havia um fogo aceso para nos manter aquecidos.

— Semana passada. Peguei um macho forte e grande.

— Onde está?

Ele olhou para mim como se eu estivesse louca.

— Esqueceu-se de tudo que já ensinei? Está onde sempre coloco, secando na copa. Você pode me ajudar a cortar.

— Não há nada lá, papai.

Ele franziu o cenho, pensando nessa equação, então deu de ombros.

— Deve ter sido há mais de uma semana então.

Aggie e eu trocamos olhares.

— Teremos que ir até a cidade para fazer uma compra decente, armazenar — informou Aggie.

— Há comida o suficiente aqui — disse papai.

— Você já comeu tudo, papai.

— Aonde você vai para buscar seu sustento? — perguntou.

Aggie suspirou.

— Na sua horta.

— Há uma horta lá cheia de vegetais. E uma floresta cheia de animais.

— Estamos no fim do inverno — argumentou Aggie. — A horta está praticamente vazia.

— E não podemos caçar — adicionei. — Nem comemos carne na casa da mamãe.

— Eu também não comeria se viesse de uma gaiola de metal escura e repleta de antibióticos — disse ele. — Olhem, meninas. Temos que fazer nossa parte para reduzir a mudança climática do planeta, para deter a degradação. Isso significa reduzir nosso impacto o máximo que pudermos, viver do modo mais leve possível na Terra. Não estamos aqui para consumir tudo até acabar. Somos guardiões, não donos. E se os outros não fazem sua parte para mudar essa tendência, então devemos fazer mais do que a nossa. Vocês sabem disso.

Nós assentimos porque sabíamos disso e havia conforto em ouvir as palavras com as quais ele havia nos criado, mas a verdade não significava que ele era o mesmo homem. O fato de que ele ainda acreditava com tanta paixão nas coisas em que sempre acreditou era um indicativo de que era incapaz de manter seu estilo de vida de subsistência, não que ele não quisesse.

Alguns dias depois, Aggie e eu começamos a arrumar a horta.

— Qual o problema dele? — perguntou ela, assim que jogamos a terra e enterramos as mudas de batata.

— Não faço ideia. Talvez tenhamos de levá-lo ao médico.

Ela bufou.

— Como faríamos isso? Algemado e de olhos vendados?

Minha irmã estava certa. Quando sugeri uma visita ao médico, ele me ignorou. E quando Aggie dirigiu por uma hora até a cidade e comprou uma grande quantidade de refeições congeladas, incluindo uma montanha de carne moída, potes de legumes em conservas e leite longa vida, ele a ordenou sem rodeios que devolvesse tudo à loja e pedisse o dinheiro de volta. Ele não aceitaria que ela financiasse a indústria; por acaso nós não sabíamos quanto carbono essas compras tinham produzido? Ele nem mesmo as tocou, que dirá comer. Era assim que o mundo morreria, disse ele, por causa da preguiça.

E me parecia que o que uma vez fora a sabedoria de um homem corajoso o suficiente para enxergar outro caminho, estava agora lentamente se transformando em loucura.

No entanto, ele entendia a necessidade de comida, apesar de toda sua perturbação. Então começou a nos ensinar sobre como rastrear e caçar, relembrando as lições que recebemos quando mais novas. Papai nunca esperou que Aggie executasse as matanças à época, mas agora, sim. Eu me saía melhor como rastreadora e minha irmã era capaz de puxar o gatilho. Formávamos um bom time, segundo papai. Viajávamos de ônibus por quarenta minutos até escola e quarenta minutos para voltar à casa, depois ele nos levava à floresta para passar horas esperando e observando, ou rastejando através das moitas o mais silenciosamente que podíamos. Papai fazia testes sobre os sinais deixados por diversos animais, sobre suas pegadas e fezes, e sobre seus padrões de comportamento. Levava isso mais a sério do que qualquer professor que já tivemos. Era como se ele soubesse que precisávamos nos preparar.

Alguns meses depois, em um dia frio, eu estava sozinha na floresta, colhendo os cogumelos que cresciam na base de um grande cedro vermelho. Raízes contorcidas saíam do tronco e formavam um espaço confortável onde se sentar.

Dali, mesmo estando com um pouco de pressa, pude me deitar e assistir às luzes cintilarem através de sua copa de agulhas.

Um borrão de asas azuis sinalizou a chegada de um pássaro em um galho baixo.

— Olá — cumprimentei, e a ave não deu sinal de que havia me notado. Tinha uma cabeça com crista escura, eu teria que perguntar o nome a papai.

Em seguida, algo atraiu minha atenção. Uma marca na terra, não muito longe de onde eu colhera os cogumelos. A marca de uma pegada, diferente dos rastros deixados por cervos. Eu nunca havia visto uma assim, então me levantei para inspecionar. Procurei por outras, esperando poder segui-las, mas não achei nenhuma.

Em casa, deixei os cogumelos em uma caixa e fui procurar papai na horta. Ele estava sentado sob um raio de sol, observando seus cavalos no vale abaixo.

— Tenho uma pergunta, papai — disse ao me sentar ao seu lado.

— Espero que tenha mais de uma, sempre.

— Acho que encontrei a pegada de um animal, mas não parece ser um cervo.

— De que tamanho?

— Muito pequena para um urso, mas bem grande. Cerca de... — Fiz a forma com os dedos. — Uma pata, eu acho. E era só uma, como se o resto tivesse desaparecido.

Papai sorriu.

— Você encontrou a pegada de um lobo, pequena Inti. São muito raras.

— Um lobo? — Uma empolgação percorreu meu corpo. Só havia vislumbrado um lobo duas vezes na vida, e ambas ocorreram muitos anos antes, quando eu era bem pequena. Já estava quase começado a acreditar se tratar de sonhos. — Pode me ajudar a segui-lo?

Papai balançou a cabeça.

— Não se pode seguir os lobos, não mesmo.

— Então como os encontra?

— Ninguém os encontra. Só os deixamos em paz.

Eu murchei, desapontada.

Ele me observou de lado.

— Tudo bem, vou contar um segredo. Mas você deve usá-lo para o bem. Promete?

— Sim.

— Não é possível seguir um lobo — afirmou papai. — Eles são mais espertos do que as pessoas. Então, em vez disso, você rastreia as presas dele.

Sorrimos um para o outro.

Eu não conseguia parar de pensar na pegada solitária.

— Como ele se move sem deixar rastros?

— O mistério eterno dos lobos — respondeu papai, e assim eu decidi descobrir os segredos daquela criatura.

6

Eles não irrompem para a liberdade. Não correm.
A neve está derretendo. O inverno acabou. Mas nossos lobos não parecem querer deixar suas jaulas.

O Projeto Lobo de Cairngorms só foi aprovado porque tínhamos um precedente de sucesso. Era nisso em que baseávamos algumas decisões, não todas. E era por isso que eu esperava por essa resistência. Os lobos de Yellowstone não se apressaram em sair das jaulas. E com eles aprendemos muito.

Tínhamos construído portões nas duas laterais do cercado e só tínhamos entrado por um deles, deixando o segundo portão livre de nosso odor. Esses são os portões que acabamos de abrir, remotamente, após prender carcaças de cervos atrativas às árvores além dos limites. Mas, ainda assim, os lobos não deram um passo para fora.

Paciência, digo à minha equipe. Eles vão sair.

No segundo dia, um único lobo coloca uma pata fora da jaula, farejando o ar, depois dispara para o norte. Número Dez, a mais corajosa de todos.

Ela está correndo para casa, alheia à ausência de um lar à sua espera. Apenas rebanhos de corte e aqueles que os criam, potencialmente mortais para ela. Além deles, um oceano intransponível.

Pergunto-me se a veremos novamente.

Dias se passam e não há nenhuma movimentação dos demais, nem da Alcateia de Glenshee que Dez abandonou ao sul, ou da Alcateia Tanar a leste ou da Alcateia Abernethy a noroeste, composta do casal Seis e Nove e sua filha de um ano, Treze. Os lobos aguardam, observando e esperando, certamente mais pacientes do que nós.

No quinto dia, Evan e Niels estão em pânico, caminhando pelo acampamento base e debatendo incansavelmente sobre como proceder. Os lobos haviam marcado seus territórios dentro dos cercados? Era por isso que se recusavam a sair? Isso seria um desastre.

Paciência, repito.

No sexto dia, os cinco membros restantes da Alcateia Glenshee partiram atrás de sua irmã desaparecida, Número Dez, que já estava bem longe. Eles são guiados não apenas por seus dois alfas, o macho Número Sete e a fêmea Número Oito, mas também pelo velho lobo-cinzento, Número Quatorze, de 10 anos e já um idoso para um lobo. O mundo é duro para essas criaturas. Se não falecem de doenças ou desnutrição, se não morrem em brigas com outras alcateias ou em algum acidente desastroso, são abatidos a tiros por humanos. Parece que sua espécie carrega a sina de uma morte prematura, pois raramente chegam à velhice. O macho cinzento é uma criatura rara. Talvez seja mais corajoso do que os demais; sua longa vida o muniu de mais experiência. Talvez apenas saiba quando se mover e quando ficar parado, talvez seja isso que o manteve vivo por tanto tempo.

De qualquer forma, algo lhe havia chamado, um chamado da floresta, e sua família confia nele. Um por um, eles saem atrás dele para fora do cercado e passam direto pela carcaça de cervo que deixamos, seguindo para o abrigo das árvores. É um terreno desolado ao sul, onde os colocamos — apenas algumas árvores, mas os lobos não precisam de florestas, eles as cultivam. O jovem de um ano da alcateia, o macho Número Doze, segue em uma direção diferente. É possível que ele se encontre com sua alcateia novamente, ou talvez os tenha deixado de vez, seguindo um caminho diferente que sua família para encontrar uma companheira e começar sua própria alcateia.

No dia seguinte, como se fosse planejado, a Alcateia Tanar começa a se mover. Seus alfas, a fêmea Número Um e o macho Número Dois, nosso único lobo preto, lideram seus três filhotes quase adultos para fora do cercado e em direção à sua faixa de floresta.

O que deixa apenas os três lobos de Abernethy recusando, há uma semana, a liberdade oferecida.

Caminho na frente da porta do Chalé Azul e encontro Aggie cozinhando, e, quando ela sorri para mim, quase começo a chorar. Ela havia retornado ao seu corpo. Ela está aqui comigo e eu posso respirar novamente.

Após o jantar, ela gesticula: *eles não sabem o que tem lá fora. Por que sairiam?*

— Porque é o movimento natural. É a sobrevivência — digo.

Você os mudou de lugar. O que há de natural nisso?

Na ausência de uma resposta, eu levanto o dedo do meio, o que a faz rir silenciosamente. Sinto falta do som de sua risada. Talvez seja o que mais tenho saudade. Apesar de Aggie sempre ter tido seus momentos de silêncio — sua primeira palavra veio somente aos 4 anos, pois não sentia necessidade, eu entendia exatamente tudo o que queria e perguntava por ela —, este silêncio era o mais longo. Às vezes, me pergunto se ela vai voltar a falar algum dia. Sua língua de sinais, a esta altura, é basicamente a Língua Americana de Sinais, mas ela ainda utiliza alguns sinais próprios aqui e ali, porque gosta de manter vivo nosso mundo de gêmeas, como um pensamento saudoso de voltarmos ao nosso pequeno universo.

Mamãe telefona, como sempre, toda semana. Ela não sabe toda a verdade sobre o que aconteceu no Alasca. Acho que, se soubesse, ficaria inconsolável. E talvez até mesmo decidisse fazer justiça com as próprias mãos (o que é um pensamento nefasto e cruel). Ela não sabe o motivo de eu nunca colocar Aggie no telefone, mas, na semana passada, mamãe me disse que estou com a voz cada vez mais parecida com a da minha irmã. Insolente, provocadora, brava. Não sei como me sentir sobre isso. Às vezes, acho que Aggie e eu devemos ter trocado de lugar e esquecido de trocar de volta.

— Como estão? — pergunta mamãe.

— Nada mal. Duas das três alcateias já deixaram os cercados.

— Aposto que os locais adoraram isso. Estão dando muita dor de cabeça?

— Não — minto. — Eles têm sido legais.

— Certo. Vamos ver como agem quando suas ovelhas começarem a serem comidas.

— Não fique tão animada por isso, mamãe.

— Ha, ha. Você está mais engraçada do que antes.

— Obrigada — murmuro.

— Onde está sua irmã? Não tenho muito tempo... estou com um caso.

— Que crime terrível você está resolvendo no momento?

— Você não vai querer saber, minha doçura.

— Aggie está ensinado francês às crianças na cidade — digo enquanto observo Aggie lavar a louça.

— Está bem, *au revoir*, mande um beijo para ela. — Antes de desligarmos, mamãe pergunta: — E quanto à terceira alcateia? Por que ainda não deixou o cercado?

— Não sei.

Mamãe responde sua própria pergunta com convicção.

— É claro que sabe. É porque são mais astutos do que os outros. Mais atentos ao perigo que os aguarda.

— Não há perigo lá fora.

Mamãe apenas ri e desliga o telefone.

No oitavo dia, Evan, Niels, Amelia e eu percorremos a trilha até a Alcateia Abernethy. Precisamos ficar de olho nos lobos, talvez não estejam bem. Pode ser que precisemos usar varas para assustá-los para fora do cercado. Ou talvez precisemos deixá-los em paz, mas não saberemos até os vermos de perto.

Evan e Niels debatem sobre o próximo passo enquanto caminhamos. Suas vozes me exasperam, perturbando a paz da floresta primaveril. Flores silvestres começaram a irromper do solo congelado. Folhas retornam aos galhos. Árvores se livram do inverno e se viram para o sol.

Eu paro.

O odor, talvez. Meu nariz é aguçado o suficiente para isso? Ou são meus instintos que sentem?

Os outros param atrás de mim, em silêncio.

Eu olho para o topo da encosta. Mais além está o cercado. Mas acima há a figura imponente do perfil de uma criatura: Número Nove, inspecionando a paisagem sobre a qual agora reina.

— Merda — Evan sussurra, reverente. Amelia arfa.

Uma coisa é tocar um lobo inconsciente, outra é ver um no cercado, outra completamente diferente é ver um em liberdade, e de tão perto — ainda mais quando está em busca de seu domínio. É como um soco no estômago, um puxão na parte primitiva dentro de nós. Ele está, ao mesmo tempo, parado e em pleno movimento; o vento em sua pelagem o faz reluzir. Eu queria que Aggie estivesse aqui comigo, parece errado testemunhar isso sem ela.

Nós nos afastamos, deixando Nove explorar a floresta que deu nome à sua alcateia, Abernethy. De hoje em diante, todos os lobos caminham livres em Cairngorms. Eles têm um lar na Escócia mais uma vez, mas só o tempo dirá se este lar pretende abraçá-los ou destruí-los.

Para celebrar, vamos para o pub.

Conheci Evans e Niels quando nos três trabalhávamos com os lobos do Alasca no Parque Nacional de Denali. Naquela época, nós e outros biólogos socializávamos bastante — era parte do serviço compartilhar algumas cervejas à noite. Há algo de remoto naquela terra que nos encoraja a buscar contato humano, e foi a primeira vez em que eu realmente passei tempo com outros pesquisadores de lobos. Somos um tipo especial. Inquietos e ativos, preferimos o ar fresco em vez de mesas e laboratórios. Eu estava encantada com nosso grupo, com os animais, o trabalho e o mundo. Então foi fácil decidir por recrutar tanto Evan quanto Niels quando tomei a frente do Projeto Cairngorms — faz sentido trabalhar com pessoas já conhecidas, com cujas atitudes e filosofias estamos alinhados.

Agora eu daria tudo para ter contratado desconhecidos. Evan e Niels esperam por cervejas depois do trabalho a cada noite e não entendem por que eu não posso. Eles não entendem por que sou tão diferente da mulher que já fui um dia.

Infelizmente, esta noite, não havia desculpas.

O Snow Goose é escuro e rústico, e, enquanto meus olhos se ajustam, sou recebida por animais. A cabeça de um veado me encara sem enxergar acima do bar. Ao seu lado, um arranjo de cervos menores, em outra parede um texugo, uma águia, uma raposa. O ar está estagnado com o odor almiscarado das peças, mas talvez seja algo da minha imaginação. Estão por toda parte, desviando meu foco das grandes lareiras de pedra, das mesas de madeira retorcida e do candelabro de ferro fundido. Fora do espaço principal surgem cômodos secretos e cantos com sofás rebaixados de couro, todos cheios de pessoas. Um pub, como me foi dito, que atende toda a região. Eu forço meu olhar para longe da taxidermia, desconcertada.

Na cabine do canto distante, estão sentados Red McRae, o prefeito Oakes e Stuart Burns. Stuart parece mais robusto e amigável do que nunca. Seguimos para uma cabine no canto oposto do pub, mas eu me sento de forma que ele fique em meu campo de visão. Modos de matar uma pessoa: colocar algo em sua bebida, adulterar os freios de seu carro, fechar seu carro em uma pista repleta de gelo, segui-lo noite adentro e dominá-lo à força...

— Inti?

Pisco e olho para Zoe.

— O quê?

— O que você quer beber? — ela repete devagar.

— Qualquer coisa.

Encontro Duncan sentado no bar com Amelia e a esposa dela, Holly. Ele está vestido com um suéter vermelho grosso, claramente tricotado à mão e cheio de buracos. Pergunto-me quem havia tricotado para ele, uma companheira, talvez. Ele ri das palavras de Holly, seja lá o que tenha dito, e meus olhos deslizam ágeis para longe dele, esperando não ter sido vista. Red McRae aparece à nossa mesa com uma caneca de cerveja. Ele a bate com força o suficiente para derramar na madeira já grudenta.

— Soube que devo dar meus parabéns.

Há um silêncio constrangedor.

— Obrigado — diz Evan.

Stuart está logo atrás de Red, pousando uma mão apaziguadora em seu ombro.

— Bebam isso agora enquanto ainda está sobrando — disse Red, soando um tanto bêbado. — Porque logo, logo este lugar será regado a assassinato e caos.

— Pelo menos não estamos sendo melodramáticos sobre isso — digo.

— Espero que ache engraçado quando a retaliação bater à sua porta.

— Está nos *ameaçando*? — pergunta Zoe.

Red gargalha.

— Nada de ameaças aqui — diz Stuart, e ele está tão amigável, tão reconciliador que minha pele se arrepia.

— Não faz sentido ameaçar animais — concorda Red. — Não é assim que a natureza funciona. Se tem um problema com um deles — e neste momento ele olha direto para mim —, a única coisa a fazer é mostrar ao animal quem é mais forte.

Não posso evitar o sorriso. Ele me diverte e me deixa nervosa. Levo uma caneca de cerveja aos lábios e tomo um longo gole para me acalmar.

— Saúde — digo. Então deslizo da cabine e me levanto porque não suporto vê-los assim, mais altos do que eu, pelo menos preciso estar de pé. — Se quer ter uma conversa sobre força, podemos conversar. — Com isso, olho para Stuart. Seu pescoço se enrubesce, revelando meu efeito sobre ele. Neste momento, estou com tanta raiva dele que já não posso contê-la em meu corpo. A sensação persistente dos ferimentos de sua esposa e o saber, no fundo do meu corpo, do quão assustada ela se sente, o tempo todo. Por bem ou por mal, eu devo falar. — Alguém aqui — pergunto, segurando seu olhar — acha forte um homem que bate na esposa?

Um silêncio suga o ar do ambiente. Eu havia quebrado o código, havia dado voz ao que não se falava.

O olhar de Stuart se torna, de repente, enfurecido.

— O que você disse?

— Você tem muita cara de pau em dar as caras depois do que fez hoje — diz Red, tentando desviar a conversa para sua própria raiva, a qual, ouso dizer, é menos perigosa. — Eu aplaudiria isso se não fosse tão desrespeitoso.

— Olha, não queremos ser desrespeitosos. — Evan tenta amenizar.

— É verdade — concordo. — Mas estou perdendo bem rápido qualquer respeito que eu tinha.

— Cale a boca — Stuart fala baixo — e a mantenha fechada. — E se eu ainda tivesse qualquer dúvida do homem que ele é, sumiu por completo ao ver sua mudança. Acho que era isso o que eu precisava testemunhar. Para ter certeza.

Eu olho para Duncan, que nos observa do bar, mas ele não oferece qualquer ajuda.

— Para trás — digo a Stuart, que estava de pé perto demais e impondo-se sobre mim. Ele não se afasta, mas Red o puxa para longe e eu relaxo meus punhos cerrados, lembrando-me de respirar.

— Tudo bem, então, já deu por hoje — diz Red, e Stuart se permite ser guiado de volta para a mesa. Mas ele não se senta, pega seu chapéu e caminha pesado até a porta. Será que acabei de provocar outra punição em Lainey? Não posso deixar isso acontecer, mas não demora muito para Duncan seguir Stuart do pub, para observar das sombras, espero, e se ele vai ficar de tocaia, é bom passar a noite toda desta vez.

— Perdi minha vontade de comemorar — diz Zoe.

— Mesmo? Eu diria que foi uma vitória — digo, bebendo mais cerveja para me acalmar.

— Como eles não a incomodam? É assustador.

É assustador. Mas:

— Se você deixar que a incomodem, a vitória será deles.

Encerramos por hoje, a noite está arruinada.

Do lado de fora, Duncan está inclinado sobre sua caminhonete. Eu digo boa-noite à minha equipe e caminho até ele.

— Você esteve bebendo — diz ele, ao abrir a porta do passageiro para mim.

Ele me leva para casa em sua caminhonete, com as janelas abertas. O fedor chega a me tirar o fôlego.

— Você o seguiu até em casa? Ela vai ficar bem?

Duncan não responde.

— Ele está com muita raiva hoje, Duncan.

— Sim. Talvez seja bom repensar antes de provocá-lo.

Minha boca se abre, mas as palavras se dissolvem. Ele está certo, é mais fácil perceber isso com a minha raiva sob controle. Ele está certo, mas também não está. A raiva de um homem, sua violência, não é responsabilidade de ninguém, além dele mesmo.

— Quando isso vai acabar? Se ninguém diz nada por medo dele, então quando acaba?

Duncan permanece em silêncio por muito tempo, então admite:

— Eu tenho alguém lá.

O alívio aumenta.

— Quero que ele saiba que estou de olho nele.

Chegamos ao acesso de nossa rua.

— Vou à pé da sua casa — digo.

Preciso esfriar minhas bochechas quentes. Ele dirige até sua garagem e estaciona do lado de fora de sua casa. É parecida com a minha, mas de pedras cinza, não azuis, e há um cachorro pulando dos degraus para nos receber no escuro. Quando Duncan é recebido pelo collie preto e branco, eu me viro para a estrada.

— Boa noite.

— Há lobos lá fora — alerta Duncan.

Aquiesço.

Ele me observa.

— Um conselho de um morador local para uma visitante.

— Não sou visitante.

— Você vai embora um dia, em breve, quando seus animais estiverem mortos.

O tom casual de suas palavras é como um tapa.

— Este é um campo remoto — Duncan me conta. — Você vai precisar das pessoas. Todos nós precisamos por aqui. Você pode enlouquecer se ficar muito sozinha em um lugar tão grande como este.

— É por isso que você correu para nos ajudar esta noite? — pergunto. — Responsabilidade cívica?

— Na minha experiência, policiais podem arrumar problema onde não há nenhum.

Eu encontro seu olhar.

— Havia um problema, Duncan.

Depois de um longo momento, ele diz:

— Perdão. Eu entendi errado a situação. Você não parece o tipo de mulher que não consegue lidar com um par de idiotas bêbados.

— Por que eu deveria ter que lidar com eles?

Ele inclina a cabeça ao reconhecer o fato.

— Você não está em perigo aqui, Inti. Estou de olho.

As palavras pinicam minha nuca. Em algum lugar profundo, há uma ansiedade.

— É lá fora com o que estou preocupado — adiciona Duncan, indicando as árvores, os morros, as montanhas e os pântanos. — Você precisa conhecer bem os monstros, garota-lobo.

— Eu nunca encontrei um na floresta. Eles não vivem lá.

Algo muda no espaço entre nós. Ou talvez este formigamento sempre tenha vivido ali. Não sei, mas há algo em sua consideração e eu estou tão frustrada, preciso fazê-lo ver o que vejo, fazê-lo entender, e acho que quero isso porque o que realmente quero é ele.

Já faz tempo desde que desejei alguém. Isso me tomou de surpresa.

Eu tomo uma decisão e digo:

— Posso te mostrar uma coisa?

— Onde?

— Lá dentro.

Duncan não responde, pensativo. Será que deixa a loba entrar? Ele lidera o caminho ao calor. A porta de trás se abre direto para uma cozinha de pedra e madeira. Eu paro no peitoril da janela e aumento o volume do meu telefone.

Duncan aguarda em alerta na porta e não acende as luzes, deixando-nos sob o brilho avermelhado das brasas no fogão.

— Venha aqui — digo.

Devagar, com um arrastar doloroso, ele assim o faz, aproximando-se, nós dois perto do telefone.

— Feche os olhos.

Não tenho certeza se ele quer, mas cede, fechando as pálpebras. Eu pressiono o play do arquivo de áudio e o som lentamente nos envolve.

Primeiro, um canto de pássaro. Uma conversa entre duas aves. O grito dos corvos sobrevoando e o bater de suas asas. O piar de pássaros menores, os grilos na grama, o farfalhar de folhas. Todos os minúsculos sons da floresta, um ecossistema em equilíbrio é tão calmante que percebo toda a compostura de Duncan mudar — seus músculos do rosto e ombros relaxam. E então algo mais, um arrepio em minha nuca.

Soa como um oceano distante.

Ou a primeira agitação de uma tempestade.

O vento sobre as copas das árvores.

— Este é o som de lobos sussurrando.

Duncan abre os olhos.

— Duas alcateias separadas, conversando uma com a outra ao se aproximarem.

É macabro e tão belo.

— Ninguém sabia disso até que gravaram. Foi um acidente.

Quero que ele os veja como eu vejo. Sabia que lhe mostrar isso nos engoliria e assim o fez.

Duncan leva minha mão para seus lábios.

— Você está gelada — sussurra e me guia até seu quarto.

Eu conheço essa escuridão. Havia me perdido nela uma vez. Suas mãos são minhas, seus lábios e sua língua, e estou dentro dele, levada até as profundezas, distante do ar. Não há luz, apenas sua pele e as sensações, seu toque junto ao meu, é demais e o suficiente para me afogar.

Eu acordo com o gentil acariciar de dedos ao longo da linha do cabelo.

O forte sol da tarde ilumina o rosto dele.

— Você está viva.

Quase não me sinto assim.

Ele está sentado ao meu lado na cama, e seu collie dorme entre meus joelhos. Permaneço onde estou, ancorada por ambos.

— Por quanto tempo dormi?

— São duas da tarde.

— Ah, meu Deus. — Levanto-me com dificuldade. — Desculpa.

Ele balança a cabeça gentilmente, me estudando.

Minha pele parece em carne viva ao toque; os lençóis antes macios, agora estão ásperos. Aggie chama isso de "fadiga de sensações" e eu só experimentei isso algumas poucas vezes. Uma espécie de entorpecimento do meu espelho-toque.

— Você está bem?

Aquiesço.

— Preciso ir.

— Vou levá-la na caminhonete.

— Vou a pé. Preciso caminhar.

— Não gosto de você perambulando por aí sozinha.

— Não aprendeu nada ontem à noite?

O comentário o faz sorrir.

Na porta, eu afago o cachorro por alguns instantes; ele me olha com amor e me faz querer ficar.

— Qual o nome dele?

— Fingal.

— Oi, Fingal.

O cachorro me cumprimenta em silêncio.

A expressão de Duncan não é tão transparente, mas, mesmo assim, se eu estender minha estadia aqui, vou acabar ficando. Exausta como estou, ainda o desejo, mais e mais. Então me viro em direção às árvores.

7

Em casa, eu corto a lenha, pois Aggie deixara o fogo se apagar. Minha respiração forma nuvens no ar congelante. Gall me observa do pasto, corvos saltitam na grama ao seu redor. Paro e retribuo seu olhar.

— O que você acha disso tudo? — pergunto.

Ela balança a cabeça.

— Você gostaria de ficar aqui?

Nenhum movimento dessa vez. Ela está indecisa.

Recolho um pouco de madeira nos braços e carrego tudo para dentro, ajoelhando-me diante da lareira. Arrumo os gravetos e o jornal para acender a chama. E pequenos pedaços de madeira em forma de tenda. Aggie está encolhida sob um cobertor no banco em frente à janela, lendo.

— O que houve? — pergunto sobre o fogo para ela. Ela sabe que não deve deixá-lo apagar.

Você não veio para casa, gesticula ela.

— Suas pernas pararam de funcionar?

A pilha de madeira está lá fora.

Fico paralisada. O fósforo esquecido queima meus dedos.

— Droga.

Eu acendo outro e o levo até o jornal, observando-o escurecer, contorcer-se e virar fumaça. A chama se alastra para o resto do material, ganhando vida. Aluguei este lugar pelo telefone sem nem ao menos visitá-lo para termos onde morar de imediato. É menor e mais deteriorado do que eu esperava, os móveis e a decoração pertencem a outra era, mas não precisamos de muito. Aggie saiu um pouco nos primeiros dias, apenas caminhadas curtas para desbravar a área, depois cada vez menos, até que um dia ela parou por completo e agora o simples pensamento de sair destas paredes a aterroriza. Eu não havia pensado sobre o aquecimento ou sobre a pilha de madeira fora do seu alcance.

— Me desculpe — digo a minha irmã. — Sinto muito mesmo. Vou trazer mais estoque para você.

Vou comprar um aquecedor elétrico para ela, para emergências. E não passarei a noite fora novamente. Eu nunca deveria deixá-la por tanto tempo.

Sento-me diante dela no banco da janela, nossos joelhos se tocando. Ela compartilha o cobertor comigo.

— Os lobos estão livres.

Aggie sorri.

Parabéns. Passou a noite fora celebrando?

Assenti.

Então você fez amigos?

— Não preciso de amigos.

Ela pensa um pouco sobre isso, e entre nós paira uma pergunta. Onde você esteve, então? Mas ela não pergunta e eu não respondo. Eu poderia chorar neste instante para acabar com este silêncio. Em vez disso, ela me passa o livro e o leio para ela, minha voz começa hesitante e então estabiliza, e, enquanto escuta, Aggie deixa sua bochecha repousar contra o vidro — tão frio contra meu rosto. Entre minha ida ao mercado e assar pão, foi assim que passamos o restante do fim de semana, lendo e conectadas.

Na segunda-feira, sou a primeira a chegar no trabalho, estou sozinha quando percebo por que levou tanto tempo para a Alcateia Abernethy abandonar seu cercado — não queriam deixar sua filha, a linda Número Treze, que estava encolhida entre as raízes das árvores no canto distante da jaula onde não podíamos vê-la. Mas ainda assim, eles a deixaram.

Evan chegou com um punhado de flores selvagens amarelas.

— Calêndulas-do-pântano para você, querida, para iluminar sua manhã. *Caltha palustris*. Eu as encontrei no caminho, estavam abrindo espaço entre o gelo. São as primeiras da estação.

Ele as coloca em um copo com água e as posiciona na escrivaninha ao meu lado. Antes que eu possa agradecer, Evan é pego de surpresa ao ver Treze sozinha em sua jaula.

— Ah, não. O que está fazendo aí dentro, querida? Estou surpreso que eles a tenham deixado.

— Eles ficaram o máximo que podiam — digo.

Eu saio em busca de respostas. É improvável que descubra o motivo de sua alcateia tê-la deixado ali e o motivo de ela ter decidido ficar, mesmo que sozinha, mas preciso tentar descobrir.

Em uma paisagem tão extensa como essa, é preciso sobrevoar a área para encontrar os lobos. Os animais carregam uma coleira com GPS, mas antes precisamos conseguir localizá-los e nos aproximar o suficiente para baixar os dados armazenados em suas coleiras. Isso é possível ao sincronizar com suas frequências de rádio individuais, o que é facilmente feito pelo ar.

Nosso piloto se chama Fergus Monroe, ele exala um odor forte de álcool.

— Você está bem para pilotar? — pergunto, sem esconder meu ceticismo.

Fergus gargalha.

— Sim, é claro. Uma noite de bebedeira nunca me impediu antes.

Ele é magro e forte, com cabelos acobreados e um sorriso de garoto apesar da ressaca. Eu estaria mais preocupada com o fato de que está visivelmente embriagado se tivéssemos outra opção, mas já que se trata do único piloto na área com sua própria aeronave que se dispõe a nos ajudar, subirei aos céus hoje em sua companhia. Não adianta nada argumentar.

Coloco os cintos da pequena aeronave e Fergus aciona o motor com um grito alegre. Pergunto-me se ele faz isso todas as vezes em que liga a aeronave ou se é só para meu entretenimento. De qualquer forma, rio. As hélices giram e sentimos o chacoalhar do avião conforme percorremos o gramado da pequena pista de decolagem, e lá vamos nós, subindo precariamente no ar, desafiando as leis da física. Meu estômago afunda, forçando-me a respirar para segurar a náusea súbita.

— Há quanto tempo você a tem? — pergunto acima do som do motor. Temos um fone de ouvido para conversar, mas o rugido da aeronave ainda é um barulho intenso.

— Há quase vinte anos já. E ela é muito mais velha que isso!

Meu alarde deve ser evidente em meu rosto, pois o piloto olha para trás e gargalha.

— Não se preocupe, esta velha senhora ainda tem muito o que voar. Nunca me deixou na mão.

— Há sempre uma primeira vez para tudo — respondo, o que arranca outro riso dele como se tivesse fugido de um hospício local.

Em meu tablet, tenho um mapa no qual faço marcações conforme percorremos o céu em círculos amplos, e tenho em mãos meu rastreador de rádio. Fergus conhece bem a região e onde os grupos de animais costumam ir em busca de água e pastagem — a localização mais recente do GPS veio destes pontos de interesse, então começamos por eles e seguimos voando em círculos. Mantenho meus olhos focados no solo, tentando aprender o desenho da terra, mas é tudo tão diferente quando se está no ar. Formas e cores que precisam ser compreendidas. Trechos de floresta, longas montanhas íngremes, pântanos sombrios e ovelhas onde quer que eu olhe. Sem cercas, sem currais. Pergunto-me se essas pessoas estão tentando fazer com que seus rebanhos virem alimento.

Leva horas até encontrarmos um lobo. Seguimos um bando de cervos-vermelhos, rastreando-os ao longo do rio no Norte. Voamos baixo, deslizando entre as ondulações verdes e marrons das montanhas que nos cercam de ambos os lados. Muito acima do nível do mar, vemos as montanhas a distância, os monólitos da região de Cairngorms ainda cobertos de neve. Parecemos minúsculos neste espaço gigantesco, tão pequenos quantos os cervos-vermelhos pastando abaixo de nós.

Meus olhos descobrem algo.

— Ali! — grito. Fergus faz um círculo para nos dar uma visão melhor.

É a Alcateia Glenshee, com exceção da Número Dez. Estão na trilha de um grupo de cervos, um pouco mais atrás, mas aproximando-se com rapidez em meio à relva amarela. Ao escutar o ruído do motor, os lobos olham para cima e, quando os sobrevoamos, fogem rapidamente por entre pinheiros, onde não podemos vê-los. Eu sorrio, e desta vez sou eu quem dá um grito de alegria.

— É uma bela imagem, não é? — grita Fergus.

— É uma belíssima imagem!

Há sempre um medo persistente de que estejam doentes, machucados ou mortos, então ver esta alcateia ilesa, cada um de seus membros saudáveis e caçando, é eletrizante. Uma alegria.

Perto o suficiente agora, conecto com as coleiras GPS que os lobos usam e baixo os dados mais recentes. Cada uma das coleiras leva cerca de três minutos, então quando finalizo os dois primeiros, os demais já se afastaram e estão longe de alcance. Porém, coletar os dados de dois de uma mesma alcateia é um bom começo. Podemos ver cada localização em que estiveram na última semana e começar um registro de padrões. Com dados suficientes, Zoe pode criar um mapa de seus movimentos e conseguiremos ver os territórios das alcateias surgindo.

— Vamos seguir em frente e encontrar os outros. Não quero perturbá-los demais enquanto estão caçando.

— Você quem manda, chefe. — Fergus manobra a aeronave em um grande arco ao leste, enquanto eu marco no mapa onde encontrei a Alcateia Glenshee, seguindo através dos Morros Mounth no lado sul do parque. Eu me pergunto o tamanho do território que eles aparentam estar demarcando para si mesmos.

Ao voar sobre longos trechos de turfeiras e pântanos, Fergus pergunta:

— Você sabe como este local costumava ser?

— Floresta?

— Sim, isso mesmo. Toda a madeira que uma vez cobriu esta área foi queimada para afugentar os lobos e destruir seus esconderijos. É o que dizem, pelo menos.

Estou chocada e me viro no assento para encará-lo.

— Um tipo de massacre — diz ele, aparentemente incomodado por meu interesse, perdido na história.

— Três caçadas a lobos por ano foram requisitadas pelos antigos reis — continua ele —, e os homens que sofriam punições eram obrigados a pagar por seus crimes com línguas de lobo. Até Maria, rainha da Escócia, determinou a caça aos lobos como esporte. Uma nação inteira sedenta por seu sangue. Os animais não tinham chance. Mas sobreviveram mais tempo aqui do que na Inglaterra e no País de Gales. Eles tentaram.

Ele mexe em algo no painel, e então, como se eu tivesse feito uma pergunta, acrescenta:

— Há todo o tipo de história sobre o último lobo da Escócia. Cada distrito tem uma versão, e todas são violentas. Mas o mais provável é que ele estivesse escondido em algum lugar e morreu sozinho. Este é o meu palpite, pelo menos.

Fecho os olhos, tomada pelo sentimento.

Não encontramos a Alcateia Tanar, mas o entardecer se aproxima e decidimos voltar para casa. Ao darmos uma volta ao longo do limite oeste do parque nacional, nos deparamos com a Alcateia Abernethy.

Ou melhor, com um de seus membros, pelo menos: o macho reprodutor Número Nove.

O lobo está em uma clareira na floresta quando grito para Fergus fazer um círculo ao redor e diminuir a altitude. É muita sorte encontrá-lo aqui assim. Ele percorreu uma longa distância desde seu cercado, o que significa que está caçando. Isso não é algo fácil de se conseguir sozinho, o que torna ainda mais estranho o fato de ele ter abandonado sua enteada — lobos caçam melhor em grupos; quanto mais membros, melhor. Sua nova companheira, Número Seis, também deveria estar aqui. E então o pensamento surge em minha mente. Número Seis deve estar prenha. Apenas a necessidade de cavar uma toca para a futura ninhada poderia explicar sua ausência na caçada e o abandono de sua filha.

O pensamento me deixou animada, mas mantive os olhos no grande lobo-cinzento, a criatura pela qual eu avaliava a saúde deste projeto — o mais forte de todos. Ele sempre foi uma criatura imponente, o maior lobo que já vi, mas, mais do que isso, há uma quietude nele, uma certa calma em seu olhar. Conforme reduzimos a altitude no círculo, ele olha para cima e vê o avião. Estamos perto o suficiente para que eu possa ver seu belo focinho com clareza, seus olhos dourados. Ele está ainda mais em paz, livre em seu habitat, do que estava na jaula.

Em vez de fugir para buscar abrigo como a maioria dos lobos, ele mantém sua posição e nos olha, observando. Desafiando-nos a aterrissar e ir ao seu encontro, desafiando-nos a tentar.

Sinto um arrepio percorrer minhas costas, uma reverência avassaladora.

— Meu Deus — ouço Fergus dizer a distância.

Não tenho forças para responder.

Nove permanece esperando por nossa movimentação, e conforme nos afastamos dele, sinto um nó em meu estômago ao perceber com clareza o quanto ele está perto do limite da floresta, onde há terras de fazendas logo após o riacho.

Uma parte de mim deve saber, pois, nos dias seguintes, começo a sintonizar o rádio com o sinal da coleira de Nove com mais frequência do que qualquer outro lobo. Uma semana se passa sem novidades. Estou começando a relaxar quando, no décimo dia, mudo para sua frequência e ouço o sinal de fatalidade.

A coleira deve ter se perdido ou está com defeito. Os lobos, às vezes, a mastigam até soltarem. Poderia estar caída na relva em algum lugar.

Mas quando Duncan me liga e fala meu nome, posso ouvir em sua voz. Eu sei, é claro que sei. Já sabia muito antes de acontecer.

A palavra foge de mim sem minha permissão.

— *Não.*

— Um dos lobos foi abatido. Sinto muito, Inti.

Eu sei na fazenda de quem antes mesmo que ele me diga.

As terras de Red McRae ficam no canto noroeste do parque e margeiam a Floresta Abernethy, onde libertamos a alcateia de Número Nove. Ele é dono de uma extensa área de terra, cobrindo morros com pontinhos pretos e brancos de suas centenas de ovelhas. Red e Duncan estão aguardando por nós no pasto das ovelhas. Niels e eu saímos do carro. Optei por não trazer Evan, isso o deixaria muito triste.

— Vamos levá-los até a carcaça e poderão tirar aquela droga da minha propriedade — diz Red como cumprimento.

O olhar de pena de Duncan encontra o meu, e me sinto compelida a desviar o olhar para não gritar. Quero tanto aliviá-lo desse sentimento que dói.

Começamos a longa caminhada juntos, todos os quatro em silêncio.

Vejo o corpo muito antes de chegarmos. O pelo cinza aninhado na terra. Embalado por ela. Ele está caído ao lado do riacho que margeia a fazenda, mas dentro dos limites da floresta. E ao perceber isso me dou conta de que ele foi baleado antes mesmo de cruzar para as terras de Red.

Sou tomada por um ódio selvagem e pulsante, uma raiva tão ardente que acho que *vou* gritar, ou vomitar, ou me virar e estrangular Red. Em vez disso, me abaixo ao lado de Nove e passo minha mão trêmula por seu pelo, como nunca havia feito quando estava vivo.

— Isso é ilegal. Ele não está na sua propriedade. — Ouço Niels dizer.

— Achei que era um cachorro selvagem — responde Red, despreocupado.

Os outros desaparecem ao fundo e tudo o que sou é este lobo, tudo o que vejo é sua beleza, e agora, seu poder, ainda que reduzido. Por que não fui até ele quando sabia que estava se aproximando demais do perigo? Por que não fui e o desloquei de algum modo? O mais forte de todos. O mais poderoso. O que mais se sentia em casa aqui. Abatido.

Há sangue no pelo de Nove. Ainda não consigo ver onde foi baleado, mas seus olhos estão abertos e vidrados, sua língua estendida para fora. Uma visão tão deprimente que sinto algo se contorcer dentro de mim. Essa sensação é o motivo de não lhes darmos nomes. O porquê de não nos aproximamos tanto deles — pois eles são tão frágeis.

Agora, porém, parece cruel que tudo o que ele representou para nós foi um número entre muitos.

Olho para Red, e ele recua diante do que vê em meu rosto. Há um certo constrangimento nele por eu me mostrar tão vulnerável, tão ferida. Tão ardente.

Fecho os olhos e a boca de Nove, acaricio seu pelo de novo e de novo, desejando ficar sentada aqui, acariciando-o para sempre. Quando já não posso evitar, peço a Niels para carregá-lo até o carro, mas quando Nove se mostra muito pesado para Niels sozinho, é Duncan quem levanta o lobo em seus braços e segue mancando pelas colinas.

Um velho senhor está sentado do lado de fora da casa de Red McRae. A imagem espelhada de Red, algumas décadas mais velho. Aposto que é seu pai. Ele observa enquanto colocamos o lobo na caminhonete e leva seu chapéu ao peito em um sinal de respeito que eu preferia não ter visto.

Levamos Nove até a clínica veterinária de Amelia para uma necrópsia. Sabemos como ele morreu, mas há mais informação que podemos obter de seu corpo, incluído conteúdos de seu estômago e sistema digestivo para determinar a sua alimentação e seu estado geral de saúde antes do tiro. Ao terminamos de verificar a carcaça, vamos enterrá-lo. Eu já enterrei outros lobos antes e farei de novo, mas nunca me acostumarei com isso.

Duncan está aguardando na sala de espera para ouvir sobre os achados.

— Quero processar McRae — digo.

— Ele disse...

— Eu sei o que ele disse. Faça seu trabalho.

Cheguei em casa ao cair da noite. Os dias estão ficando cada vez mais longos e o anoitecer traz um brilho espectral à luz.

Estou destrancando a porta da frente quando escuto.

O primeiro uivar de lobo.

O primeiro nesta floresta em centenas de anos.

Minhas mãos desabam e eu me viro para a floresta. Um sopro de vento causa um farfalhar das folhas das árvores e carrega o som até mim. Os pelos dos meus braços e nuca se arrepiam. O uivo carrega uma pergunta dolorosa e desesperada. E conforme continua a se estender pela noite, sem resposta, cada vez menos esperançoso com o passar das horas, sei a qual lobo este som sombrio pertence. A branca, Número Seis, chamando seu companheiro perdido de volta para casa.

8

Número Seis, a fêmea alfa de sua alcateia cada vez menor, não cessou seus uivos por duas semanas, do anoitecer ao nascer do sol. Está enlouquecendo todos perto o suficiente para ouvi-la. Eu recebi minha dose diária de telefonemas de propriedades e residências nos quilômetros ao redor me dizendo, de modo bem direto, para fazê-la se calar. É como se ela fosse meu cachorro precisando de disciplina. Tento explicar que ela é uma criatura selvagem em luto. Porém, o mero pensamento de que uma fera pode ficar enlutada por seu companheiro de um modo tão expressivo, quase *humano*, é demais para este povo. Nenhum de nós consegue evitar carregar o sofrimento junto com ela.

Acordo antes do amanhecer e saio para uma caminhada.

Passo pela entrada da garagem e sobre a cerca, cortando pelo pasto até a avultante sombra da floresta de abetos. Através das árvores, tão altas e densas que, até com luz do sol, o interior é escuro como a noite. Toco a casca escamosa ao passar pelos troncos, corro as pontas dos dedos pelas bordas pontiagudas das folhas finas como agulhas. Em silêncio, eu lhes digo que espero que possam ser mantidas em paz, mas sei que não será assim. A trilha me guia adiante e ao redor, sobre um riacho que goteja invisível — sua presença é apenas revelada pela umidade em meus pés ao cruzá-lo. Tenho um destino. Sigo através desta floresta feita pelo homem, seus abetos sitka, cuidadosamente medidos, plantados apenas com o intuito de serem derrubados, até uma área mais selvagem — muito mais antiga. Ao deixar as grandes e densas árvores, adentro um cenário em declive coberto por centenas de bétulas-brancas, brilhando sob o luar. Respiro fundo, a floresta também. O vento é um oceano distante, que me acalma ao me atingir como um leve beijo na minha bochecha, minhas pálpebras e meus lábios. Reconheço este beijo, já o senti antes.

Um ano se passara na floresta de papai. Ele ia e vinha, mas, na maioria das vezes, ele não estava lá. Aggie e eu continuávamos indo à escola. Aos 17 anos, esse seria nosso último ano. Trabalhávamos na horta para garantir a comida, cuidávamos dos cavalos e da casa, e saíamos para caçar a carne que venderíamos para conseguir um pouco de dinheiro. Estávamos solitárias, mas tínhamos uma à outra. E estávamos cansadas demais para sentir solidão.

Quando papai permanecia ausente, cada vez mais até finalmente parecer permanente, quando ele parou de nos reconhecer, senti uma enorme obstinação em minha alma e sabia que tinha de fazer algo, precisava tentar algo. Então, na manhã de uma terça-feira, enfiei minha pequena família em nosso velho carro barulhento e saímos em uma longa viagem. Primeiro para a costa oeste da Colúmbia Britânica, não muito longe de onde morávamos, em direção às poças de maré onde diziam que uma estranha espécie feérica de lobo vivia — os lobos do mar que se alimentavam de salmão e focas e nadavam nas ondas do mar onde nasceram. A maioria desses lobos nunca sequer viu uma montanha ou um cervo, e nesse trecho de terra das Primeiras Nações ainda não tinham aprendido a temer os humanos. Estacionei o carro e caminhamos sob coníferas até um trecho pedregoso de praia. O magnífico Oceano Pacífico soprava um vento salgado em nossos rostos, e nós nos sentamos, com os binóculos prontos, esperando um avistamento. Mas nada. Os lobos estavam nas terras dos restos de madeira flutuante e oceano.

Em seguida, descemos pelos Estados Unidos. Cruzamos de Washington até Idaho, Montana e Wyoming — o país do grande céu e, Deus, como era grande — para o Vale Lamar, o vale do rio extenso e repleto de vida selvagem. A estrada era sinuosa e, depois, reta como uma faca, atravessando vastas planícies e montanhas cobertas de neve ao longe. Havia dezenas de pessoas paradas ao lado de seus carros, esperando em silêncio para avistar um lobo ou um urso pelas lentes de longo alcance de suas câmeras.

Estacionei ao fim da linha de espectadores, desapontada por não estarmos sozinhos. Aggie se sentou no capô do carro e fechou os olhos sob o sol. Por alguma razão, papai se ocupou em tecer uma cesta de gramíneas e quando lhe perguntei o porquê, ele disse, como se eu fosse uma idiota, que era para carregar coisas. Não vimos nenhum lobo no Vale Lamar, apesar de eu ter lido extensivamente sobre a famosa alcateia que vivia ali batizada com seu nome. Porém, vimos bisões amamentando seus filhotes, batendo cabeças e cruzando rios. Eu vi aves de rapina planando, observando. E um jovem parado ao nosso lado afirmou ter visto uma ursa-negra e seu filhote passando no dia anterior.

Os lobos estavam por aí, respirando e dormindo, caçando e brincando, e se nós os víamos ou não, eles ainda tornavam o local mais rico e mais vivo apenas por existir. Eu podia senti-los e estava feliz pelo pôr do sol do Wyoming, roxo, rosa e dourado, cruzando a pradaria onde os lobos se mantinham escondidos, feliz que suas vidas ainda lhes pertenciam e que seu mistério perseverava.

Aggie não entendia. Sentia-se entediada e queria ir embora, mas também queria que eu visse o que viemos ver. Afinal, os lobos eram o ponto alto da viagem. Exceto que não eram; não de verdade. Eu queria nosso pai de volta, nosso pai sabe-tudo e grande como um abeto-de-douglas. Queira trazer sua paixão de volta, seu amor pela natureza que eu demonstrava ter cultivado. Queria dividir este despertar dentro de mim, dividir o que havia aprendido, a vida que eu agora sabia que teria, e queria vê-lo orgulhoso. A esperança foi sendo arrastada atrás de nós como uma lata de metal barulhenta até eu abandoná-la de vez.

Enquanto eu dirigia a velha van Chevy enferrujada partindo de Utah, papai adormeceu e Aggie acordou.

Não faltava muito agora.

— Quando voltarmos, precisamos arrumar alguma ajuda — disse minha irmã do banco de trás.

Eu não respondi.

— Eu encontrei alguns lugares.

— Ele precisa ficar na casa dele — respondi.

— Vai piorar cada vez mais, e não sabemos como cuidar dele.

— Podemos aprender.

— Você vai alimentá-lo e limpar sua bunda? Porque eu não vou.

Estremeci.

— Esses lugares vão matá-lo. — Ficar preso dentro de casa, sem seus cavalos, comendo refeição requentada no micro-ondas na frente da televisão. Isso o mataria.

— Talvez uma morte mais rápida fosse um alívio — murmurou Aggie.

Eu a encarei pelo retrovisor.

— Você não acabou de falar isso.

Ela suspirou, encontrando meus olhos.

— Não, mas só vai piorar.

Assenti e comecei a pensar em modos de livrar minha irmã desse fardo. O problema era que, mesmo que eu pudesse fazer isso, ela não partiria.

Viramos à esquerda, na rodovia 25, em direção à Floresta Nacional Fishlake.

Estacionei. Papai acordou e nós saímos da van para caminhar o restante do trajeto.

— Onde estamos? — perguntou ele.

— Fishlake — falei e acrescentei —, Estados Unidos.

Papai olhou para as árvores, confuso. Não eram as que ele reconhecia, mas certa vez dissera que todas as florestas são nosso lar, não importa onde no mundo, e era isso que eu esperava, que esse conhecimento resistisse nas profundezas de seu ser.

— Venha. Me siga, quero te mostrar uma coisa.

O ar era quente e gentil.

Nós três cruzamos uma elevação e vimos uma floresta de álamos-trêmulos. Centenas de troncos alongados e brancos, e copas de um tom amarelo vivo balançando acima.

Nossos dedos traçaram as cascas lisas, e eu disse:

— É uma só árvore.

— Como assim? — perguntou Aggie.

— Não é uma floresta. É uma árvore. Um enorme organismo. É chamado de gigante trêmulo e é o organismo vivo mais antigo do planeta. E o maior. Alguns acreditam que pode ter milhões de anos. E está morrendo. Nós o estamos matando.

Virei-me para ver meu pai se agachar sobre o solo terroso e colocar sua mão espalmada no chão, sobre a rede de raízes conectadas, das quais saíam centenas de troncos geneticamente idênticos, clones uns dos outros. Eu o assisti fechar os olhos e ouvir o gigante trêmulo abaixo de nós. Quando os abriu mais uma vez, estavam repletos de lágrimas, e as árvores o haviam devolvido para nós.

— Minhas meninas. Como vocês cresceram.

Aggie o abraçou. Eu pressionei minha bochecha em um dos troncos elegantes e lisos. O vento sussurrou através dos galhos desnudos, percorrendo minhas pálpebras e meus lábios. Um beijo. Eu quase podia ouvir sua respiração, podia sentir sua pulsação abaixo, ao redor e acima de mim — a linguagem mais antiga de todas.

Agora, em uma floresta diferente, um lugar de terras elevadas, conforme o sol se põe, ouço um pássaro cantarolar nas proximidades. Imagino ser um rouxinol. Eu queria saber o que ele está dizendo. Chego a um pequeno lago e me sento na beirada para assistir ao pôr do sol colorir a água — de cinza para azul e, então, prata. Uma névoa se forma na superfície. As aves aquáticas estão acordando, chamando umas às outras.

Nunca mais quero deixar este lugar. Nunca mais quero ver outro ser humano novamente — é o meu maior desejo. A solitude é primorosa, é serena. Até que meus pensamentos se voltam para Número Nove, sua evolução até ser morto a tiros, e o homem que o matou. Algum capricho selvagem eleva minha voz a um berro — o mesmo usado para compelir minha irmã a quebrar o silêncio. Uma sensação boa, ainda que apenas por um momento. Quando o som se dissipa, vejo os pássaros fugindo assustados.

Não retorno direto para casa. Opto pela trilha mais longa, meus pés me guiando a uma colina com vista para parte de trás de seu chalé. Daqui posso vê-lo na janela da cozinha. Posso vê-lo se mover, mesmo sob a névoa da manhã. Eu o observo, desejando descer a colina e ir até sua porta, mas incerta se para confrontá-lo — para perguntar se ele indiciou Red, para dar voz à minha raiva — ou para algo mais gentil e pungente.

O cachorro começa a latir e volto para casa antes que Duncan me veja.

Meu celular toca a caminho do trabalho. É Evan.

Ele inicia a conversa com um simples "não fique com raiva".

Suspiro.

— Niels saiu e achou a toca.

— *O quê?* Droga! — Desligo com tanta força que machuco meu dedo, antes de estacionar na vaga do acampamento base. Irrompo pela porta da frente, olhos frenéticos até aterrissar em Niels, que parece encabulado na cozinha. Zoe e Evan se escondem atrás dos computadores.

— Devo ter ouvido errado no telefone agora há pouco, porque tenho certeza de que você não foi até a toca, especialmente depois de eu ter sido enfática ao dizer para não fazer isso.

Niels levanta as mãos.

— Precisávamos localizá-la.

— Ela terá os filhotes a qualquer dia, ela precisa da toca.

— Ela nem estava lá quando a encontrei.

— Isso é ainda *pior*!

— Vamos abaixar o tom — sugere Evan, seus olhos apontando para algo atrás de mim.

Olho de relance sobre os ombros e vejo Duncan parado na porta, observando a conversa, mas não tenho tempo para me preocupar com o motivo de sua presença. Eu me viro para Niels.

— O que você estava pensando?

— Você está cautelosa demais este tempo todo, desde que chegamos aqui — diz, com calma. Ele é sempre tão calmo que irrita. — Não sei o que a deixou tão cautelosa desta vez, mas sabe tanto quantos nós que, às vezes, precisamos intervir.

O calor inunda minhas bochechas.

— Se você a desalojou de sua toca, sou capaz de te matar. O policial está aqui para ser testemunha. — Em vez de esperar uma resposta, caminho batendo os pés para esfriar a cabeça do lado de fora.

Reclinada sobre um tronco contorcido de zimbro, minha árvore favorita na região, observo o gentil movimento da floresta. A luz do sol adentra pelas copas. Ouço um farfalhar em uma das grandes samambaias. Eu vinha assumindo uma posição não intervencionista, mas não pensei que seria a mesma coisa que ser cautelosa demais.

Não demora para eu ouvir a porta e Evan surgir ao meu lado. Ele permanece quieto por um tempo, então sussurra:

— Precisávamos encontrar a toca.

— Não indo até lá, não tão perto do parto. — Se Seis saiu para encontrar comida e ao retornar sentir o cheiro humano no local da toca, ela vai abandoná-la. Mesmo que já tenha tido os filhotes, poderá abandoná-los, tamanho é o seu medo de humanos. Niels sabe disso, nós conversamos sobre isso ontem quando eu decidi que não arriscaríamos ir até lá, não agora.

— Talvez tenhamos que trazê-la de volta — digo.

— Então daremos um jeito.

Olho de lado para ele.

— Tenho sido cautelosa demais?

Evan inclina a cabeça.

— Só... relutante em se envolver demais.

— Quero que eles sejam livres.

— Sim, mas nós os trouxemos até aqui e os colocamos em perigo. Talvez ainda precisem de nossa ajuda.

Aquiesço lentamente. Meu pai costumava dizer que o mundo começou a sair dos trilhos quando nos separamos do meio selvagem, quando paramos de ser um só com o restante da natureza e nos distanciamos. Dizia que talvez pudéssemos sobreviver a esse erro se encontrássemos um modo de nos reintroduzir na natureza. Mas eu não sei como fazer isso quando nossa existência aterroriza as criaturas com as quais devemos nos reconectar.

Eu daria tudo para não assustá-los. Isso me enche de tristeza. E a verdade é que o medo deles de nós é o que os mantêm seguros.

O interior da cabana é tomado por um silêncio constrangedor enquanto esperam para ver se estou mais calma. Encontro o olhar de Niels.

— Pode fazer um mapa da toca para mim?

— É claro. — Ele logo dá início à tarefa, enquanto eu preparo uma mochila para viagem.

— Posso falar com você? — Duncan me pergunta.

— Agora não posso, chefe. Preciso ir até aquela toca. — Só então me ocorre que ele pode ter me visto esta manhã, observando-o do morro, e se for este o caso, eu talvez morra de vergonha.

— Eu vou junto então. Posso?

Eu rio.

— Não.

— Por que não?

— Eu vou sozinha. Quanto menos pessoas circulando por ali, melhor.

— Que tal eu pisar onde você pisar e não fizer nenhum barulho? Posso ser discreto quando preciso.

— É mesmo? — Ele está me observando, tentando me decifrar. O tempo todo. Eu não preciso facilitar as coisas para ele, então indico sua perna com um olhar. — Você estaria perdendo o seu dia me seguindo lá fora e eu não preciso de alguém me atrasando.

Pego o mapa de Niels e o jogo a mochila sobre os ombros, então me dirijo aos estábulos para preparar o cavalo. Ao me seguir, Duncan começa a fazer o mesmo e eu o encaro com irritação. Ele é audacioso, tenho que reconhecer.

Desisto, minha mente já está agitada de preocupação com a loba.

— Vai fazer o que eu mandar, certo?

— Sim, senhora.

— É sobre a fêmea que esteve uivando à noite? — pergunto enquanto nossos cavalos caminham sob o tênue sol da manhã.

— Sim — diz Duncan. — Recebi algumas reclamações. Ela está assustando as pessoas. Qual o problema dela?

— Seu companheiro era o macho que Red matou. Ela o está chamando, esperando que volte para casa.

— Ah. Eu não sabia que eles faziam isso.

Nós nos abaixamos sob os longos galhos retorcidos dos pinheiros escoceses. É mais fácil se deslocar agora do que no inverno, quando o solo está escorregadio com a neve. Ainda assim, não há uma trilha delineada e o mato está denso. Seguimos adiante, devagar para os cavalos não perderem o equilíbrio.

— Os lobos reprodutores, você os chamaria de alfas, formam casais para a vida toda — digo. — Achamos que esta fêmea alfa, a Número Seis, está prenha. Ou é isso ou é uma gravidez psicológica. Talvez tenhamos que resgatá-la para verificar.

— Por quê? — pergunta Duncan. Sua perna dificultou sua subida no cavalo, mas agora que está montado, parece estar bem na sela, um pouco tenso talvez. Deduzo que ele não costuma cavalgar com frequência.

— Criar filhotes é uma tarefa em família para os lobos. Cada lobo da alcateia tem um papel. Eles dependem muito um do outro para sobreviver. Seis terá que fazer isso sozinha. Será difícil para ela caçar enquanto estiver amamentando e ainda mais difícil se a desalojarmos de sua toca.

— Isso pode torná-la mais agressiva? Mais provável de optar pela presa mais fácil?

— Animais das fazendas? — Penso um pouco sobre a pergunta. Isso tem me mantido acordada de noite. Depois de uma pausa, digo: — É por isso que talvez tenhamos que resgatá-la.

Algo me compele a continuar.

— Os lobos se sentem solitários, como nós. A diferença é que, para eles, isso os torna vulneráveis, e para nós é o que nos mantém seguros.

Duncan coça sua barba salpicada de fios grisalhos.

— Nisso eu devo discordar de você, Inti Flynn.

Os troncos brancos dos álamos parecem brilhar. Suas pequenas folhas reluzem tons de verdes, talvez mais próximo do verde-pintassilgo do livro de Werner, da cor de peras colmar maduras, maçãs *pitcher* irlandesas e do reluzente mineral chamado torbernita. Fornecem um tom de primavera ao mundo — até mesmo os jacintos estão floridos, cobrindo o solo com um carpete roxo e transformando a floresta de um lugar perigoso e severo no inverno, a um local quente, bonito e acolhedor. Os pássaros assobiam seus cantos alegres ao nosso redor.

— Inti Flynn — repete Duncan. — Que tipo de nome é esse?

— Sinceramente, não sei.

— O que quer dizer?

— Eu tenho pai canadense com nome irlandês e mãe australiana com nome inglês. Tenho avós da Escócia, Irlanda e França, e nenhum de nós faz a menor ideia de onde veio este nome.

Ele sorri.

Eu limpo minha garganta.

— E quanto a você? Um nome escocês forte para um jovem escocês forte?

— Minha família é escocesa até a alma, e tem sido assim há gerações.

— Isso deve ser bom. — Duncan dá de ombros. — Seus pais moram na cidade?

— Moravam. Já faleceram.

As palavras me chocam e me fazem desejar não ter perguntado.

— Por que você queria conversar comigo mesmo?

Ele se remexe sobre a sela.

— Eu queria dizer que não vamos indiciar Red McRae.

Minha boca se abre, mas nenhuma palavra sai.

— Não temos evidências para contradizer a palavra dele de que pensou se tratar de um cachorro selvagem, o que significa que atirar era seu direito.

Duncan responde ao meu silêncio.

— Não posso provar nada diferente, Inti. Se você tiver alguma evidência física que não mencionou antes, então, por favor, fale. — Ele para de novo e adiciona: — Tenho que pensar na comunidade. Indiciar Red por um erro inocente tão cedo após a libertação dos lobos apenas irritará ainda mais as pessoas. Tenho que lhes mostrar solidariedade.

Encaro Duncan, que desvia o olhar. Uma parte de mim deve ter pensado que este homem tinha integridade, que faria seu trabalho com imparcialidade. Que tola sou. Estamos sozinhos aqui.

— Você poderia ter me dito isso na base — digo, seca. — Pouparia a sua viagem.

— Me ocorreu que pode ser útil saber um pouco mais sobre o que vocês fazem aqui.

Assim como fez no auditório naquela noite, ele está monitorando suas terras atrás de perigos. O que me seria útil é saber se ele pensa que o perigo são os lobos ou eu.

De acordo com Niels, a toca está a seis metros de um barranco íngreme na floresta. Só Deus sabe como ele conseguiu encontrá-la ali embaixo — deve ter passado dias escalando esse local. Nós desmontamos dos cavalos e nos aproximamos da beirada do declive, procurando por algum sinal de abertura. Seis fez um excelente trabalho em disfarçar sua toca. Não consigo ver nada além de mato, pedras e galhos de árvores caídos que oferecem uma cerca de proteção.

Desenrolo uma corda da sela do meu cavalo e começo a amarrá-la ao redor de uma árvore.

— O que você está fazendo?

— Tenho que ver se ela está lá ou não antes de tomar qualquer decisão.

— E se ela estiver?

Nas minhas costas está um dos rifles com tranquilizante e entrego o outro a Duncan.

— Para que diabos é isso? — pergunta ele, e percebo que está nervoso. Ele está olhando para todos os lados.

— Não é para nada, só para o caso de precisar. Mas eu não acho que ela esteja aqui.

Isso claramente não lhe oferece conforto. Eu me viro para esconder o meu sorriso.

Com a corda presa ao redor do meu quadril, desço pela lateral da vala, encarando Duncan. Nossos olhos se encontram e o solo nos separa. Leva um tempo para descer, mas muitos arranhões depois, finalmente encontro a entrada da toca. Presumo que vou encontrá-la vazia, mas que idiotice a minha. *Nunca presuma nada de um lobo, ele sempre vai surpreendê-la.*

Vejo o relance de uma fenda escura e lá está ela, dois olhos dourados reflexivos me encarando. Meu corpo trava ao vê-la. *Olá, garota. Você voltou.*

Não quero aplicar o tranquilizante. Não depois de tudo o que ela já passou. O estresse pode causar todos os tipos de problemas. Acordar de volta no cercado pode ser prejudicial, mas odeio pensar em deixá-la aqui para morrer. Isso não é algo com o qual eu posso viver, não após a morte de Nove — uma morte que talvez eu pudesse ter prevenido se tivesse encontrado uma maneira de afastá-lo da fazenda de Red. Sabia que ele estava em perigo e o deixei seguir, e Niels está certo sobre eu estar cautelosa demais. Se dopar Seis agora, poderei levá-la, dar-lhe uma dose de penicilina e vitaminas, e descobrir se está prenha ou não. Poderemos oferecer apoio durante seu trabalho de parto, alimentá-la enquanto amamenta a ninhada e libertá-los de novo quando os filhotes estiverem grandes o suficiente para caçar. O plano toma forma em minha mente e começo a me sentir melhor sobre a situação.

Agarro o leve rifle de ar comprimido de minhas costas e cuidadosamente o carrego com um longo dardo cilíndrico de tranquilizante. O dardo tem uma ponta felpuda vermelha para ser encontrado com facilidade e para indicar que a droga dentro, Telazole, é altamente perigosa para humanos. Há um antídoto em minha mochila caso eu me fure por acidente e entre em coma.

— Você pode me jogar uma lanterna? — grito para Duncan. — E o rádio.

Em vez de jogá-los, ele usa minha corda para descer até o declive, desengonçado sobre sua perna ruim.

Emito um rádio para Evan e digo para ele pegar a caixa de transporte e trazê-la o mais rápido possível, e para trazer Amelia para monitorar os sinais vitais de Seis durante o transporte.

Duncan inunda o declive com um feixe de luz. Agora posso vê-la direito, está piscando contra a luminosidade. Ela não se move, exceto para abaixar um pouco a cabeça, exibindo a silhueta de seu corpo pálido, o escuro de seus olhos e focinho. Eu me movo para abrir espaço e fixo a mira em sua perna dianteira. Preciso atingir uma área com músculos e insensível para não lhe causar dor. A falta de luz dificulta, mas a proximidade facilita. Na maioria das vezes, ao se atirar a distância, o dardo felpudo se move tão devagar, quase como uma peteca, que o animal foge antes de o tiro chegar. Respiro fundo, deixo meus olhos se fecharem e aperto o gatilho. Não vejo o dardo atingir o alvo, mas ouço um leve som de esguicho.

Atentos, nós esperamos a droga fazer efeito. Há uma chance de que ela fique agitada, e eu não informo a Duncan que o lobo é ainda mais imprevisível durante essa longa espera. No entanto, ela permanece onde está até adormecer, permitindo-me puxá-la gentilmente. Um flash rápido da lanterna determina que a caverna está vazia. Ela está inconsciente, como seu companheiro morto, sua cabeça pendendo ao ser carregado, o saco de ossos que ele se tornou. É tão visceral que minhas mãos se afastam de seu corpo.

— Inti?
— Desculpe.

Checo sua pulsação e percebo que está forte, antes de voltar meus pensamentos para sua remoção daqui. Nuvens começaram a surgir. O céu escureceu, indicando uma tempestade que se aproxima. Estou prestes a escalar de volta para buscar mais cordas quando escuto um som, tão fraco que quase o perco. Meu corpo trava, escutando, mas o som não surge novamente.

— Coloque seu dedo aqui — instruo a Duncan. — Conte sua pulsação e se começar a ficar mais lenta, grite.

— Eu não vou tocar nisso.

— Ela está inconsciente, Duncan.

Ele balança a cabeça, mas suspira ao se aproximar e sentir cautelosamente sua pulsação.

Eu começo a escalar. E paro. Algo está me preocupando, uma sensação de inquietude como se eu devesse checar, só para ter certeza. Aquele som que, com certeza, ouvi.

Uma densa gota de água pinga em minha bochecha.

Deslizo e me agacho na entrada da toca. O interior é escuro e muito pequeno, tão pequeno que não consigo acreditar que Seis caiba aqui. Contudo, a escuridão é enganosa. A lanterna não revela nada, a caverna aparenta estar vazia. Eu não tenho certeza do que estou procurando, exceto que o som parecia estar... quase perdido, e animalesco, e...

Ali. Algo se move. Suspira.

Estico a mão o máximo que posso, arranhando meu braço até que meus dedos roçam algo macio. De repente, eu sei por que ela voltou, mesmo com o odor de Niel por toda a parte. Ao puxar a minúscula criatura, ela dá um adorável gritinho. Ela me observa, doce e curiosa. Um macho, seu pelo macio de um tom de cinza como o do pai, seus olhos do tom mais escuro de castanho. Meu interior se derrete.

— Merda. O que faremos agora? — diz Duncan.

O filhote se remexe em meus braços, dando outro gritinho estridente, então se acalma. Está frio aqui fora com a chuva que começa a cair, e tento mantê-lo protegido contra meu corpo. Eu rio de emoção. Ele deve ter apenas algumas semanas de vida, Seis e Nove devem ter concebido bem rápido para estes filhotes já terem nascido.

Minha mente acelera com as implicações disso, tentando decidir o que fazer. O comentário de Niels ecoa de novo em minha cabeça. *Você tem sido cautelosa demais.*

— Há outros. Vamos levá-los também.

Eu passo o filhote para Duncan, que o segura longe do corpo como uma bola de futebol.

— Segure direito.

Duncan relutantemente segura o filhote contra seu peito, enquanto puxo os demais filhotes para fora, passando-os para ele um por um.

— Espera — balbucia, mas eu preciso das minhas mãos. O último está tão ao fundo que tenho que quebrar pedras nas paredes e quase deslocar meu ombro para alcançá-lo. Uma fêmea, a nanica do grupo, menor que os outros e mais branca do que cinza, como a mãe. Ela se aninha em mim e sou tomada por sua ternura.

— Seis filhotes — digo, virando-me para Duncan, que segura cinco criaturas agitadas no colo e uma expressão contrariada no rosto. — Eles combinam com você.

Ele me lança um olhar irritado.

— Como vamos levá-los?

— O transporte está chegando. Só precisamos levá-los até os cavalos.

Mas, mais uma vez, eu paro. Observo a Número Seis, ainda deitada ao nosso lado, e essas pequenas criaturas, que lutam para voltar para perto da mãe.

Os outros da equipe gostam de se sentirem envolvidos, gostam de sentir que estão ajudando, sempre. Mas tudo dentro de mim diz que esta é uma loba forte. Dê uma chance a ela. E, em certo ponto, eu confio em meus instintos.

— Vamos deixá-los — digo.

— O quê?

— Ela consegue fazer isso. Ela voltou e ficou. Ela não vai atingir todo seu potencial se não a deixarmos.

Olho para a filhote em meus braços e me permito um momento de fraqueza, pressionando-a contra minha bochecha, inspirando seu cheiro. Ela se aninha em meu pescoço e, meu Deus, meu coração vai explodir. Coloco-a de volta na toca, onde está segura e aquecida. Após devolver os demais e deixarmos Seis dormindo perto da entrada da toca, os filhotes agitados se aninham ao seu corpo, contentes. Duncan e eu escalamos para fora do barranco.

Descanso minhas mãos em minha cabeça e fecho os olhos.

— O que foi? — pergunta Duncan.

— Eu errei. Não deveria tê-la sedado. Se soubesse que ela já tinha tido os filhotes, não teria feito isso. Saberia que deveria deixá-los em paz.

— Qual a diferença?

— Não se seda um animal sem uma necessidade absoluta. É perigoso para eles.

Duncan dá de ombros.

— Você achou que precisava. Vamos.

Minhas mãos caem ao meu lado. Difícil, mas é verdade.

Nós aguardamos por um tempo até Evan, Niels e Amelia chegarem com a caixa de transporte.

— Mudança de planos — digo a eles. — Ela teve os filhotes. Vou deixá-los aqui.

— Então por que ela está sedada? — perguntou Evan ao mesmo tempo que Niels diz:

— Isso é imprudente. Deveríamos levá-los e alimentá-la no cercado enquanto ela amamenta.

— E assim os filhotes serão criados em uma jaula em vez de selvagens — digo, balançando a cabeça. — Não é isso que estamos tentando fazer aqui. Amelia, preciso que você dê a ela uma dose de penicilina e qualquer coisa que ela precisar, e observe os sinais vitais até ela começar a acordar. Não deixe essa loba morrer.

— Entendido — diz Amelia, e Evan começa a ajudá-la a descer a ravina. Mais cheiro humano no local. Que lamentável, mas agora eu tenho certeza de que Seis é mais corajosa do que a maioria. Ela voltou para seus filhotes apesar de saber que humanos estiveram aqui. Pelo menos agora podemos ter certeza de que ela e seus filhotes estão saudáveis antes de deixá-los hoje, e isso não será um desperdício total.

Puxo Niels para um canto para uma conversa particular.

— Você mexeu com a minha cabeça essa manhã, e acabei tomando uma decisão precipitada. É minha culpa, eu sei disso, mas agora, por favor, me deixe fazer meu trabalho.

Ele é difícil de ler, sempre foi, mas aquiesce e não discute mais.

— O que ela vai comer? — Duncan me pergunta. — Não quero ir embora sem saber que ela não vai se dirigir direto para a fazenda mais próxima.

Uma onda de terror me toma. Agitação por algo há muito esquecido. Sei o que preciso fazer, o custo de minha decisão de deixá-la aqui, mas como vou conseguir caçar sem minha irmã?

— Vou encontrar algo para ela comer.

— O que quer dizer?

— Tenho mais dardos tranquilizantes. E uma faca.

— Você tem licença para caçar?

— Sim — minto.

— Ah, droga — ele sussurra. — Vou fingir que acredito em você e esperar que saiba o que está fazendo.

Eu o ajudo a subir na sela, então monto em meu cavalo. O grande macho castrado relincha e dança um pouco e, por um momento, penso que ele vai empinar, mas aperto meus calcanhares e mantenho um controle firme sobre o animal, acalmando-o com uma mão em seu pescoço. Ele pode sentir o cheiro dos lobos e da tempestade.

Nós deixamos os outros cuidando dos lobos e saímos, assim que o céu se rompe, libertando um aguaceiro. Os cascos do cavalo escorregam na lama. Duncan, segundo admitiu, não é um caçador, mas sabe os locais comuns de pastagem dos rebanhos porque lhe interessa saber os principais pontos de reunião dos caçadores. Então nós exploramos o mais próximo. Estou secretamente aliviada que ele esteja comigo, não tenho certeza de que poderia fazer isso sozinha. Não há nenhum cervo na clareira, mas percorro as trilhas, procurando esterco e avaliando o quão fresco está. Quando acredito saber em qual direção o rebanho seguiu, partimos para leste.

— Como você aprendeu isso? — pergunta Duncan.

— Com meu pai.

— No Canadá?

Aquiesço.

— Eu sempre quis ir ao Canadá. Belas florestas.

— Você gosta de árvores?

— Gosto de madeira.

Meu rosto se contorce em decepção.

— Madeira é algo lindo — diz ele na defensiva.

— Claro, uma carcaça chique.

Ele ri.

— Meu Deus. Você nunca cortou o tronco de uma árvore, abriu e viu o interior?

Assenti. Nunca cortei uma eu mesma, mas já vi.

— O padrão é como ondas de som, e não há uma igual a outra. Centenas de anos de idade, às vezes, e ninguém nunca viu como são por dentro. Você é a primeira pessoa a ver coração de uma árvore.

— Mas aí você já a matou — sussurro, derrotada.

Duncan balança a cabeça.

— Você pode cortar uma árvore para ajudá-la a crescer. Pode cortá-la para que cresça mais forte.

Seguimos o rastro do rebanho até um pequeno talude. Em sua base, há uma clareira gramada, adiante há um morro coberto por pinheiros. Buscando abrigo entre as árvores está o rebanho de cervos-vermelhos. Duncan aponta mais à frente, onde há uma inclinação para descermos, e nós seguimos adiante, escorregando e deslizando.

A chuva dificulta que os cervos sintam o cheiro de nossa aproximação. Isso aumenta as chances de permanecerem parados. Nós circulamos, parando atrás deles, e desmontamos. Coloco dois dardos no meu bolso e um no rifle.

— Foi rápido — digo a ele, com calma. — Estamos com sorte. Poderia levar dias.

Eu o sinto me observar, analisando.

— Quando lobos fazem isso, eles fazem devagar. São pacientes. Passam dias seguindo um rebanho e observando os cervos. Escolhem os animais mais fracos, os mais lentos. Observam esses em particular e aprendem suas características, suas personalidades. Eles conhecerão um cervo tão bem na hora do ataque que são capazes de prever o que vai acontecer. Não desperdiçam energia. Eles esperam até saber, sem sombra de dúvidas, que a caçada será bem-sucedida.

Duncan não fala. Está bem atrás de mim, posso sentir seu calor. Lembro-me de como me sinto por ser boa nisso. Ser o mais próximo de um lobo que posso ser. Como um animal. E ainda assim, nunca consegui puxar o gatilho. Eu sempre precisei da ajuda de minha irmã nessa parte.

Nós nos abaixamos atrás das árvores e arbustos, nos mantendo fora de vista, e agora estamos perto demais para poder conversar. Eu tenho um cervo em mente, um pequeno macho um pouco afastado. Eu miro. Se perder o tiro e assustá-los, eles vão correr e teremos que começar de novo — os animais estarão agitados, sabendo que estão sendo caçados. Então é bom eu não errar.

Dessa vez o dardo não emite nenhum som. Quando minhas pálpebras se fecham, tudo o que ouço é a chuva. Sumo dentro dela, dissolvendo-me sob as gotas. Meu corpo se foi e eu não posso mais ser tocada.

Quando abro os olhos de novo, Duncan está inclinado sobre mim, aturdido. A chuva nos envolve.

— Você desmaiou.

Eu não desmaiei. Fui muito devagar, levei um tiro de dardo.

Um riacho escorre pela ponte do seu nariz e pinga pela ponta, direto em meus lábios.

Sigo o curso de água de meus lábios para o seu nariz. Lambo as gotas dele. De sua boca. Ele me agarra, tomando minha boca como sua. Nós nos beijamos, consumindo um ao outro. Tremendo. Meu corpo havia desaparecido e agora torna a ser eu. É tudo que sou, esse desejo.

E essa memória.

Pare, digo.

— Pare — digo.

Duncan se afasta. A distância de nossos corpos, uma floresta.

Eu me sento, me sentindo tão confusa quanto ele aparenta estar. Eu não quero isso. Vim aqui para me afastar do restante do mundo, para buscar segurança.

— O cervo — digo.

— Você acertou.

Sob a cortina de chuva, jaz uma forma. Meus pés me guiam até lá e eu penso, não pela primeira vez, que estou feliz por receber um pouco da dor que causo. Essa pobre criatura. Removo o dardo de sua coxa e pego a faca em minha mochila.

Eu consigo? Farei isso?

Tenho tanto dó, tanto amor por este animal de respiração calma e quente. Não consigo me imaginar ferindo-o fisicamente, não imagino como eu possa sobreviver a isso, mas não tenho muita opção, tenho? Estou aqui pelos lobos, e os lobos precisam comer.

— Deixa comigo — diz Duncan, sentindo meu desconforto.

— Eu faço. — São os meus lobos, este fardo é meu.

E ainda assim, passo a faca para ele e me viro.

Nós deixamos o corpo sem vida não muito longe de uma Seis adormecida, cujos sinais vitais ainda estão fortes pelo que me foi dito. Há uma chance de que ela não vá querer comer, a carcaça exala nosso cheiro, mas espero que seu instinto de sobrevivência vença — a praticidade da maternidade. Os filhotes levantam as cabeças e nos olham.

A pequenina branca é a mais curiosa. Ela se aventura para fora da toca para cheirar a criatura morta, ainda quente. E olha direto para mim como se eu fosse a explicação da aparição repentina e, de fato, ela está certa. Eu sou.

— De volta para dentro — digo a ela com delicadeza sob o som da chuva.

Ela inclina a cabeça, me observa. E coloca uma pata possessiva sobre o cervo.

— Que engraçadinha. — Duncan ri.

Ela retorna para a toca para aguardar as instruções de sua mãe. É um dos lobos mais importantes do país. Nascida aqui, ela e seus irmãos têm uma chance real de tornar esta terra seu lar, e um lar para seus descendentes.

— Você não gosta deles, não é?

— Acho que gosto dos pequeninos um pouco mais depois de hoje.

— Mas por quê? Por que não gosta deles?

— As pessoas daqui são gente boa, trabalhadoras. E não gosto de vê-las amedrontadas. O medo se transforma em perigo, ainda que, de início, não houvesse perigo algum.

9

Eu devo estar, inconscientemente, esperando por Duncan quando me apresso até a porta, e não gosto do quão ansiosa estou, mas, na verdade, é Stuart Burns. Aggie já está na cama e eu não estava muito longe disso — estava limpando a cozinha após o jantar e desesperada para cair no meu travesseiro. Quando ela se sente bem, faz boa parte da comida e da limpeza enquanto estou no trabalho, mas quando não está — quando está muito cansada —, eu faço tudo nas horas antes de dormir.

— Uma palavrinha, por favor, Srta. Flynn — diz Stuart. Em vez de arriscar acordar minha irmã, eu saio e fecho a porta. Stuart estufa o peito diante de mim, e minha pele se arrepia por estar aqui sozinha. — Você me deve duas mil libras. — Seu tom não é amigável como quando o conheci, nem tão rude como a fúria fervente do pub; é neutro, controlado.

— Eu sei, Stuart. Preciso de tempo para juntar o dinheiro. O trabalho não paga tanto assim.

— Ligue para seus pais, tenho certeza de que vão ajudar.

Eu franzo o cenho.

— Você não sabe nada sobre meus pais.

— Olha, apenas resolva logo, estou perdendo a paciência. — Ele se aproxima, aproveitando-se de sua estatura. Eu desprezo esse tipo de atitude dos homens, então não dou nem um passo para trás como ele deseja. Em vez disso, levanto o olhar para ele.

— Saia da minha propriedade.

— Arrume o dinheiro que me deve. E não traga até minha casa, não quero que incomode minha esposa. Vou ligar para você toda noite até conseguir, facilite as coisas.

Ele entra em seu carro e dirige para longe.

Sem nenhum pensamento consciente, meus pés começam a se mover e quando chego à casa de Duncan, minhas mãos estão tão geladas que doem ao bater na porta.

Ele não diz nada ao me ver. Então:

— Você é muito indecisa, garota-lobo.

Ele está certo, eu sou. Eu ando à deriva.

— Desculpa. Eu vou embora.

Ele segura minha mão para me impedir.

Nós não dormimos, deitamos nus em lados opostos da cama, sob a luz e o calor da lareira em seu quarto. Tudo exala um cheiro de madeira queimada e um odor poderoso que me transporta diretamente para a oficina do meu pai — um odor que não sei nomear, mas que faz eu me sentir em casa. Fingal dorme sobre o tapete diante do fogo, balançando a cauda de vez em quando, embalado por seus sonhos.

Sob a luz suave, eu poderia observar o rosto de Duncan por horas. Ou para sempre.

— É assim que trata seus amantes? Deixando-os sempre querendo mais?

Escondo o sorriso.

— Não diga amantes — respondo. — E quanto às suas?

— O que têm elas?

— Como você as ama?

Ele pensa na pergunta, segurando meu pé em sua mão.

— Não tão bem quanto deveria.

Espero por uma elucidação.

— As poucas mulheres que conheci sempre pareciam querer mais do que eu podia oferecer. E isso é culpa minha, talvez, por não ser claro. Fazendo parecer que sou um homem inteiro, como uma delas me disse.

Fico chocada. Quero questioná-lo sobre o que isso significa, o que o torna menos inteiro.

— Todas elas... nós éramos superficiais. Não acho que as conhecia, e elas também não me conheciam, e era assim que eu queria. E então começa o problema, como um relógio, no mesmo momento. Eu dizia que não queria filhos e elas não acreditavam, pensavam que eu queria um tempo para pensar. Talvez seja assim para muitos homens, talvez não conheçam a si mesmos... isso também vale para mim, mas a verdade é que não consigo aceitar a ideia de ser pai. Acho que eu acabaria sendo igual ao meu e isso seria imperdoável.

Entendo o que ele quer dizer. Entendo de um modo muito íntimo. Quando estava prestes a completar trinta anos, quase no exato dia do meu aniversário, comecei a pensar em filhos. Algo em meu corpo dizia: *agora, agora, é para isso que está aqui, este é o seu propósito.* Um relógio urgente que eu não acreditava ser real até sentir seu chamado. As células de meu corpo queriam cuidar, queriam amar e proteger. Aggie não compartilhava esse chamado do corpo, não sentiu o pânico que senti. No fim, sua capacidade de ter filhos lhe seria tomada à força e esse mesmo evento acabaria com a necessidade dentro de mim, fazendo-a desaparecer por completo, como se nunca tivesse existido. Todas as coisas boas arrancadas de nós.

Duncan leva meu pé aos seus lábios e o beija. Fecho os olhos.

— E quanto à sua mãe? Como ela era?

— Ela era gentil. É o que mais me lembro dela. Era impossível ofendê-la. Ela se preocupava com todos, mesmo se não se comportassem bem. Tinha compaixão para dar e vender. É um tipo de força que torna as mulheres melhores do que os homens, eu acho.

— Nem todas as mulheres.

Houve um silêncio e então ele perguntou:

— Qual capricho do destino lhe trouxe aqui hoje à noite?

— Stuart Burns apareceu na minha porta.

Duncan ficou tenso.

— Por quê?

— Para cobrar o dinheiro que eu não tenho.

— Ele a ameaçou?

— Ele não é um homem bom, Duncan.

— Da próxima vez que ele chegar perto de você, me chame. Estarei lá em minutos.

— Eu não vim aqui porque estava assustada. Não é o que quis dizer. Posso cuidar de mim mesma.

Para ser sincera, não sei se isso é verdade, tenho grandes suspeitas de que não seja. Mas ele diz:

— Eu sei que pode.

Parece que ele acreditou.

Arrasto-me para o seu lado da cama, meu rosto se aproxima do seu. Seus dedos traçam o relevo das minhas costas. Suas mãos são largas e grossas, dedos ásperos, e ainda assim, seu toque é suave.

— Você gostava daquelas mulheres que te deixaram?

Sua mão repousa em meu pescoço, meu maxilar e meus lábios.

— É claro. Eu só não era o suficiente para elas.

Não posso imaginar, neste momento, como isso pode ser possível.

— Por que, então? Se não foi pelo Stuart? — pergunta ele.

Por que eu vim até aqui?

Meus lábios roçam o canto de sua boca. *Por quê?*

Essa terá que ser a última vez que meus pés encontram o caminho para sua porta.

Depois do gigante trêmulo, papai se manteve lúcido pelo período mais longo desde que nos mudamos para a Colúmbia Britânica. Comecei a ter esperanças. Talvez ele tivesse retornado para nós de fato. No fundo, eu sabia que isso era tolice e nós estávamos apenas esperando o tempo passar. Com quase 18 anos, Aggie e eu havíamos terminado a escola e passávamos o dia no trabalho de subsistência, nós três, fingindo que a vida estava normal.

Aconteceu pela primeira vez em uma noite, quando acondicionávamos pêssegos em conserva no porão. Aggie estava fazendo papai repetir palavras em espanhol e rindo de sua pronúncia. Eu estava examinando um arranhão na minha panturrilha, resultado de um encontro com um pedaço de metal, que agora estava infeccionado, e pensando em como eu poderia ir até a cidade em busca de antibióticos sem o papai saber. Eu não estava olhando, mas algo se quebrou e houve um único grito.

Meus olhos se voltaram na direção do som e entendi o ocorrido. Um dos potes havia escorregado dos dedos de minha irmã e se estraçalhado em milhares de pedaços. E meu pai havia dado um tapa no rosto de Aggie tão forte que deixou uma marca vermelha em sua bochecha. Os dois estavam se encarando chocados, sem acreditar, porque isso nunca acontecera, nunca, não com meu gentil pai que ria quando errávamos e sorria de forma afetuosa quando quebrávamos as coisas.

Uma sombra pairou dentro do porão — um manto nos recobrindo.

Papai saiu. Aggie tocou sua bochecha uma vez, como se para memorizar a sensação na palma da mão, então começou a limpar o vidro quebrado.

Eu não disse nada, não me movi, ciente demais da dor de minha irmã e de como eu havia sentido dessa vez, e todas as outras, sem nunca dividir com ela.

Isso se tornou um padrão. Algo havia se partido na mente de meu pai. A essência de quem ele era havia mudado. Mamãe talvez chamasse isso de "instinto animal", mas na verdade era algo bem humano. Frustração, medo, vergonha e violência. Algo parecia errado para ele, algo havia sido esquecido ou lembrado de repente, sua vulnerabilidade se tornava insuportável e ele descontava em Aggie. Um tapa ou um empurrão. Era tão estranho, como um sonho pelo qual flutuávamos, colorido, em grande parte, pela incredulidade. Eu não sabia por que era apenas dirigido a Aggie, talvez porque ela sempre foi a mais durona, mas fiz questão de assistir a todo ato de violência para poder compartilhar da mesma dor. E, no início, meu apoio a ela parecia solidariedade, mas após duas semanas e um golpe tão forte que cortou seu lábio, eu sabia que, em vez de apenas assistir a tudo, eu deveria *proteger* minha irmã.

— É hora de uma casa de repouso — falei no começo da terceira semana.

Aggie revirou os olhos ao me encarar. Nós ainda dormíamos no mesmo quarto compartilhado, nas camas de solteiro nas quais crescemos.

— Você disse que não queria isso.

— Não importa o que eu disse. E talvez devêssemos ligar para mamãe também.

— Deus, não. Ela vai deturpar tudo em algo que não é.

Mas isso, e todo o resto, *era* algo. Nós não podíamos mais confiar nele, e essa era a pior traição possível.

Nós nos levantamos e caminhamos, ambas descalças, pelo corredor do lado de fora do quarto de papai.

Tem certeza? Aggie sinalizou para mim.

Aquiesci.

Mas, ao abrirmos a porta, a cama dele estava vazia.

Foi preciso quase uma semana de buscas nas terras ao redor para admitirmos que ele havia ido embora. Na primeira manhã, foi fácil aceitar que seu cavalo favorito havia desaparecido dos estábulos e, por um dia ou dois, nós conseguimos seguir seu rastro, mas logo o perdemos, seja por má sorte, seja por desejo dele. E se tornou dolorosamente claro que, onde quer que ele estivesse, não queria ser encontrado. Ainda assim, nós procuramos em vastos círculos.

No fundo de nossas almas, sabíamos que ele havia ido embora para morrer, quieto e sem alarde, como um animal. Talvez para colocar um ponto-final no que quer que seja que estivesse se tornando, para exercer o pouco de controle que ainda tinha sobre si mesmo. Ou talvez para nos proteger do único modo que ele conhecia.

Achei que nunca mais o veríamos, e não vimos. Nosso pai.

10

Estou renovando a receita de sertralina de Aggie quando Lainey Burns entra na farmácia. Eu havia pegado alguns panfletos do balcão para um serviço de aconselhamento próximo de Aviemore. Aggie precisará de um novo médico em breve, e talvez eu consiga arranjar alguém para uma consulta domiciliar.

— Oi.

Ela me vê e oferece um sorriso genuíno.

— Olá.

Todo o inchaço ao redor de seu olho havia sumido e os hematomas pretos estavam, agora, escondidos o tanto quanto possível pela maquiagem.

— Bom trabalho artístico — digo, indicando seu braço engessado que está adornado com desenhos coloridos de flores e animais.

Lainey ri um pouco.

— Obra do Stuart.

Eu devo ter aparentado surpresa porque o sorriso dela desapareceu.

— As pessoas nem sempre são o que parecem.

Bem, nisso ela com certeza tem razão.

— Como vai Gealaich?

— Ela está bem. Ainda um pouco assustada. Não me deixa chegar muito perto.

— Dê tempo ao tempo. Ela passou um belo susto.

Minha boca se abre, mas não consigo encontrar as palavras certas.

Então apenas digo:

— Você está bem, Lainey?

Ela não parece estar com raiva. Lainey encontra meus olhos.

— Estou, sim. E você, Inti?

Não digo que seu marido tem me assustado cada vez em que aparece de carro e fica parado na frente de minha casa à noite, porque posso apostar que Lainey está lidando com coisa pior.

— Estou. Obrigada.

Eu a vejo espiar os panfletos em minhas mãos e me encarar com uma expressão diferente. Não chego a explicar que são para minha irmã ou que não espero que isso vá ajudá-la, pois o sino na porta toca e Stuart entra.

— Eu vim ver por que está demorando tanto — diz ele, observando-me.

— Desculpa. Já acabei — responde Lainey.

— Eu falei para ficar longe da minha esposa — alerta ele, dirigindo-se a mim.

— O que você acha que eu vou fazer? Corrompê-la?

— Nós nos cruzamos por acaso. Inti só deu oi, só isso.

— Tudo bem, está tudo bem, então. — Stuart coloca a aspirina que sua esposa estava segurando na prateleira e a guia até a porta. — Boa noite, Sra. Doyle, tenha uma boa noite — diz ele à velha senhora no balcão. Educado como nunca.

Eu os sigo.

A farmácia fica em frente ao Snow Goose. Do lado de fora, Red McRae e o prefeito Oakes fumam um cigarro com suas canecas em mãos. A luz do poste sobre nós está apagada, então quando chamo Stuart e ele se vira para me encarar, estamos na sombra. Lainey fica para trás, cautelosa.

Tenho apenas um pensamento. Se ela não pretende prestar queixas contra o marido, vou provocá-lo até *eu* ter um motivo para fazê-lo. Vou desviar a atenção dele de Lainey para mim.

— O que você faz lá fora? Quando fica parado na frente da minha casa à noite, logo após a cerca para não ter problema. O que passa pela sua cabeça? Você sente prazer em pensar que me intimida assim? Você curte isso?

— Cale a sua boca. Só estou buscando o que me é devido.

— Isso deve te deixar excitado, não é? O pensamento de assustar mulheres. Só que não estamos assustadas. Não estou com medo de você, Stuart. Acho você patético. Fico na minha janela observando você lá fora e morro de rir.

Várias coisas acontecem de uma vez. Ele se aproxima de mim e lá está. Eu me preparo com um misto de triunfo e medo pungente, e do canto do meu olho vejo Red e Andy cruzarem a rua e Lainey buscando o braço de seu marido, mas eles não vão conseguir detê-lo, sabemos disso. É uma voz ecoando do espaço escuro entre os postes que o detém.

— Por que não fui convidado para a festa?

Stuart relaxa o pulso fechado.

Nós dois nos viramos para ver Duncan.

— Não tem festa nenhuma aqui. Só uma garotinha buscando problema — responde Stuart.

Duncan se posiciona entre nós.

Para mim, ele diz:

— Vá e me espere no pub.

— Não, eu...

— *Inti*.

Droga.

Cruzo a rua, vibrando com adrenalina. Eu estava tão perto. Dou uma olhada para o pequeno grupo, mas não posso mais ouvir o que Duncan está dizendo a eles. Só consigo discernir suas silhuetas. Lainey vai embora também, caminhando apressada pela rua, e me ocorre que Duncan está sozinho lá, em menor número. Eu me pergunto se deveria voltar, mas me alerto para não ser tola. Ele é um policial e eles, na maior parte, são pessoas sensatas. Amigos, talvez. Eu entro no pub.

O ar quente se choca com minhas bochechas. Uma onda de vozes. Pego uma taça de vinho no bar e me jogo no assento de couro desgastado. Estou com tanto calor que me livro do cachecol e do casaco antes de voltar a respirar. Passam-se dolorosos minutos enquanto espero por ele, imaginando o que estaria acontecendo lá fora. Se ele está apenas os mandando para casa, então por que está demorando tanto e por que afastou Lainey de seu marido? Quanto mais tempo leva, mais tenho certeza de que vou sair de novo. Já estou pegando meu cachecol e casaco mais uma vez quando Duncan desliza no assento à minha frente.

Ele tem um machucado na bochecha e um lábio cortado.

— O que diabos você está fazendo?

— Eu não estava...

— Mentira. Posso ver na sua cara.

Fecho a boca. Meu rosto está quente.

— Falo para tomar cuidado e você sai irritando ele na rua à noite? Vou dizer de novo. Fique longe de Stuart Burns, entendeu? — Nunca o ouvi com esse tom. Tenho certeza de que, sob essa raiva, há medo dentro dele.

— Quem fez isso com você? — pergunto.

Uma garçonete lhe traz uma cerveja. Eu não sei se ele pediu ao entrar ou se ela apenas sabia o que ele queria. Duncan agradece, mas mantém os olhos em mim até ela ir embora.

— Você tem algo a resolver comigo?

— Eu tenho.

— Vá em frente, fale. Desabafe.

Tomo um gole de vinho e isso me aquece. Sinto suas mãos no copo, suas costas sobre o assento, sua fina camiseta sobre minha clavícula; seu machucado, seu sangue e sua boca ao tocar a cerveja. Eu pensei que tinha controle, mas é isso o que ele faz comigo. Apesar da minha promessa, e a culpa causada por deixar Aggie, ainda assim frequentemente me pego atravessando a mata até sua casa.

— Do que você tem tanto medo, Duncan?

Ele não responde.

— Acho que deve estar aterrorizado. Sendo quem é. E não fazer nada sobre o que sabe.

— O que eu deveria fazer?

— Qualquer coisa.

— E se eu tivesse feito?

Levanto um dedo para minha bochecha, sentindo a dor.

— O que você fez?

Ele não responde.

— Você deve estar aterrorizado — repito.

— Todos estamos aterrorizados.

— É assim que você justifica o comportamento dele?

— É só um fato.

— Ele é um monstro.

— Você está dando crédito demais a ele. É apenas um homem — diz Duncan.

— Isso é perigoso. É assim que se permite que as pessoas façam coisas terríveis.

Ele não gosta do que ouve.

— Não estou minimizando. É só que se você cria a imagem dele como um monstro, então o torna mítico, mas homens que machucam mulheres são apenas homens. Eles são como todos nós. Como muitos de nós e são todos apenas humanos. E as mulheres que eles machucam não são vítimas passivas nem as masoquistas de Freud que gostam de ser punidas. São todas mulheres, e tudo o que estão fazendo, minuto a minuto, é planejar a melhor maneira de sobreviver ao homem que amavam. E isso é algo que ninguém deveria precisar fazer.

Não é o que eu esperava que saísse de sua boca. Continuo a subestimá-lo.

Duncan toca em seu machucado e eu me retraio.

— Não toque.

Talvez ele entenda algumas coisas, mas não sabe como é viver com esse medo.

— Você já machucou uma mulher que o amava?

Ele fica pálido.

— Nem todos nós somos como Stuart Burns. Mas somos passíveis de erros. Isso não nos torna ruins e não é a mesma coisa.

Olhamos um para o outro.

— Tudo o que qualquer um de nós faz é machucar um ao outro — digo.

Ele busca a minha mão.

— Você e eu temos algo diferente.

— Temos? Estou perdendo o controle.

— Inti.

— Eu não quero isso. Vim aqui para me afastar de tudo.

— E morrer de solidão lentamente.

— O que tem de errado nisso? — Balanço a cabeça. — Você está sendo dramático. Eu tenho os lobos. Estou aqui a trabalho.

— Eles são mais perigosos do que nós.

— São? Eles são mais selvagens, com certeza.

— Não é a mesma coisa?

— Acredito que não. Acho que a civilização nos torna violentos. Infectamos uns aos outros.

— Então você viveria como seus animais. Na mata e longe das pessoas, mas você mesma me disse que o que eles mais precisam é uns dos outros.

Não digo nada porque, por um momento, eu o odeio.

— O que aconteceu com você? — pergunta Duncan.

— Nada.

Então ele diz, mas não como uma pergunta:

— Que tipo de criatura você deve ser?

Que tipo de criatura.

— Alguém precisa proteger Lainey. Se você não vai fazer o seu trabalho, então eu faço.

De repente, os olhos dele escurecem.

— Fique quieta, Srta. Flynn. Me ouviu?

Sua raiva atiça a minha. Eu me imagino rosnando, mostrando os dentes, mostrando o quão afiados são.

— Eu também costumava pensar que as pessoas eram boas. Costumava pensar que a maioria de nós era gentil, que todos podiam ser perdoados.

— E agora?

— Agora eu sei que não.

A sala de estar de Duncan é pequena, bagunçada e quente. Nós viemos sem trocar palavras, apenas por instinto, como sempre fazemos. A natureza cintilante do prazer, a tentativa de contê-lo. E algo mais, algo sereno. Sentei-me no sofá de couro e o observei se deitar diante do fogo. Tijolos avermelhados. Pedras acinzentadas. Um tapete vinho grosso sob seus pés descalços, sob os meus. A mobília entra e sai do foco sob a luz fraca, todas as peças feitas de madeira e quebradas de algum modo — retorcidas, dobradas ou de cabeça para baixo —, mais e mais peças ganham forma como se aparecessem do nada. Sinto-me como se estivesse em um sonho — eletrizante, perigoso. Estou ciente de que não tenho nenhum controle, mas, no fundo, há uma rendição. Quando ele se move, seus movimentos parecem gerar desconforto. Eu poderia desviar o olhar, mas não o faço. Quero lhe perguntar como se machucou. Há tantas coisas que não perguntei, que até agora não quis saber. Ele não me oferece uma bebida, e eu não quero uma. Estou inebriada com todo o resto.

Duncan se senta ao meu lado, e olhamos um para o outro.

— Seu rosto está doendo — murmuro.

— Que tipo de criatura você é? — pergunta contra meus lábios e, desta vez, é mesmo uma pergunta.

Mais tarde em sua cama, ele me abraça. Seu corpo é quente como se houvesse uma lareira dentro de si. Percebo o quão fria eu mesma estava, há tanto tempo.

Acordo de um sonho de um tapa na minha cara. É tão vívido que posso senti-lo, mas abro os olhos para a noite profunda e me encontro sozinha na cama de Duncan.

11

Meu telefone está sem bateria. As madrugadas agora são mais frias. O fogo remanescente queima os restos de carvão. Visto-me apressada e, com o cachorro de Duncan me seguindo de perto, perambulo por sua pequena residência, caso ele esteja em algum cômodo. Aonde um homem vai às 3h da manhã? Eu me sinto envergonhada e burra por ter adormecido.

— Ele voltará para casa logo, querido — digo a Fingal, afagando o focinho apreensivo do cachorro antes de fechá-lo dentro de casa. Meu carro ainda está estacionado do lado de fora da farmácia, então não tenho escolha a não ser voltar a pé para casa. Estou agradecida pelo ar fresco. Minha cabeça está latejando e eu queria ter procurado por uma aspirina nos armários de Duncan.

Há uma trilha ainda que pouco visível sob essa luminosidade. Toda a terra parece escura sob minhas botas. Deixo as árvores me guiarem. *Devagar*, dizem, *com calma*. A densa névoa se aproxima, e tenho certeza de que vou me perder. A lua desaparece. Não entendo por que ele foi embora, talvez não seja nada, mas deve haver um motivo, pois a noite aparenta estar diferente.

Com calma, sussurram as árvores.

Continuo caminhando, mas mais devagar, tocando os troncos ao passar. Meus pés transpõem arbustos e galhos. Um deles escorrega ao tocar o solo, e eu caio de bunda sobre um musgo verde e esponjoso. Ao meu lado há um corpo, meus olhos encaram na névoa.

Um grito escapa de mim e me arrasto para trás.

Suas vísceras estão expostas e esparramadas. As minhas escorrem para fora de mim. Meus olhos se fecham com força.

O primeiro pensamento explosivo: *e se dentes fizeram isso?*

Meu corpo se desfaz e tudo que me resta é o bater do meu pulso acelerado. Devo olhar. Sinto medo ao olhar. Não para os ferimentos nele ou a bagunça de seus restos, mas para seu rosto, ainda intacto.

É Stuart Burns. Seus olhos abertos e vidrados, o vazio de sua carne.

Eu me inclino e vomito na terra.

Enquanto meu corpo arfa, me ocorre o que isso pode significar. Posso ver com clareza o destino de todos os lobos. Isso vai matá-los. Não sei o suficiente para reconhecer as diferenças forenses entre uma arma serrilhada e os dentes dilacerantes de um animal. E não consigo olhar por tempo o suficiente para elaborar um palpite, mas sei como todos verão. Sei o que vão pensar, e isso vai levá-los à floresta para caçar os lobos por matarem um homem. E então toda a floresta anciã acabará, todas as árvores que tentamos salvar, todo o esforço de reintroduzir vida selvagem na Escócia, tudo acabará. Esse futuro assombra minha mente em um instante, e eu poderia desabar em lágrimas aqui mesmo, mas não por este homem. Em outras circunstâncias eu teria lamentado sua morte independente de seus feitos, porque este é um fim terrível para qualquer um. Mas eu sinto apenas raiva dele por estar aqui, apenas terror por meus lobos.

Parece que eles o mataram. Parece mesmo ser o caso. É deste modo que atacam, na garganta ou no abdômen, os dois pontos mais vulneráveis.

Mas eu sei que não fizeram isso, não fariam. Eles não atacam pessoas. Alguém havia matado Stuart Burns e o largado aqui. E este alguém desejava a morte de Stuart ou desejava a morte dos lobos.

Tomo uma decisão obscura. Ou ela me toma.

Eu enterro o corpo.

12

Minha pá quase não perfura o solo endurecido. É necessária toda a minha força — e tempo demais — para cavar um buraco de profundidade suficiente. Conforme porções pesadas de terra recaem sobre ele, aos poucos, sua figura desaparece, recoberta, gradualmente devolvida à terra, às raízes e ao mundo abaixo da superfície. Mas ao cobrir o rosto, já não é mais o dele e, sim, o meu — meu rosto sendo enterrado, minha garganta sufocada pela terra fria, meu corpo engolido por inteiro.

Lavo uma avalanche de terra sob a água do chuveiro. Esfrego embaixo das minhas unhas freneticamente e não penso em mais nada. O sol já está de pé quando termino de me limpar. Aggie já deve estar acordada, então vou dar uma olhada nela e a encontro acordada na cama, olhando para o nada. Ao remover sua coberta vejo que ela sangrou nos lençóis. *Não*. Por favor, hoje não. Não nesta manhã. Eu não tenho tempo para cuidar dela. Exceto que é meu dever, então é o que faço.

De volta ao chuveiro. Eu a lavo sob o fluxo de água. Poderia ser algo íntimo se ela estivesse aqui, mas estou sozinha com seu corpo — uma solidão terrível. A água escorre por sua pele e vejo que ela está mudando, se tornando mais macia, maior e, pela primeira vez, não somos fisicamente parecidas. Eu a seguro em um abraço, pressionando meus lábios sobre seu ombro, e lamento pela semelhança que nos deixa, que foi roubada de nós. Sinto tanto a sua falta que a abraço com força, então penso que talvez, se ela estivesse acordada, eu a estaria machucando.

Meu aperto se afrouxa. Ela se permite ser guiada para fora do chuveiro e isso é o que mais me perturba, eu acho, o fato de que deveria haver algum nível de consciência, algo remanescente, mesmo que apenas sua memória muscular. Seco minha irmã e coloco um absorvente em sua roupa íntima antes de deslizá-la por suas pernas. Ela maleavelmente se permite ser vestida, mas quando tento encontrar seu olhar, não há consciência. Ela está muito cansada para isso.

Espero que esteja em um lugar melhor. Queria eu estar em um lugar melhor, pois aqui é horrível — um pesadelo completo.

Quanto tempo até relatarem o desaparecimento? Quanto tempo até o clima ou os animais, ou ambos, o revelarem? Cobri os rastros e vestígios. É verdade que sou boa nisso por ter sido uma rastreadora a vida inteira. Ao olhar para aquele ponto, nem *eu* notaria algo faltando, mas poderia um caçador melhor do que eu perceber minha tentativa? Ou um detetive? Quanto tempo até eu enlouquecer e dizer a Duncan exatamente o que fiz?

Honestamente, o que diabos eu estava pensando?

Talvez não seja tarde para confessar. Se eu contar a Duncan agora, ele vai investigar? Ou aceitará a morte de Stuart como um ataque de lobo e deixar o assunto de lado? Red McRae, com certeza, pegará seu rifle com prazer. E se Duncan achar que *eu* matei Stuart? Eu o enterrei, não foi? Que pessoa em sã consciência faria isso?

Tenho que deixar como está. Estou envolvida agora, já está feito. Tudo o que posso esperar é que ele nunca seja encontrado, e, se for, que eu não tenha deixado meu DNA em seu corpo para me delatar.

E se um lobo de fato o matou?, sussurra uma voz dentro de mim. Mas eu sei a resposta. Se um lobo realmente matou Stuart, então fiz a escolha certa ao enterrá-lo.

Estou sozinha no trabalho quando há uma batida na porta da cabana. Evan e Niels estão coletando dados da Alcateia Tanar, e eu enviei Zoe para buscar o almoço para nós na cidade, mas, ao ver quem está na porta, desejei que ela estivesse aqui.

O chapéu de Duncan está em suas mãos.

— Você deve ter escapulido cedo.

Meu interior se contorce, imaginando se ele veio me prender.

— Você também. Quer um chá? — digo e o convido a entrar.

— Não posso ficar. Tenho assuntos na cidade.

Permanecemos de pé, sem jeito, e é esquisito tamanho estranhamento, algo que nunca houve antes. Significa que ele sabe de algo?

— Eu saí para dar uma volta — diz ele.

— Eu não perguntei — digo, então franzo o cenho. — Às 3h da manhã? Por quê?

— Sempre saio para caminhar quando estou pensando em algo.

Não o pressiono sobre o que quer dizer.

— Pensei que eu voltaria e você estaria dormindo.

Dou de ombros.

— Não importa.

Tudo está diferente agora. Eu me sinto acuada. Há um corpo e eu o enterrei, e é este homem que vai ter de sair em busca do corpo.

— É melhor assim — digo, com gentiliza, mas descobri que isso dói muito mais do que eu esperava.

Ele não pergunta o que quero dizer. Em vez disso:

— Você gostaria de jantar no fim de semana? Costumo receber alguns amigos em casa de vez em quando. Você ia gostar. Eu adoraria recebê-la.

Há algo em sua quieta vulnerabilidade que faz meu peito doer. Ele sabe que algo mudou.

— Eu não posso, Duncan. Não tenho nada a lhe oferecer.

— Então tome de mim. Eu tenho mais do que o suficiente.

Meus olhos ardem e eu desvio o olhar. Este caminho é perigoso.

Duncan inclina a cabeça educadamente, tomando meu silêncio como resposta.

— Me procure se precisar de alguma coisa, Srta. Flynn, ou se o problema a encontrar aqui. Não estou muito longe.

Sinto a exaustão na minha garganta, nos meus olhos e nos meus dentes. Tudo dói. O dia passou tão devagar que cheguei a pensar que nunca acabaria. Mas ainda é preciso preparar o jantar, e Aggie precisa de ajuda no banheiro de novo. E eu me esqueci de trocar sua roupa de cama, então ainda tenho que fazer isso.

Um pensamento, como um fio de fumaça em minha mente, expõe algo novo. Nossos ciclos sempre foram sincronizados. O meu já deveria ter começado também.

Já não estou tão cansada na minha segunda ida à farmácia em dois dias. A Sra. Doyle, no balcão, coloca um teste em uma sacola de papel para mim e diz: "Coragem, querida". Ela deve ver o medo em meu rosto. Volto para casa. O banheiro está frio. Eu abro o teste e urino no palito, esperando desesperada pelos minutos passarem, mas não funcionou. Não devo ter mirado direito. Abro um segundo teste e desta vez, depois de beber um litro de água, eu urino em um copo e mergulho o palito de cabeça para baixo.

Não preciso olhar, não mesmo. Já sabia o dia inteiro, eu acho, mesmo antes de o pensamento se formar. Mas a prova revela, não a linha dupla ou algo tão vago, mas, sim, uma pequena palavra dizendo *grávida*, para que não haja dúvida.

13

— Como deve saber, Srta. Flynn, estamos falando com qualquer um que teve contato com ele nas 24 horas antes de seu desaparecimento.

A sala de reunião é pequena, com uma janela dando vista a um agrupamento de pinheiros e um espelho unidirecional, como nos filmes. Há uma câmera e um gravador de voz, mas estão desligados. Duncan está sentado diante de mim à mesa. Uma policial chamada Bonnie Patel estava ao seu lado, mas nos deixou para buscar chá e não havia retornado. Acho que ele vai começar sem ela.

— Pode me guiar pelo que aconteceu no sábado? — pergunta Duncan. Eu devo parecer surpresa, pois ele acrescenta: — Isso é completamente informal, só estamos coletando o máximo de informações para podermos construir a movimentação de Stuart.

Remexo-me no assento, desconfortável. Ele soa formal e distante, como se fosse a primeira vez que nos vemos.

— Eu fui ao trabalho.

— No fim de semana?

— Os lobos não sabem o que é fim de semana.

— Certo, e depois do trabalho?

— Fui até a cidade, à farmácia.

— O que foi fazer na farmácia?

Eu o olho com descrença.

— Ok, então o que aconteceu?

— Encontrei Lainey lá. Stuart entrou irritado por estarmos conversando.

— Por que ele estava irritado com isso?

— Porque é um idiota.

Duncan me encara. Talvez reajustando-se à minha atitude. Eu me advirto para ser educada e resolver isso o mais rápido possível. Ele está apenas cumprindo seu dever, mas, ainda assim, sinto uma pontada de dor por ele ter me trazido aqui.

— Lembra a que horas isso ocorreu?

— A farmácia estava quase fechando, então por volta da hora que eles fecham.

— Sete. E então?

— Segui Stuart e Lainey para fora e falei algumas coisas para ele. E então você apareceu.

— E qual foi a natureza das suas palavras?

— Provocativas, talvez.

As sobrancelhas de Duncan se levantam enquanto espera. Ele realmente vai me fazer dizer?

— Eu estava tentando irritá-lo — admito. — Queria ver o que ele faria se provocado.

— E o que esperava que ele fizesse?

— Brigasse. Me machucasse. Como machuca sua esposa.

— Por que queria isso?

— Para denunciar ele.

Duncan se recosta e cruza os braços. Ele suspira.

— Como tem certeza de que ele a estava machucando?

— Você me disse.

— Disse?

— Não com palavras.

— E o que mais?

— Várias coisas.

Ele pensa sobre isso, me estudando.

— Seria certo dizer que havia animosidade entre vocês?

— Sim.

— Você devia dinheiro a ele, correto?

— Duas mil libras pela égua que comprei dele.

— Ele a ameaçou pelo dinheiro?

Considerei admitir a verdade, mas prefiro evitar criar ainda mais motivos contra mim.

— Não. Ele apenas pediu.

— Ele já admitiu bater em Lainey alguma vez?

Eu me sento ereta, franzindo o cenho.

— Você está mesmo sugerindo que ele não a estava machucando?

Duncan não responde.

— Que fraco. Agora você está se acovardando porque ele está desaparecido.

— Mas como você *sabe* que isso estava acontecendo, Inti? — questiona mais uma vez.

— Eu *sei* — digo, perdendo a paciência. — Já vi antes. É tão óbvio. Você também sabe.

— O que houve depois?

Luto com meus pensamentos furiosos. Sábado à noite.

— Eu já disse. Você chegou lá e me mandou para o pub. Então você sabe melhor do que eu o que houve.

— Essa foi a última vez que viu Stuart?

Aquiesço.

— Você viu algum incidente dele com outras pessoas na noite?

Apenas com você. E seu rosto estava machucado. Exceto que eu não vi de fato, não é? Não tenho ideia real do que aconteceu lá fora. Balanço a cabeça em negativa.

— Sabe de alguém que estava tão alterado quanto você?

— O que quer dizer com alterada?

— Com raiva.

Uma risada escapa de mim.

— Tem alguém que você possa apontar como um suspeito potencial do desaparecimento de Stuart? — Duncan parafraseia.

— Não. As únicas pessoas que conheço aqui são meus colegas, e eu ficaria surpresa se eles soubessem quem é Stuart.

Duncan se reclina na cadeira, brincando tediosamente com sua caneta.

— O que a trouxe à Escócia, Inti?

— Sou a chefe do Projeto Lobo de Cairngorms. Faria sentido me fazer todas essas perguntas, das quais você sabe as respostas, se houvesse um gravador de voz ligado. Do jeito que está, eu não sei o que pretende com esta encenação.

— Não é encenação. Só quero esclarecer as coisas. Você estava tentando implementar um outro projeto, não estava? — Ele pesquisou.

— Em Utah. Para reintroduzir lobos para salvar Pando, o gigante trêmulo.

— Então por que não foi para lá?

— Havia muita relutância por parte dos locais. Você acha que aqui está ruim, mas em Utah não chegamos nem perto.

— Mas já não fizeram isso no Yellowstone?

— Sim, e foi uma batalha constante. Eles se importam mais com a agricultura e a caça do que em salvar as árvores.

— E por que não deveriam?

— Porque este planeta não lhes pertence — retruco. — Nós não temos posse, não temos *direito*.

Ele permanece quieto por um tempo, me estudando.

— Trabalhar com a terra é um serviço bem pesado.

— Eu não disse que não era.

— Você já se perguntou por que conservacionistas tendem a vir de estratos socioeconômicos elevados? Eles têm dinheiro. Não precisam sobreviver da terra, não passam por dificuldades, vivendo um dia de cada vez — argumenta Duncan.

— Eu entendo que o impacto da conservação não recaiu de modo igualitário nas áreas rurais e urbanas e que precisamos dividir o peso de modo igualitário — digo. — Eu entendo isso, Duncan. Todos aqui parecem pensar que meu objetivo é alguma espécie de vingança, mas a única coisa que tenho contra fazendeiros é que eles parecem ter algo contra mim.

— Seu projeto ameaça o modo de vida deles.

— Na verdade, não. Eles só não querem dividir. — Penso em meu pai. — Você pode ser dependente da terra e trabalhar nela, e pode alimentá-la e cuidar dela ao mesmo tempo. Pode reduzir seu impacto. Isso não tem nada a ver com dinheiro. Nós temos a responsabilidade de reduzir nosso impacto. Reintrodução de vida selvagem é como lutamos contra a mudança climática, e todos parecem ter se esquecido de que isso é a única coisa que realmente importa. Nós, seres humanos, certamente não importamos. — Eu paro e então adiciono: — Talvez devêssemos apenas exterminar a raça humana e mostrar um pouco de misericórdia a este pobre planeta devastado.

— Isso é ecofacismo.

Gargalho com surpresa.

— Deve ser frustrante — diz ele, e eu espero por sua elaboração. — Ser mais inteligente que todos e ainda assim não lhe darem ouvidos.

Reviro os olhos.

— Estou falando sério. Você está aqui para ajudar e tudo o que recebe é animosidade. — Duncan se senta inclinado para frente de novo. — Você tem o direito de estar com raiva. Eu estaria. — Seus dedos se entrelaçam e sinto como se ele estivesse segurando minha mão. — A questão é o quanto.

— Raiva é o suficiente para matar uma pessoa? — questiono.

— Ninguém disse nada sobre uma pessoa morta.

— Nós dois estamos pensando isso. E nós dois sabemos que o cara é um otário.

— Isso parece ser uma opinião bem forte sobre alguém que mal conhecia.

— Sim — concordo.

— Conheço o homem a minha vida inteira — Duncan me conta. — Há demônios que entram na sua cabeça aqui, em um lugar como este.

Eu o encaro com descrença.

— Pode justificar o comportamento dele o quanto quiser, chefe, mas homens agridem suas esposas ao redor do mundo. Isso não tem nada a ver com o local onde vivem e, na verdade, não importa o motivo da agressão.

— Se não sabemos o porquê de fazerem isso, não temos esperanças de ajudá-los a parar.

Cruzo os braços.

— Me parece que ele foi parado.

Duncan encontra meus olhos, sem dizer nada.

— Você tem motivos suficientes sem precisar envolver meus lobos e eu nessa história — digo.

— É exatamente por isso. Ninguém aqui morreu até você e seus lobos aparecem.

— Eu pensei que ninguém havia morrido.

Ele mostra seu raro sorriso torto.

— Tem razão. — Duncan deixa um momento passar, e eu espero que isso esteja terminado, que deixe isso de lado, mas em vez disso, ele diz: — Você já foi casada, Inti?

— Não.

— Algum relacionamento sério?

Quase demonstro minha inquietação, mas me seguro.

— Não.

— Seus pais tinham um relacionamento abusivo?

— Meus pais moravam em lados opostos do mundo e não sabiam nada um do outro.

— Estou tentando entender por que você é tão protetora com uma mulher que praticamente não conhece.

— Porque alguém precisa protegê-la. — Estendo minhas mãos trêmulas sobre a mesa. — Não deveria ser uma preocupação de todos? Quantas mulheres precisam morrer antes de ficarmos com raiva? — Minha voz falha. — Por que não estamos todos com raiva? Por que não estamos furiosos, Duncan?

Ele estuda meu rosto, sem revelar nada.

Respiro fundo.

— Eu não matei o Stuart — digo, controlada. — Não faço ideia do que aconteceu com ele, mas o cara provavelmente fugiu para algum lugar ensolarado, onde não precisa se preocupar com uma fazenda em apuros e a própria vergonha encarando-o ao lado dele na cama toda manhã.

— Talvez. Ou talvez ele esteja morto em algum lugar.

— Talvez.

— Eu não tenho como traçar sua localização depois das duas e meia da madrugada de domingo.

Estou chegando ao meu limite com esse interrogatório, quero sair logo daqui. Respiro fundo e lhe digo o que não consegui dizer com carinho, disparo como se fosse uma arma:

— Eu não matei o Stuart porque não posso causar dano físico a ninguém.

— Como assim?

— Tenho uma condição chamada sinestesia espelho-toque. Meu cérebro faz com que meu corpo sinta as sensações que vejo.

Ele franze o cenho, surpreso.

— Vou lhe enviar meu histórico médico. — Há muitos. Demorou um tempo até um diagnóstico correto, já que espelho-toque é muito rara e compreendida por poucos especialistas. Mesmo assim, não faz muita diferença ter o diagnóstico, já que não é uma doença a ser tratada ou um problema a ser resolvido, mas apenas um modo diferente de existir. Apenas mamãe se preocupava o suficiente para me ajudar a encontrar modos de viver com essa condição. Estranhamente, eu mal me lembro dos médicos.

Duncan absorve a revelação, observando-me, revirando-a em sua mente. Talvez pensando nas noites que passamos juntos, seu rosto machucado, minha reação aos ferimentos... Ele segura a caneta, batendo o dedo contra o plástico.

— Todas as sensações?

Concordo com a cabeça, não estou com humor para passar por uma demonstração completa.

— Pode sentir isso? Onde?

— Nos meus dedos, como se a caneta estivesse em minha mão.

Seus olhos se arregalam um pouco.

— Merda. Tudo o que vê, você sente?

— Sim.

— Tudo, Inti?

— Tudo.

Houve um longo silêncio. Aguardo para ele testar mais, tocar seu corpo em algum ponto para poder ver como eu me sinto e, quando ele fizer, eu vou odiá-lo por isso.

Em vez disso, ele diz:

— Então não é impossível.

— O quê?

— Seria difícil, mas não impossível, correto? Ferir alguém? Acabar com uma vida. Isso não a mataria.

Eu o encaro. É possível que eu não tenha levado isso a sério? Ele realmente quer me investigar pelo assassinato de Stuart?

— Você acha mesmo que sou capaz disso? — pergunto, tentando esconder a dor em minha voz.

— A única coisa que sei com certeza — Duncan responde — é que todos nós somos capazes. Vamos encerrar por aqui, Inti. Eu já tenho o que preciso. Obrigado por vir.

Aggie acendeu o fogo. O pequeno chalé está aquecido e ela está lendo um livro de costas para as chamas. Eu desabo no velho carpete ao seu lado — a peça já teve dias melhores, agora está marcada aqui e ali por fagulhas de carvão da lareira. Há uma mancha vermelha no canto que espero ser de vinho. Todo o espaço precisa de uma boa renovação, e eu não me importaria de mobiliar nós mesmas (a decoração é toda floral), mas ainda assim estou apreciando mais este pequeno lar. Aggie se estende para dar um leve aperto em minha mão sem levantar os olhos. É um dos seus dias bons, e estou grata por isso. Estou tão exausta que me esparramo no chão, costas estendidas e olhos no teto rebaixado. Fios de fumaça escapam da lareira e serpenteiam acima. Minha visão oscila um pouco ao observá-los. Minhas mãos descansam sobre minha barriga. Estou muito ciente dessa parte do corpo e as afasto. Por um momento, imagino como Duncan reagiria se eu contasse tudo durante o interrogatório.

— Um homem desapareceu — conto a Aggie.

Do canto do meu olho, eu a vejo abaixar o livro.

— Vão procurar por ele na floresta amanhã. Estão buscando voluntários.

Você vai?, sinaliza ela.

Aquiesço, e algo dentro de mim se remexe. É nojento fingir querer encontrá-lo. De algum modo, isso parece ser um crime pior do que enterrá-lo.

Você quer que eu vá?

Viro a cabeça para ver minha irmã.

— Você iria?

Ela não responde, mas eu sei que quer. Ela quer estar comigo, assim como eu daria tudo para tê-la ao meu lado, mas existem amarras ao redor deste pequeno chalé de pedra que a mantêm presa; e existem amarras em seu corpo que a mantêm presa dentro de si. De qualquer modo, é algo muito obscuro para ela enfrentar. Não posso pedir que vá. E se nós o encontrarmos?

— Não. Tudo bem.

Você acha que ele está morto?

Abro a boca, mas nada sai. E apenas ofereço um aceno rígido. Todos os músculos do meu corpo parecem ter envelhecido, me sinto como se tivesse 100 anos.

Por quê?

Desejo admitir tudo. Antes do Alasca, eu teria falado. O que eu sabia, Aggie sabia. Mas agora há um mundo do qual quero protegê-la, violência a ser mantida a distância.

— Porque homens como ele não apenas desaparecem. É como desistir de tudo o que lhe pertence. Se ele sumiu, é porque está morto.

Algo atravessa Aggie — o arrepio de uma memória. Ela é engolida, e eu a resgato, desejando agarrá-la antes de ela desaparecer novamente, mas sabendo ser tarde demais. Cometi um erro.

— Ei. Está tudo bem.

Ele está vindo?, pergunta e, como todas as vezes em que lança essa pergunta, assume uma atitude infantil que me desalenta.

Não, sinalizo, porque esta é a linguagem na qual confia.

Nós nos encontramos no estábulo Burns ao amanhecer. Cerca de sessenta pessoas vieram para ajudar, assim como um representante da polícia local e vários cães farejadores. Apesar de Número Treze ainda estar no cercado e estarmos todos preocupados com ela e com o porquê, minha equipe está aqui — Niels, Evan e Zoe apareceram sem serem chamados. Posso ver Amelia e Holly por perto, e amontoados ao redor de uma Lainey de expressão indecifrável, estão alguns rapazes jovens que devem ser seus irmãos de fora da cidade, além de Red McRae e o prefeito Oakes. Duncan e sua equipe de policiais se destacam na frente para dar ordens — devemos seguir a apenas alguns metros um do outro, o tempo todo, e manter nossos olhos treinados no chão diante de nós, escaneando por qualquer coisa que possa ser um sinal de presença humana. Pegadas, peças de roupas, itens pessoais. Qualquer coisa destoante vale a pena ser apontada. Ele não diz que estamos procurando por um cadáver, mas todos sabemos.

Nós nos movemos pela floresta como um corpo só — esta floresta que deveria ser um espaço silencioso, mas que rapidamente é perturbada por vozes gritantes. Nossos pés pisoteiam a vegetação rasteira sem o menor cuidado, nossas mãos partem os galhos baixos para removê-los de nosso caminho. Qualquer animal neste trecho vai nos escutar e fugir o máximo que puder. Roedores e ninhos serão destruídos sob nossos pés.

Rezo para que os lobos estejam longe daqui.

Ao cair da noite, estamos com frio e exaustos — e não encontramos nenhum corpo. Stuart Burns está ao sul da terra que cobrimos. Quero perguntar por quanto tempo faremos isso, quais áreas Duncan pretende incluir nas buscas. Mas não questiono. De algum modo, devo fingir para mim mesma que não sei nada mais do que os outros residentes. Devo enterrar esse corpo muito mais fundo dentro de mim do que enterrei no solo.

14

Após o desaparecimento de papai, Aggie e eu voltamos para a casa em Sydney e para uma mãe que não havia mudado nada nos últimos dois anos em que estivemos fora, exceto por seu denso cabelo preto agora estar grisalho. A vida voltou a ser como era antes em um piscar de olhos, a única diferença era que eu me sentia uma criatura selvagem presa em um corpo humano. Eu ouvia um chamado, só me sentia viva nos confins da floresta.

Após muito estudo, em um modo acelerado, conquistei dois diplomas na área de ciências antes de completar 25 anos. A mente de Aggie regrediu à adolescência perdida. Quando me formei, ela já havia namorado a metade dos homens de Sydney. Eu não admitia que desejava sua vida em vez da minha, que desejava ser eu a viver naquele corpo, para sentir o toque, o sabor e o prazer. Eu não queria admitir, mas ela já sabia.

Em uma noite quente após o início do meu doutorado, fui ver mamãe em nossa antiga residência. Àquela altura, Aggie e eu havíamos nos mudado para um pequeno apartamento em um prédio próximo à universidade. Mas eu tentava visitar mamãe o tanto quanto possível, pois passar as noites cercada de fotos de criminosos ou vítimas, ou ambos, parecia uma companhia sinistra.

Esta noite, ela estava sentada de frente para dois ventiladores que não faziam nada além de agitar o ar quente ao redor. Mamãe alternava entre goles de vinho tinto e cubos de gelo, com um de seus casos recentes aberto diante dela no chão. Servi uma taça de vinho para mim e me sentei ao seu lado, besuntando meus braços e minhas pernas com repelente devido à ausência de telas mosquiteiras.

— Qual é esse? — perguntei a ela.

Ela olhou para mim, talvez apenas agora se dando conta de minha presença.

— Pessoa desaparecida. — Deslizou a foto para eu poder ver o rosto da jovem adolescente.

— Ela poderia ter fugido? — perguntei, estudando o rosto sorridente.

— Ela não fugiu.

— Então o que houve? — questionei, porque queria saber, mas ao mesmo tempo não queria. Uma curiosidade que me instigava, ainda que eu tentasse evitá-la. Um tipo de dança entre mim e mamãe, ou talvez uma competição que eu sempre esperava vencer, mas nunca consegui.

— Alguém a matou — disse mamãe.

— Como você sabe?

— Porque é o que sempre acontece quando alguém desaparece. Qualquer policial sabe disso.

— Mas talvez não — falei com calma. Talvez ela tivesse partido em uma aventura.

— Eu gostaria de visitar o mundo onde você vive, minha querida — disse mamãe. — Parece mais gentil do que este. — E então: — Como estão os lobos?

— Bem longe daqui.

— O que a está segurando então?

— Eu terei mais opções de emprego com meu doutorado.

— Está enrolando porque não quer deixar Aggie.

— Do que está falando? — Deixar Aggie nem era uma opção. Será possível que mamãe *ainda* não entendia isso?

Ela deu de ombros, deslizando um pedaço de gelo sobre a testa.

— Uma de vocês terá que deixar a outra... em algum momento.

— Por quê?

— Porque ela não pertence à floresta, e você sim — respondeu mamãe, com simplicidade.

De repente, lágrimas surgiram em meus olhos.

— Mas eu não quero fazer isso sem ela.

Mamãe estudou meu rosto. Eu mal enxergava o dela.

— Você precisa ser mais forte.

Algumas semanas depois, eu estava sentada no gramado do campus da Universidade de Sydney, aproveitando o sol da tarde. Meus olhos começavam a pesar quando uma sombra surgiu sobre as páginas do meu livro. Olhei para a silhueta acima.

— Olá — disse a sombra.

— Olá — respondi.

O homem se moveu para que eu pudesse vê-lo, a forma e as feições de um estranho. Alto, rosto quadrado, cabelo curto e barba feita. O frescor de sua colônia flutuou até mim e conjurou algo familiar.

— Sua aula já acabou? — perguntou ele.

— Já.

— Posso te pagar uma bebida e você me conta como foi?

Curioso.

Olhei as horas. Aggie ainda levaria horas até terminar de lecionar para seus alunos das turmas de línguas. Não era comum eu me aproximar de estranhos, a não ser que estivesse com minha irmã, mas eles não tendiam a se aproximar de mim do nada e facilitar tanto as coisas assim.

— Por que não? — respondi, juntando os livros em minha mochila. Ele ofereceu a mão para me ajudar a levantar e eu aceitei, notando seu suor.

No bar da universidade, nós nos sentamos do lado de fora sob o sol, entre risadas de estudantes. Eu adorava as noites longas de verão e o anoitecer tardio.

— Qual foi sua aula hoje? — perguntou o homem. Ele parecia mais velho do que eu, mas não muito. Poderia ser um aluno ou um professor.

— Foi apenas uma reunião com meu orientador.

— Orientador de...?

— Meu doutorado.

— Uhu. Olha só. Você já está me surpreendendo.

Franzi o cenho, incerta se o havia ofendido.

— Qual o tema?

— Lobos?

Ele riu.

— Claro que é. Clássico besteirol acadêmico, estudando algo em um país tão longe de qualquer lobo real, significa que você nunca vai sair detrás da tela do computador.

Eu o encarei.

— Então me diga o que está aprendendo sobre lobos nesse livro.

Desviei o olhar para o lago do outro lado do gramado, onde os patos nadavam. Gansos brancos gordos gingavam pela margem, cantando alegremente. Uma brisa levantou o cabelo da minha testa. Eu poderia perguntar seu nome, mas de algum modo já sabia que essa era uma parte do jogo. Não perguntaria até ele perguntar.

— Vamos, garota. Estou intrigado, admito.

Quando o olhei de novo, ele estava se inclinando na minha direção. Um homem grande, como um zagueiro de futebol americano e, sob esta luz, tinha a aparência de uma antiga estrela de cinema, todos os ângulos agudos. Havia uma certa *pureza* em sua aparência. Notei o quanto era bonito e, de repente, eu não apenas desgostava dele visceralmente, também o desejava e, para meu horror, queria impressioná-lo.

— Estou estudando os mapas cognitivos que os lobos fazem de seus territórios. Eles passam esses mapas geográficos e temporais ao longo das gerações, e conhecem sua terra de modo tão íntimo que não saem dela, a não ser que seja deliberado. Lobos não perambulam. Eles se movem com propósito e ensinam seus filhotes a fazerem o mesmo. São capazes de compartilhar imagens mentais uns com os outros.

— E como fazem isso?

— Ao uivar. Suas vozes criam imagens.

Agora ele estava realmente me olhando, e acho que jamais alguém havia me olhado assim antes, com tamanho apetite.

— Ok, isso é bem legal — ofereceu. — E por quê?

Dei de ombros.

— Acho interessante ver como algumas criaturas conseguem passar memórias e como algumas memórias são tão profundas que podem viver no corpo, em vez de apenas na mente.

— Nada vive no corpo, não mesmo, isso é apenas um truque do seu cérebro. — Ele traçou o dedo ao longo da minha mão, a que segurava meu gin tônica. Isso me surpreendeu. — Foi seu cérebro que sentiu isso, não sua mão.

— E quando não se pode confiar no cérebro? — Às vezes, o funcionamento da minha mente dificultava a vida. Às vezes, é claro, também a tornava incrível. Não admitiria isso: o perigo do qual aprendi a me resguardar havia muito tempo. Homens veem isso como um convite para me testar, para me tocar. — O que você está estudando? — perguntei para mudar de assunto.

— Neurocirurgia.

— Você é cirurgião de cérebros? Nossa.

— Culpado. Ou vou ser.

— Agora me sinto uma idiota por falar sobre cérebros.

— Não. Eu só sou um estraga-prazeres. Venha, vamos dar uma volta.

Eu pisquei.

— E nossas bebidas?

— Não estou mais com sede.

Ele nos guia ao redor do parque e pelas ruas da cidade. Eu envio uma mensagem rápida para Aggie, dizendo que a encontraria mais tarde em casa, e senti uma onda de excitação ao pensar em como ela aprovaria este encontro inesperado. Quase a chamei para nos encontrar, porque fazer qualquer coisa interessante sem ela não é natural para mim, mas me lembrei de que haveria *algumas* coisas que faria sozinha. As palavras de mamãe retornaram sem aviso à minha mente. *Uma de vocês terá que deixar a outra... em algum momento.*

Nós caminhamos por um bom tempo e era bastante fácil conversar com o desconhecido, exceto por um momento aqui e ali quando ele mudava o assunto de maneira tão abrupta que eu ficava perdida. Nesses instantes, algo cruzava seu olhar, talvez um flash de tédio? E então ele levava o assunto para outra direção e eu ficava lutando para me orientar.

Logo ele mudou a direção tão abruptamente quanto mudou de assunto, e nós estávamos diante de um prédio residencial e, sem nem perguntar, ele entrou e esperou que eu o seguisse.

Eu hesitei, disse a mim mesma que era demais, uma pretensão extrema, além de perigosa. Mas sendo sincera, isso durou apenas por um segundo. A chama da adrenalina se assemelhava ao medo, mas também a um anseio por alguma coisa, qualquer coisa; havia também a onipresente e inabalável curiosidade que superava todo o resto. Este meu corpo que buscava e sabia coisas que eu mesma desconhecia. Então eu o segui para dentro, deixei o elevador nos levar até o último andar, e entramos no apartamento dele. Para algo meu. Para sentir algo que eu não havia apenas assistido.

Na manhã seguinte, ele me ofereceu uma carona para casa. Eu ainda não sabia seu nome. Ele ainda não sabia o meu. Estava inundada pelas memórias táteis inebriantes da noite, com a sensação das amarras de seda ao redor de meus pulsos, firmando-me na cama, a sensação de sua boca em meu corpo, a explosão de excitação que isso provocou, a sensação de viver uma vida diferente.

Ao parar na frente da nossa casa, um choque me acometeu ao perceber que não havia lhe dito onde eu morava.

Algo dentro de mim congelou.

Mas um minúsculo e quieto recanto de mim, o mais obscuro, já suspeitava, não é? Eu não sabia desde o primeiro momento?

Ele parecia relaxado, um pouco impaciente. Precisava ir trabalhar. Então, ao me beijar, não foi repleto da paixão lenta e pulsante da noite anterior, mas um tipo diferente de familiaridade, algo que indicava ter feito isso antes.

— Tchau, garota — disse ele. — Me faça um favor e pense em mim hoje, ok? Pense em mim quando estiver no chuveiro.

Saí do carro, confusa, e entrei em casa.

Aggie me chamou da cozinha.

— Venha. Aqui. Desembucha.

Sentei-me no banco da cozinha. Aggie serviu um café da cafeteira italiana no fogão.

— Você está estranha — comentou.

— Eu não sei bem o que dizer — admiti. — Foi... inesperado.

Talvez eu tenha lhe dito o endereço. Devo ter dito. Estava tão distraída esta manhã. Quando o pensamento ganhou peso, eu me afundei na emoção.

— Eu nem sei o nome dele.

— Sério mesmo? — Aggie jogou a cabeça para trás e gritou como um lobo.

— Shhh. — Caí na risada.

Sem aviso, de repente, a porta de nosso pequeno apartamento se abriu e uma pessoa adentrou. Eu me assustei ao ver que era o estranho. Um sorriso surpreso me tomou e tudo aconteceu ao mesmo tempo. "Você deixou seu telefone no meu carro, garota", afirmou ele, e eu lancei um "Ah" e Aggie disse "Oi, gato", e por alguma razão nós duas estávamos andando até ele. Então ele parou, e nós paramos, e encaramos uns aos outros conforme o horror mútuo se assentava.

— Merda. — Ele me lançou um olhar rápido, um que parecia implorar por algo, por piedade, talvez. Então seus olhos se viraram, permanentemente, para Aggie. — Eu não sabia. Não sabia, Aggie. Pensei que era você.

Aggie me olhou, e eu olhei para ela.

— Ele não sabia mesmo — falei. — Realmente pensou ser você. Ele nunca perguntou meu nome.

Nós esperamos em agonia por sua resposta.

Por fim, ela disse, quebrando meu coração com sua generosidade.

— A gente ri? Ou matamos ele?

Seu nome era Gus Holloway. Era o mais recente namorado de Aggie, um que eu não havia conhecido ainda devido ao seu horário de trabalho conturbado. Tinha 30 anos de idade, jogava rugby toda terça-feira à noite e fazia residência no Hospital RPA. Gostava de seis cubos de açúcar em seu café de manhã e bebia whisky Fireball religiosamente. Havia conhecido Aggie porque ela dava aulas de japonês ao seu sobrinho. Ele quebrava regras. Era a personificação da confiança. Conseguia levá-la ao orgasmo com um olhar. Tinha sete conjuntos de roupas de cama de linho francês e os trocava todos os dias.

Essas eram apenas algumas das coisas que eu sabia antes de conhecer Gus.

O que sabia após aquela noite eram as coisas que eu não deveria saber.

E o que eu não sabia. As coisas que ainda não sabia sobre ele pertenciam aos profundos e obscuros recessos de sua alma, um espaço que minha mãe havia visto e nos alertado, mas eu não a escutei. Nunca escutava.

Já era tarde quando ele enfim foi embora. Escondi-me no meu quarto, incerta sobre como encará-lo de novo. Eles conversaram por horas e então fizeram o que aparentemente fazem o tempo todo, o que talvez significasse que haviam reatado. O quão pequena e indigna devo ter parecido na noite passada, se comparada com a criatura ardente que é a minha irmã. Como ele poderia não saber?

Aggie entrou no meu quarto e deslizou na cama ao meu lado.

— Ele disse que pensou ser um dos nossos joguinhos. Quando fingimos ser personagens. — Ela balançou a cabeça, então admitiu: — Nós fazemos alguns joguinhos às vezes. Começou como um modo para me ajudar a ensaiar. — A companhia de teatro amador à qual ela entrou. A peça na qual ela foi escalada porque sabia falar alemão.

Assenti e não soube o que dizer.

Talvez ele não soubesse. Talvez nem eu soubesse. Eu não sabia, não mesmo. Não conscientemente.

Pensei na expressão em seu rosto ao ver nós duas paradas ao lado uma da outra essa manhã. Não havia surpresa em seus olhos, apenas culpa.

— Desculpa, Aggie, eu estraguei tudo.

— Nós podemos dividi-lo.

— Hein? Como é?

— Não imagino que ele vá dizer não. — Ela pega minha mão e a aperta. Havia algo fervoroso nela, e minha irmã não estava brincando. Algo havia se descarrilhado em sua cabeça. — Eu não faço nada sem você. Não é quem somos. Nós compartilhamos.

Afastei seu cabelo para trás da sua orelha.

— Nossa. Você deve ser a pessoa mais generosa e desequilibrada do planeta.

Ela gargalhou sobre meu ombro, e eu não sabia dizer se estava chorando.

— Não posso estar com alguém sabendo que você gosta dele. Não consigo. Vou terminar com ele.

— Eu não gosto dele. Ele ficou entediado enquanto eu falava.

Ela gargalhou em meio às lágrimas.

— Ele faz isso mesmo. É um pouco idiota na verdade.

15

Seus uivos ainda ecoam pela noite. A voz de Número Seis. Evan queria chamá-la de Ash, não é mesmo? Ela uiva por seu companheiro, mas agora também por sua força em definir seu território, para reivindicar sua posse e afastar inimigos. Ensina os filhotes a uivarem, cada dia mais forte, desafiando a noite. Em breve, ela vai ensiná-los a caçar. Eles terão que aprender cedo, pois não há uma alcateia para caçar por eles.

Uma reunião de moradores foi convocada no auditório da escola para discutir as buscas por Stuart. Desta vez, não há ninguém no palco. Duncan está em seu lugar ao lado da porta, observando a multidão. Essa não é uma reunião liderada pela polícia; foi convocada pelos irmãos de Lainey, que estão reunidos diante da plateia. Um deles, ao menos dez anos mais novo que Lainey, se dirige ao microfone.

— Agradeço a todos por virem — diz ele. Pode ser apenas um adolescente, mas fala com aparente clareza e confiança. — Meu cunhado está desaparecido há duas semanas. A polícia não tem motivos para acreditar que ele tenha fugido. Eles analisaram os registros telefônicos e a movimentação das contas bancárias, e não houve nada, estão de posse do telefone dele também, que foi deixado em casa, indicando cada vez mais que algo aconteceu com ele. Seja um acidente ou não, alguém sabe de algo e nós pretendemos descobrir. Oferecemos uma quantia em dinheiro por qualquer informação que possa levar a polícia ao paradeiro de Stuart.

Alguém na multidão se levanta. Uma mulher.

— Você não vai conseguir nenhuma informação, filho. A menos que os lobos comecem a confessar seus pecados.

Ah, merda.

Evan está sentado ao meu lado. Ele agarra minha mão e a pressiona com força, talvez mais para buscar conforto do que o oferecer a mim. Nós esperávamos que esse dia não chegasse.

— Todos sabemos o que houve. Precisamos nos despedir deste homem, mas teremos que fazer isso sabendo que seu corpo está perdido.

— Não está perdido — diz alguém.

— É exatamente isso que dizíamos que ia acontecer — comenta outra voz.

Eu me levanto e caminho até o microfone no palco.

— Com licença — digo ao jovem. Ele parece pronto para discutir, mas dá de ombros e se afasta. — Antes que isso desande, eu gostaria de explicar que, se um lobo matasse uma pessoa, nós saberíamos. Encontraríamos restos. Os lobos não comem os estômagos de suas presas. Eles esmagam os ossos, mas apenas para chegar à medula dentro, o que gera lascas de ossos. Posso garantir a vocês, haveria algo para encontrarmos. E, no mínimo, sangue, muito sangue.

Houve um silêncio pesado e percebi que não havia feito nada além de perturbá-los ainda mais.

A reunião se encerra, mas seus rostos demonstram o que temiam. Eles não acreditam em mim. Não se importam com minhas palavras. Algo se aproxima, agitado como uma tempestade. Tento mantê-lo afastado, mas, cedo ou tarde, o medo deles explodirá. Se não houver culpados, irão à floresta com armas.

Do lado de fora, chamo Lainey, mas ela está sendo empurrada para o carro pelos irmãos. Há cinco deles, e um dos mais velhos, não o jovem que falou, entra em meu caminho.

— Agora não. Ela está cansada.

— Só quero ver se ela está bem. Meu nome é Inti, sou amiga dela. — A palavra sai fácil, mas é verdadeira?

— Sabemos quem você é. Ela não precisa de mais visões de lobos esmagando ossos, está bem?

Mantenho minha distância. Lainey está olhando adiante, resoluta, e claramente não quer falar comigo. Eu não estava procurando amigos quando cheguei aqui, mas agora queria estar ali por ela, mas não é assim que funciona. Tornei-me uma fonte de conflitos em sua vida. Só piorei tudo.

— Me desculpa — digo ao seu irmão. — Eu não quis trazer isso à tona. Mas vocês sabem que não foi isso que aconteceu, não é? Ou não estariam oferecendo uma recompensa.

— Só estamos vendo todas as possibilidades — diz ele, categórico. — Nenhum de nós espera ter que pagar essa quantia.

Os filhotes de lobo têm cerca de dois meses e emergiram da toca, esqueléticos e desgrenhados, com patas e orelhas grandes demais para seus corpos. Lutam e brincam sem parar, tropeçando uns sobre os outros e latindo de empolgação. Deslocam-se até um ponto de encontro, onde estariam passando tempo com o restante da alcateia — se houvesse uma —, não tão distante da toca e, para minha sorte, em um ponto de grama visível entre as árvores espaçadas. Visito-os quase todos os dias, permanecendo a distância para observar sem perturbá-los. Eles sabem que estou aqui, podem sentir meu cheiro a quase três quilômetros de distância. Quanto mais visito, mais acostumados ficam a mim, o que é exatamente o que eu deveria evitar. Ainda assim, continuo vindo, encantada por eles e cada vez mais assustada que um dia um caçador apareça por entre as árvores e os abata.

Apesar das minhas próprias regras, começo a pensar em Número Seis como *Ash*. Ela observa os filhotes até ser forçada a deixá-los para caçar. Normalmente haveria outros lobos aqui para cuidar dos pequenos, então eu tendo a ficar durante esses momentos, escondida em um saco de dormir, apesar de não saber o que poderia fazer se caçadores aparecessem. Eu me colocaria entre eles, talvez, apesar de, neste ponto, não ter certeza de que seria de muita ajuda.

Caçadores humanos não são o único perigo enfrentado pelos filhotes. A Alcateia Tanar, robusta com cinco lobos adultos, não está muito longe. E estiveram vagando, aumentando seu território. Se decidirem tomar esta terra, poderiam aparecer determinados a matar os filhotes antes que se tornem grandes o suficiente para serem ameaçadores. Mas nenhum outro lobo vem, e os filhotes passam seu tempo brincando e dormindo, ou praticando como rastrear e atacar seus irmãos.

Observei Ash algumas vezes, sua barriga inchada após empanturrar-se ao máximo, porque seis bocas famintas a aguardam. Seus filhotes a rodeiam e lambem seu focinho para avisá-la de que estão famintos. A mãe regurgita a carne de seu estômago e eles engolem, lutando uns contra os outros pelos pedaços maiores. Se continuarem a lamber seu focinho, ela às vezes rosna para controlar a gula dos pequenos e, em uma demonstração de dominância, não há dúvidas de que essa é uma fêmea reprodutora, uma líder. Seus filhotes se afastam imediatamente.

Para que essa pequena alcateia sobreviva, Ash precisará recrutar novos membros — lobos que podem caçar com ela, ajudá-la a criar os filhotes e a lutar contra alcateias rivais.

Eu não consigo deixá-los. Isso já está se tornando um problema.

Em casa, Aggie fez uma lasanha de legumes, forçada a usar apenas cogumelos depois que expliquei que estava além da minha capacidade conseguir berinjelas na zona rural da Escócia.

— Você deve ter cozinhado o dia todo! — digo quando ela remove o papel-alumínio e o cheiro delicioso me atinge. Ela ainda não saiu para ver Gall. Esse talvez seja o maior indicador de sua saúde mental do que qualquer outra coisa. Ela adora cavalos tanto quanto papai.

Treze saiu da jaula já?, pergunta Aggie.

— Ela entra e sai para achar comida. Mas não saiu de verdade, e Doze, o jovem macho da Alcateia Glenshee, está perambulando por perto.

Ele é perigoso para ela?

Hesito, então aquiesço. Não há por que mentir para ela.

Feche a jaula.

— E trancá-la de novo? Não mesmo, não posso fazer isso.

Observo minha irmã cortar a lasanha e servi-la nos pratos. Ela está com raiva de mim. Então tento explicar.

— Ela não vai sobreviver se não puder cuidar de si mesma. Se ela o teme, pode correr ou lutar. Mas ficar trancada em uma jaula não é vida. É melhor que ela esteja livre para morrer.

Aggie olha para mim.

Ela ficou por algum motivo.

Balanço a cabeça e começo a comer. Em meio a mordidas, sussurro:

— Medo. É apenas medo e isso é uma fraqueza.

Não estou olhando quando tenta sinalizar algo, então ela me empurra com força para me obrigar a observar suas mãos.

Vocês duas estão com medo.

— O quê? — retruco, pensando ter lido errado algum sinal, mas ela repete as palavras. — O que você quer que eu diga?

Você precisa se libertar.

— Que ironia vindo de você! — Termino de enfiar a lasanha na boca, mas já não sinto o gosto. — Preciso sair um pouco à noite.

Namorado?, sinaliza ela.

— Não tenho namorado.

Suas sobrancelhas se arqueiam.

— Estive com os lobos.

Ela me olha, cética.

Está do tamanho de um mirtilo, sinaliza ela.

— O quê?

Aggie inclina a cabeça.

Seu bebê está do tamanho de um mirtilo.

Minhas bochechas se aquecem. Qualquer irritação que sinto transborda e eu seguro sua mão, pois é claro que ela sabe.

— Não importa. Vou contar a ele hoje à noite. Que não vou ficar com o bebê.

Você não precisa contar nada a ninguém.

Ela está certa, é verdade. Não há necessidade de preocupar Duncan com isso — eu sei que ele vai concordar com minha decisão, porque nunca quis um filho e deixou isso bem claro ao me contar. Além disso, não é uma decisão dele. Ainda assim, sinto-me ser puxada pela mata até seu chalé e sei que preciso contar a ele, mas não estou disposta a descobrir o *porquê*.

De quem é?, pergunta Aggie.

— Ninguém. Foi um erro.

Ele a machucou?, pergunta ela. A pergunta é dolorosa, dói por ser isso que ela espera e, na verdade, por que não esperaria?

— Não.

Aggie me analisa.

Não faça isso por mim. Por minha causa.

— É por mim. Somos você e eu, lembra?

Aggie me abraça com força.

— Você e eu — digo novamente. Um mantra para manter seus pedacinhos juntos, para manter os meus.

Ainda há uma elevação, mas ninguém saberia que havia sido feita por humanos ao olhar. Paro sobre o local, pensando sobre os segredos guardados pelo corpo sob a terra. Vivendo no momento eu o encontrei, na perfuração de sua carne, no vazio de seus olhos. Eu me imagino agachando para pressionar minhas mãos em seus órgãos, empurrando-os de volta para onde pertencem e selando--o; eu me imagino fundindo sua pele de volta até seus olhos se abrirem. Daria tudo para aquela manhã enevoada não passar de um sonho. Fantasiei sobre a morte dele, mas sua morte apenas resultou em mais problemas.

Desabo e me agacho, pensativa, apesar da náusea que me acomete. Tento conjurar a memória de seu corpo, tento notar algo que eu poderia ter deixado passar, um ferimento diferente dos outros, uma pista de algum tipo, um empurrão na direção certa, qualquer coisa. Se pudesse, por algum milagre, descobrir quem o matou de verdade, então eu absolveria os lobos da culpa — garantiria sua segurança. Talvez não a minha, mas isso é outra história.

De qualquer modo, se Stuart tinha um ferimento desse tipo, eu não vi. Tudo o que vi foi sangue e as entranhas expostas.

Prossigo pela floresta escura, retornando pelo caminho que tomei naquela manhã e tantas outras vezes. Sons agradáveis flutuam da pequena casa de Duncan. Escuto as vozes antes de ver a luz rosada. Não estava esperando socializar, mas me preparo e bato na porta de qualquer forma. "Eu atendo", ouço a voz de uma mulher e o meu interior se agita. Sinto estar prestes a virar e sair correndo quando a porta se abre e vejo Amelia.

— Você parece aliviada. — Ela ri.

— Eu... sim. Olá.

— Oi. — Ela beija minha bochecha e me puxa para dentro. — Eu não sabia que você vinha. Que surpresa adorável.

— Só vim conversar com Duncan, mas posso voltar depois.

— Não seja ridícula.

Eu havia me esquecido dos jantares de Duncan. A pequena sala de estar está lotada. Holly está aqui, assim como Fergus Monroe, nosso piloto, o que me surpreende, porque não sabia de sua amizade com Duncan, e a policial Bonnie. Estão todos espremidos, fazendo o que parece ser trabalho com madeira sobre um enorme pedaço de chita para proteger o piso. Duncan está na cozinha, preparando a refeição, e, quando levanta os olhos para me ver, franze o cenho.

Quem eu seria esta noite — a suspeita de assassinato ou a mulher que recentemente terminou com ele? De um jeito ou de outro, ele não tinha muita razão para me receber aqui. Serviu uma taça de vinho para mim e, ao entregá-la, nossos dedos se tocaram, e acho que foi de propósito. Ele está fazendo um jogo, um que conecta essas duas mulheres e que poderia lhe causar problemas. Pergunto-me se eu teria estômago para fazer minha jogada. Na verdade, acredito que tenho.

— O que estão fazendo? — pergunto ao grupo.

Todos riem, exceto Duncan, que se vira para esconder o sorriso.

— Duncan decidiu que a missão da vida dele é se tornar carpinteiro, mas é o pior carpinteiro que existe — explica Amelia. — Então nos juntamos de vez em quando para ajudá-lo a arrumar a bagunça que fez e, em troca, ele cozinha para nós, o que não é tão ruim.

Pelo menos agora entendo por que a casa está repleta de mobílias malfeitas.

— Como você é com uma lixa? — pergunta Bonnie.

Sento-me ao seu lado no chão. Ela está lixando uma perna do que parece ser uma mesa de centro pequena e torta.

— É minha especialidade — digo. Ela sorri.

— Então é melhor começar logo.

Escuto a conversa dos outros enquanto trabalho. Suas vozes transpassam por mim enquanto foco a tarefa. Não quero me sentir tão sobrecarregada pelo sentimento do que estão fazendo. Estou cansada e até meus próprios sentimentos já são suficientes.

Duncan termina de cozinhar e traz uma tigela de torta de carne para cada.

— Não, obrigada — digo.

— Você já comeu?

— Não como carne que não tenha sido caçada por mim mesma.

Ele desata a rir.

— Você é demais, Inti Flynn.

Não consigo segurar a risada também. Ele está vestido com outro suéter tricotado à mão — este em um tom creme com padrões de diamantes, que faz seus olhos parecerem mais escuros.

— Então Duncan e Bonnie já a interrogaram, Inti? — Amelia me pergunta, sem disfarçar o tom jocoso.

— Nós interrogamos todo mundo — diz Bonnie, como se estivesse repetindo. — Precisávamos.

— Na verdade, tive o Duncan só para mim — digo, olhando para ele e, por um momento, nós estamos juntos de novo naquela sala.

— Como ela se saiu? — Amelia perguntou a ele. — Temos uma assassina entre nós?

— Ainda não decidi — diz Duncan, com um sorriso torto, e eu não tenho certeza de que se trata de uma piada.

— Ela tem um álibi, na verdade — diz Bonnie.

— Qual é?

Bonnie também parece achar engraçado.

— Não é meu para compartilhar.

Então Duncan lhe contou. Suponho que ele seja meu álibi e eu seja o dele.

— Você nunca me perguntou — digo.

— O quê? — pergunta Bonnie.

— Você nunca me perguntou sobre meu álibi. Não acha que deveria ter perguntado?

— Nós o conseguimos através de outra pessoa.

— E não deveria ter confirmado comigo?

Ela teve a decência de parecer constrangida. Viro meu olhar para Duncan.

— Eu não queria deixá-la desconfortável — diz ele.

— Sobre o quê? — quer saber Amelia.

— Eu estava aqui naquela noite — digo, porque quero ver como Duncan reage.

— Duncan é o seu álibi? — questiona Fergus, que desata a rir. — Isso deve ser um belo conflito de interesse.

Amelia e Holly parecem achar graça, enquanto Bonnie se remexe, incomodada.

— E eu sou o dele. Não que tenha sido perguntado.

— Um descuido — diz Duncan. — Eu posso chamá-la de novo à delegacia assim que você puder. Tenho algumas outras perguntas que gostaria que respondesse.

— Ótimo.

— É uma grande perda de tempo, não é? — pergunta Holly. — Nós sabemos que o idiota deve ter fugido. Afogado em dívidas como estava.

Meus ouvidos focam isso.

— Dívida com quem? O banco?

— Entre outros — diz Holly.

— Não precisamos falar das finanças do homem — comenta Fergus.

— Não, mas é uma boa razão para abandonar sua vida.

— Pode ter sido a Lainey — sugere Amelia.

— Meels — repreende Bonnie.

— Só estou dizendo! Se ele estivesse dando tapas em mim assim, eu o teria enterrado há muito tempo. Não pode me dizer que ela não é sua suspeita número um.

— Ele não foi dado como morto — diz Bonnie.

— Eram mais do que apenas tapas — interrompe Holly.

— É o que estou dizendo. Ele era um verme desprezível.

— Nem sempre foi assim — sussurra Fergus.

— E deveríamos nos importar por quê? — pergunta Amelia, seu perpétuo humor havia evaporado. Há um sentimento de traição nela, deve conhecer Stuart há muito tempo, como todos eles.

— O que o mudou?

Ninguém oferece uma resposta à minha pergunta, eles apenas dão de ombros e balançam as cabeças.

É Duncan quem diz:

— Os homens são ensinados a exercer controle, mas a sociedade moderna já não apoia isso, então alguns homens sentem como se estivessem perdendo o controle e sendo humilhados. A humilhação os deixa com raiva e violentos.

— Fim ao patriarcado! — berra Amelia.

— Jesus — sussurra Fergus, apertando o peito.

— Eu não a culpo por procurar outras opções — diz Holly.

— Holl — adverte Amelia rapidamente.

— Desculpa.

Houve um silêncio depois disso. Minha mente dispara tentando entender — Lainey teria um caso? Tento imaginar com quem poderia ser. Ao que parece isso o tornaria o principal suspeito na morte de Stuart.

Fingal trota até mim e se aninha no chão ao meu lado, repousando a cabeça no meu colo. Eu coloco de lado meus afazeres com a lixa para afagá-lo. Ele já havia adormecido quando o uivo de um lobo ecoa no chalé.

— Deus nos ajude. Lá vai ela de novo — suspira Fergus.

Fingal levanta a cabeça para escutar, eriçando-se de tensão e com as orelhas levantadas. Ele olha para mim em dúvida e então para seu dono em busca de instruções. Deveria nos proteger? Isso era um chamado para ele, um aviso ou um convite? Isso aflige algum coração primordial dentro dele?

Acredito que sim, pois o cachorro levanta o focinho e solta um uivo longo e animado. Isso aquece minha pele.

— Jesus! — exclama Fergus, mais alto desta vez.

Os uivos ecoam dentro e fora.

— Está vendo o que você fez comigo? — pergunta Duncan, e percebo que se refere a mim. — Ele faz isso toda maldita noite.

Não posso evitar o sorriso. Algo sobre a resposta do cachorro me anima.

— Eu amo os lobos — diz Holly. — Acha que eu posso ter um filhote?

— Um filhote de lobo? — pergunta Amelia, gargalhando.

Holly me olha, curiosa. Nego com a cabeça.

— Por que não? Se fosse nosso desde novinho, se não conhecesse nada além disso... foi assim que os cães foram domesticados, não? Alguém fez isso, no passado.

— Há quarenta mil anos — diz Fergus. Então adiciona: — Durante a Era Mesolítica.

Sorrio com seu comentário.

— Um conhecedor de história, hein, Fergus?

Ele dá de ombros.

— Eu tento saber um pouco de tudo.

— Mas não muito sobre qualquer coisa. — Os outros completam em uma só voz, uma brincadeira bem conhecida.

Afago Fingal para acalmá-lo. Ele fica quieto por um momento, escutando atentamente os uivos da floresta. Não são direcionados a ele; Ash tem criaturas maiores para afastar.

— O filhote conheceria você — digo a Holly. — E você poderia treiná-lo. São inteligentes, aprendem rápido e são muito leais.

— Viu? — diz Holly.

— Mas por que você gostaria de ter um lobo? — pergunto. Todos me observam agora. Posso sentir seus olhos, porque é exatamente por isso, não é? Esse medo com o qual agora vivem. As crianças dentro de nós buscam monstros em formas que compreendemos. Eles querem temer os lobos, porque não querem temer uns aos outros.

— Lobos não entendem ou se socializam com humanos do mesmo modo que cachorros — continuo minha explicação —, mesmo se criados desde o nascimento. A domesticação é um produto de seleção. Leva *muitas* gerações para eliminar o lado selvagem de uma criatura. Esse cachorro e o lobo lá fora já não são nem a mesma espécie. Não importa o quanto ame um filhote de lobo, ele irá crescer para ser o predador que a natureza dita, e manter algo assim preso ou restrito a uma casa é o mais cruel que posso imaginar.

Fingal lança mais um poderoso uivo e todos nós pulamos.

Duncan se senta desajeitadamente perto de mim no chão e puxa o cachorro para seu colo.

— Calma, garoto. Ela não está chorando por você.

Fingal abana o rabo e lambe a mão de Duncan.

— Eu não aguento mais isso — anuncia Fergus, e se levanta para colocar uma música alta. Conforme os demais retomam suas conversas e tarefas de carpintaria, eu olho para Duncan. Ele está perdido em pensamentos. Talvez agora seja o momento de lhe dizer, bem rápido, e acabar com isso. Mas as palavras não saem.

— Você acha que um dia pode ser? — ele me pergunta com calma. — Eliminado de uma criatura?

— Seu lado selvagem? — Estendo a mão para afagar o cachorro e meus dedos se aproximam dos dele. Quero tanto tocá-lo que poderia entrar em combustão. — Aconteceu conosco, eu acho — sussurro. — Na maioria dos dias, acho que não podemos estar mais longe do selvagem, que foi lentamente apagado de nós até nos tornamos mais máquinas do que animais.

— E nos outros dias?

— Nos outros dias — digo devagar —, eu acho que vou enlouquecer de tão selvagem.

Várias horas se passaram quando há uma segunda batida na porta.

— Hoje aqui está parecendo a Estação Central! — diz Fergus. Ele está ficando mais bêbado a cada minuto, seu sotaque cada vez mais pesado. Eu mal consigo entendê-lo. Ele balança onde está sentado, ainda fingindo trabalhar, mas já havia perdido a habilidade de manusear ferramentas há muito tempo.

Amelia permanecia esparramada no chão mais perto da porta, então ela se levanta para atender pela segunda vez.

— Olá, querida — diz, mas não há resposta, apenas Lainey Burns passando por ela e irrompendo na sala de estar. Seus olhos vasculham o ambiente em busca de Duncan.

— O que diabos você está fazendo? — pergunta a ele. — Eu *disse* a você... — Lainey me vê e fica em silêncio.

Duncan se levanta do chão com dificuldade, e eu posso ver que sua perna está doendo, então estendo uma mão para ajudá-lo. Ele me agradece com um olhar, então vai até Lainey e a guia pelo corredor.

— Eu preciso enterrá-lo, Duncan. — Podemos ouvi-la dizer. — Eu preciso que isso termine.

Os dois desaparecem no quarto de Duncan e a porta se fecha, impedindo os sons de suas vozes. Eu suponho que não fora Lainey que o matou então, a não ser que seja uma excelente atriz.

Tomo um gole do meu vinho esquecido.

— Pobre mulher — diz Fergus.

— Ela está melhor sem ele — provoca Amelia

— Ei, um pouco de respeito por um velho amigo — pede Fergus.

— Ele não era meu amigo.

— Isso pode ser verdade, mas ninguém merece ser comido vivo.

Um silêncio desconfortável recai sobre o cômodo. Todos são cuidadosos em evitar meus olhos.

— É o que todos nós estamos pensando, não é? — Bonnie intervém. — Não houve respostas porque o homem foi comido pelos malditos lobos que fingimos não ouvir. Você mesma disse, Inti. Eles são predadores e nada pode mudar isso.

Eu me levanto.

— Inti... — Amelia tenta interceder.

— Só preciso ir ao banheiro — digo, o que é verdade, e sigo pelo corredor. Mas ao chegar à porta do quarto, paro para escutar. Posso ouvi-los atrás da porta, o tom e a cadência de suas palavras. Algo neles me choca, no modo com que as palavras são abafadas, uma intimidade. Relembro o modo como ele a guiou pelo braço através do corredor, o modo como ela entrou direto em seu quarto. Eles são amigos, é claro, se conhecem há muitos anos, mas algum instinto em mim reconhece algo a mais. Quando suas vozes se silenciam por completo, a sensação grita ainda mais alto, há muito mais intimidade em um silêncio tão longo.

Retorno para a sala de estar, sem ter ido ao banheiro. Sento-me no sofá ao lado de Fergus e digo, com o tom baixo o suficiente para ninguém ouvir:

— É o Duncan, não é? O amante dela?

— Não, claro que não — diz ele, mas está tão bêbado que posso ver com clareza sua mentira. — Olha, não sabemos, mas quem sabe? Os dois tiveram um lance na época da escola antes mesmo de ela ter algo com Stuart. Eram um casal ótimo, e todos pensavam que se casariam, mas não deu certo, não depois do que aconteceu com ele naquela época ruim. Hoje em dia, existem alguns boatos, mas sabe como são boatos.

Agarro minha jaqueta e sigo para a porta. Não quero mais estar aqui. Despeço-me rapidamente de todos, ignorando os resmungos para que eu fique mais tempo, e saio. O ar da noite refresca minhas bochechas. Eu havia acabado de chegar à linha das árvores quando escuto a porta se abrir e depois uma voz profunda.

— Inti?

Eu não preciso parar. Estou além da esfera de luz proveniente da casa, poderia já estar longe antes mesmo de ele me ver. Mas algo cresce dentro de mim, uma fúria muito familiar, e, sob ela, algo ainda mais sinistro. Uma realização lenta e horrível de algo que eu deveria ter percebido.

— Estou aqui — digo e espero Duncan me encontrar no escuro.

Ele se move devagar, como sempre faz.

— Você queria falar comigo.

— Por que Bonnie não entrou em contato comigo? Por que ela não me perguntou para confirmar seu álibi?

Leva um momento para ele se ajustar.

— Porque ela confiou em mim quando eu disse que você e eu passamos a noite juntos. Ela não sentiu a necessidade de envergonhá-la.

— Por que eu estaria envergonhada?

Ele dá de ombros.

Olho direto em seu rosto.

— Ela deveria confiar em você?

Os olhos de Duncan estão pretos sob esta luz. Só consigo identificar as linhas de seu rosto, seu nariz e sua boca.

— Nós não passamos a noite juntos, passamos? Não a noite inteira. Eu acordei e você havia sumido, Duncan.

O silêncio se inflama.

— Aonde você foi?

— Eu já lhe disse.

— Você foi dar uma volta.

Você foi dar uma volta no momento em que um homem foi morto perto da sua casa, e você estava dormindo com a esposa dele.

O sangue pulsa em meus ouvidos.

— Eu levo você para casa — diz Duncan.

— Prefiro caminhar — respondo, porque não vou entrar em um carro com ele. Não conheço esse homem. Ele mesmo disse. Ele me contou a verdade do que fez, e eu não escutei. Todos nós somos capazes de matar.

16

Um ano e pouco depois do incidente com Gus, eu estava atrasada para encontrar Aggie, algo que ela detestava.

— De todos os dias possíveis — disse ela, ao passar o batom nos meus lábios e me empurrar pela rua.

— De todos os dias possíveis? — perguntei, mas ela seguiu em frente. Aggie trajava um vestido estilo blusão que a deixava magricela e com pernas compridas; tinha cortado seu cabelo em um chanel chique, com a franja alcançando os olhos salientes. Ela estava linda e dolorosamente descolada, a anos-luz das meninas que fomos na floresta.

— Espera, aonde estamos indo? — exigi saber.

Aggie apenas sorriu e me puxou até o Cartório de Registro Civil.

James, o primo de Gus, estava lá como segunda testemunha. Eles não eram irmãos, mas poderiam ser — havia uma similaridade chocante entre os dois, apesar de James ser uma versão um pouco mais baixa, mais magra e menos bonita de seu primo mais velho. Havia uma brincadeira recorrente em nosso quarteto de que, se ele e eu nos apaixonássemos, a vida seria muito mais fácil para todos nós. Faria sentido, a última peça do quebra-cabeça.

James sorriu para mim enquanto Aggie e Gus se casavam. Eu tentei sorrir de volta, ou acho que sorri. Mas o sangue fugiu de meu corpo, e eu sentia que estava prestes a vomitar.

Depois, saímos para comer *dumplings*. O restaurante parecia mais um bar, com paredes pretas cobertas de grafite, uma iluminação vermelha fraca e aconchegantes nichos com bancos de veludo. Gus e James viraram doses de Fireball, pois era o que sempre bebiam. Aggie e eu odiávamos aquilo, mas ela estava de tão bom humor que virou umas duas doses. A química entre ela e Gus sempre foi incrível. Os dois ganhavam vida na companhia do outro, e eu podia ver o feitiço que lançavam um sobre o outro. Ele segurava a mão dela na mesa e, porque eu olhava, também segurava a minha.

Tive que forçar meus olhos para longe de seu toque, pois não me pertencia, não era para mim. Eu era uma mera ladra.

Fui até o banheiro para jogar água fria no rosto. Aggie também entrou e se sentou na pia, apesar de ela estar molhada.

— Vá em frente — disse ela.

Balancei a cabeça, negando.

— Não se preocupe. Eu o tenho na minha mão.

— Que bom para você.

— Qual o problema?

— Nada.

— Pare de palhaçada, Inti.

Olhei para seu reflexo no espelho.

— O que você está fazendo?

Ela cruzou os braços.

— O que é isso? — insisti. — Que diabos é isso tudo?

— Se acalme.

— O que você está tentando provar?

— Nada! Por que está tão irritada?

— Porque você me jogou nessa história do nada e nem ao menos convidou mamãe, porque sabe que ela o odeia e você sabe que está se precipitando. Isso me faz pensar que você está fora de controle.

— Qual o problema de estar fora de controle?

— Você vai se machucar.

Ela fechou os olhos.

— Você chegou a pensar que um dia ele ficaria com você?

O ar deixou meus pulmões. Era um lembrete de que seu temperamento podia explodir sem aviso. Aproximei-me e segurei seu rosto. Suas bochechas estavam quentes em minhas mãos.

— Não, sua idiota. Você é uma força da natureza. Ninguém nunca te trocaria por mim.

— Cale a boca, Inti — disparou ela, empurrando minhas mãos. — Pare de dizer coisas desse tipo.

— Eu não quero ele — disse, e estava sendo sincera. Eu não o queria para mim, e não o queria para ela. Não o queria em nossas vidas e, ainda assim, aqui estava ele, preso a nós pela lei. — Você poderia ter me contado — falei com calma. — Não acredito que não me contou.

— Não queria que você fizesse a minha cabeça.

— Consegui o emprego — disse em um tom desanimado.

Ela me encarou.

— Então vamos nos mudar para o Alasca?

— Você tem um marido agora.

— E? — questionou Aggie. Ela deslizou da pia úmida. — Qual o problema? Ele pode vir se quiser, mas somos eu e você, certo?

Alívio, tão profundo que me envergonhava.

— Certo.

Um sorriso leve surgiu em seu rosto.

— São lobos, querida. Lobos! — E quando ela me agarrou e jogou a cabeça para trás, uivando, uma mulher que entrava no banheiro deu uma olhada em nós e saiu. Eu soltei uma risada, gargalhei e uivei junto.

Ao sairmos, Aggie seguiu de volta para a mesa, mas eu fiquei para trás para usar o banheiro. Enquanto lavava as mãos, disse ao meu reflexo para sair e aproveitar. Minha irmã sabia o que estava fazendo, sempre sabia. Ficaria tudo bem.

Alguém estava se movendo pelo corredor escuro quando eu saí do banheiro. Nós nos trombamos de leve, e eu fui empurrada contra a parede. Era Gus — reconheceria a sensação dele mesmo no escuro profundo.

— Senti sua falta, garota — disse ele, sua respiração quente em meu ouvido, as mãos se movendo para meus peitos.

Eu o empurrei para longe.

— Gus, que porra é essa?

Ele piscou e pareceu chocado.

— Ah, merda. Inti?

— Que palhaçada — explodi, meu rosto queimando. — Meu cabelo e roupas são diferentes, pelo amor de Deus.

O choque se dissipou e revelou seu deleite.

— É uma brincadeira, garota. Pelos velhos tempos.

Eu o encarei, chocada.

— Chega disso, está bem? Não importa que joguinho é esse que está jogando.

— Sem joguinho — disse Gus. — Amigos, ok?

Eu o encarei, séria.

Gus riu e colocou seu braço ao meu redor, guiando-me de volta à mesa.

— Na verdade, somos família agora, *irmãzinha*.

Quando eu entro na delegacia, Bonnie está sentada diante de seu computador. O recepcionista me pergunta como poderia ajudar, mas Bonnie logo me vê e me chama com um aceno de mão. Há cerca de seis mesas em um salão aberto, a maioria compartilhada por uma dupla de policiais, enquanto seu chefe fica em um escritório dividido apenas por uma parede de vidro com uma placa com os dizeres DUNCAN MACTAVISH, SUPERINTENDENTE CHEFE. Ele não está em seu escritório — certifiquei-me disso antes de vir.

— Como está, Inti? — pergunta Bonnie.

— Bem, obrigada. Pensei em dar uma explicação sobre meu álibi.

Ela aquiesce.

— Vamos usar o escritório do Duncan para um pouco de privacidade.

Sigo-a para dentro, e ela toma o assento atrás da mesa dele, enquanto me afundo na cadeira do lado oposto. É um escritório pequeno e bagunçado, lotado de torres de papéis. Não há nenhuma foto ou itens pessoais.

— Pelo visto ele não aderiu à era digital.

Bonnie sorri ao olhar para o caos ao redor.

— Sim. Pois é. Mas é mais fácil manter as coisas sob controle quando estão na sua frente. Gostaria de dar uma declaração por escrito, Inti?

— Posso só lhe dizer, se for mais fácil.

— É menos formal.

— Ok, bem, suponho que vocês não se importem muito com isso.

Ela suspira.

— Sinto muito por não falar com você em pessoa. Duncan é meu chefe, e eu queria manter a discrição devido à natureza da declaração dele. Pensei que você gostaria de uma certa discrição também.

— Eu só não entendo. Sou suspeita ou não?

— A essa altura, você não é. É uma pessoa de interesse. É por isso que eu não dei prosseguimento ao seu depoimento inicial. — Ela faz uma pausa e se inclina na cadeira. — Achei estranho Duncan não gravar o depoimento. Então perguntei a ele, extraoficialmente, e ele me disse que não havia sido formal porque sabia onde você estava naquela noite, e isso foi o suficiente para mim. — Mais uma pausa. — Você não é uma suspeita, Inti, não que eu saiba. Mas se tiver algo que deseje falar, qualquer coisa que possa ajudar...

— A última vez que vi Stuart foi do lado de fora do pub com Duncan, e quando Duncan entrou, ele havia sido socado ou algo do tipo. Ele lhe contou isso?

Bonnie assente.

— Nós temos um histórico sólido das localizações de Stuart até as primeiras horas da manhã, quando ele desapareceu e nunca mais foi visto.

— Então onde ele esteve?

— Receio que eu não possa discutir os detalhes de uma investigação em andamento com você. Há algum motivo em especial para sua preocupação?

— Claro, ele abusava da esposa, e eu quero saber o que aconteceu.

— O que posso dizer é que não encontramos evidências de que ele tenha ido embora.

— O que significa...

— O que significa que decidimos tratar como possível homicídio.

— Ele poderia ter sofrido um acidente ou algo do tipo?

— Claro. O campo aqui é bem perigoso. Às vezes, nós perdemos trilheiros devido ao terreno traiçoeiro. Mas sempre encontramos os corpos. E agora temos ataques de animais para considerar também.

— Você encontraria os restos mortais — garanti.

Ela assente.

— Nós temos o seu conselho de especialista nisso. Mas você estaria bastante motivada a nos garantir isso, não é? Se os lobos mataram uma pessoa, eles precisarão ser abatidos.

— O quê? Todos eles?

— A não ser que você possa identificar um único culpado, então precisaríamos de garantias de que ele agiu sozinho.

O que, ela bem sabe, seria muito difícil de eu conseguir.

— Devo fazer a pergunta, então? — questiona ela. — Onde você estava na noite em que Stuart foi visto pela última vez?

— Eu estava no pub na cidade e depois fui para casa com Duncan.

— Para a casa dele?

— Sim.

— Que horas foi isso?

— Acho que por volta das nove.

— E você ficou lá a noite toda?

— Sim.

— Obrigada, Inti. Vou incluir isso no seu arquivo.

Ela não me pergunta se *ele* estava lá a noite inteira. Eu não digo nada, acho que é porque revelar a mentira dele poderia trazer à tona a minha. Mas também há uma voz dentro de mim me dizendo para não mencionar, por enquanto, não até eu ter alguma prova ou, pelo menos, um entendimento mais concreto se Duncan realmente matou Stuart, algo mais além dessa terrível intuição. Não quero jogá-lo aos leões se ele não fez nada.

— Como se reduz a lista de suspeitos para um caso assim? — pergunto.

Ela dá de ombros.

— Nós averiguamos qualquer pessoa com quem Stuart possa ter tido um conflito, alguém que tenha motivos para querer dar um fim nele, para machucá-lo. É sempre difícil sem um corpo.

— E se não se tratava de Stuart?

— Como assim? O que quer dizer?

— Bem... se livrar de alguém com tanta competência, sem deixar vestígios, é um bom modo para fazer as pessoas presumirem que ele deve ter sido comido pelos lobos recém-chegados, dos quais todos desejam se livrar.

Ela assente.

— Entendo, vamos considerar isso.

— Obrigada, Bonnie. — Levanto-me para sair.

— Vejo você no Duncan na próxima reunião? — pergunta ela, alegremente.

Meus passos param na porta.

— Bonnie, olha. Ele não está tão bem na fita agora. Dormindo com mulheres casadas. Dormindo com múltiplas mulheres ao mesmo tempo.

Bonnie se remexe, desconfortável.

— Não sei o que dizer, Inti.

— Me diga se acha que ele é um bom homem ou não.

— Acho que é humano.

— Sim, era isso que eu suspeitava.

Sento-me no carro e digito "Duncan MacTavish, superintendente chefe" no Google. Várias páginas com links surgem. A maioria são artigos de jornais sobre Stuart Burns, já que Duncan é o encarregado da delegacia responsável pela investigação. Também é mencionado em outros artigos por crimes pequenos e grandes na área, há anos, a maioria devido a declarações suas. Começo a leitura por um artigo e quando paro para recobrar o fôlego, percebo que se passaram horas e a noite já caiu. Não consegui determinar bem quem ele é, exceto que é um bom policial. Ele dá cabo das coisas, pelo que entendi, apesar de haver alguns crimes sem solução, desde vandalismo a roubo de equipamentos de fazendas.

Ele não tem nenhuma rede social que eu possa rastrear. Então ligo para Fergus e o chamo para uma bebida.

O pub está quieto esta tarde. Fergus e eu nos sentamos à mesa de canto e dividimos uma jarra de cerveja e uma bandeja de petiscos. Eu não bebo a cerveja, mas ele não parece notar. Jogamos conversa fora por um tempo, ou seja, Fergus joga conversa fora por um tempo, e eu apenas escuto e noto a sua ansiedade. Acho que ele nutre um saudosismo pelos tempos em que todos festejavam juntos ao anoitecer. Ele conta sobre sua adolescência, uma época fora de controle, quando tinha apenas seus amigos e todos se adoravam. Eram todos inquietos como ele, ansiosos por experiência, entediados por crescerem em uma cidade pequena.

— Para ser sincero, me sinto preso aqui — Fergus admite. — Um adolescente de 16 anos preso no corpo de um quarentão.

— O Stuart era parte do grupo?

— Claro. Lainey também. E Duncan e Amelia. Nós frequentávamos a mesma escola.

— O que você acha que aconteceu com ele?

Fergus balança a cabeça.

— Talvez tenha se cansado de tudo.

— De tudo o quê?

— Da fazenda. De uma vida tão sofrida. Não sei, é estranho.

Percebo que ele não se sente confortável conversando comigo, uma mera forasteira desconhecida. Tento aprofundar mais, com gentileza, mas não sou mais tão boa nisso.

— Você acha que ele deixaria a esposa assim? Do nada, sem uma palavra?

— Não parece tão provável. Ninguém pode acusar o Stuart de não amar sua esposa.

— Claro, ele parecia mesmo a amar até a morte.

Fergus fica tenso.

— Eles estão juntos desde que éramos adolescentes — diz Fergus, como se isso explicasse tudo, e talvez explique. — Todos os rapazes na época tinham uma queda pela Lainey. Mas ela encontrou seu par no Stuart. Bonito, gentil e tudo o mais, e todos sabiam que eles foram feitos um para o outro.

— Então o que mudou?

— Nada.

Balanço a cabeça. Todos cegos a uma mulher em perigo.

— Quer dizer, eu acho... — Fergus pensa sobre isso um pouco. — A bebida é uma maldição para alguns homens. Ela muda tudo, os transforma em desconhecidos. Ele tentou parar várias vezes, mas acho que houve uma época em que eu apostaria que seria ela quem desapareceria, se um dia algum dos dois sumisse.

— Quer dizer ir embora? Ou ser morta? — exijo saber.

— Ir embora! — exclama ele. — Jesus, se pensasse que ela seria morta, eu teria...

— Você teria o quê?

Fergus olha para mim.

— Você é muito dura.

Insisto.

— Você acha que alguém o odiava? Ciúmes ou raiva, algo do tipo?

— Agora você parece o Mac, vasculhando por aí.

— Duncan? Ele interrogou você?

— Claro, ele questionou todo mundo da cidade.

O silêncio paira por um tempo.

Enfim, Fergus diz:

— Se você me perguntasse se alguém se livrou dele, teria que ter muita coragem. Não seria fácil derrubá-lo, aquele Stuart... e se safar disso, seria outra história.

— Por que diz isso?

— Porque Mac não para de farejar por aí. É um perdigueiro.

E ele farejaria por aí até achar um falso culpado se isso significasse se proteger? Será que ele está de olho em mim?

— Ele sempre foi assim? — pergunto com cuidado.

— Sim. Até onde me lembro, sim. Ele é focado. E não se sabe se nasceu assim ou se foi resultado das merdas que aconteceram com ele.

— O que houve com ele?

— Saiu nos jornais. Não é nenhum segredo.

Espero.

Fergus suspira.

— Duncan matou o pai.

Fergus bebe só para ficar bêbado. Isso fica bem claro rapidamente. Ele fala sobre o que aconteceu, mas apenas um pouco, o suficiente para eu saber que ele esteve lá, logo depois, viu o que havia ocorrido e nunca mais esqueceu. Todos estavam presentes, os amigos mais próximos de Duncan. Ele havia ligado para eles antes de chamar a polícia. Lainey, sua namorada à época. Fergus, Amelia. Duncan não chorou, pelo que Fergus se lembra. Ele nunca chorou, nem durante tudo que teve de enfrentar em seguida.

Levo Fergus para casa e o ajudo a entrar. Ele anda aos tropeços, e eu sinto uma pitada de pena ao colocá-lo na cama e buscar um copo de água. Então vou para casa. Aggie já está na cama, então me deito na minha e me afundo nos lençóis, deslizando pelo meu celular até encontrar o artigo de vinte e cinco anos atrás.

Era a noite de Natal. A polícia chegou e descobriu duas pessoas falecidas.

O pai de Duncan havia sido golpeado até a morte. A mãe espancada até a morte. Em um primeiro momento, os policiais não conseguiram entender a terrível cena de crime. Pensaram se tratar de uma invasão de domicílio, mas ao encontrarem Duncan e seus amigos todos reunidos no andar de cima, juntaram as peças do que aconteceu.

Duncan havia tentado proteger sua mãe — sem sucesso.

Suas ações foram determinadas como legítima defesa de terceiro. Ele tinha apenas 16 anos. Encarei a foto dele, de cabeça raspada e sombras escuras sob os olhos. O jovem me encarava de volta, completamente destruído.

Apago a luz e tento manter meu corpo imóvel, mas não paro de tremer. O trauma pode criar novos padrões. Isso não me é estranho.

Há uma festa se movendo ao meu redor. Sem nenhum som ou peso. Meu corpo está vivo com eles, com esses corpos em minha casa — corpos que não conheço, mas que posso sentir. Caminho pela sala de estar. Estou procurando por Gus. Procurando por Aggie. As extremidades de meu corpo estão borradas, incertas.

Meus pés me levam escada acima. Com passos confiantes. Meu espírito correndo à frente. Para o quarto deles.

A porta está fechada.

Mas de algum modo, entro. Na cama deles — que está se movendo. Há uma mão ao redor do meu pescoço e não consigo respirar, não consigo fugir.

— Inti!

Acordo com um sobressalto. Minha irmã está sentada em minha cama, segurando meus braços, me mantendo inteira. Devo ter sonhado com sua voz gritando meu nome, pois, minha irmã, que sabe mais palavras do que qualquer um, não fala.

Você estava chorando, sinaliza ela.

Uma onda de náusea me acomete e é preciso cada pingo de energia que tenho para correr até o banheiro e vomitar. Aggie puxa meu cabelo para trás e, quando termino, ela me estende papel higiênico para limpar a boca. Nós nos encaramos sentadas nos ladrilhos frios.

Que dupla nós somos, sinaliza Aggie.

Aquiesço. Estou exausta.

Enjoo matinal?

— Acho que sim. — É mais fácil do que expor meus sonhos. Ela sabe de qualquer jeito, é claro que sabe. — Trabalhe com Gall hoje — digo, com a voz falhando. — Ela precisa de amor.

Não posso sair.

— Por que não, Aggie?

Encaro minha irmã e penso, é bizarro que seja a primeira vez que realmente paro para pensar, mas não sei se consigo suportar essa loucura.

Sonho de novo, mas desta vez não há monstros. São lobos. E corro com eles sob as sombras da montanha.

17

Já passei por dias muito ruins. Em um deles, eu matei um lobo.

Foi na primeira vez atirando dardos de uma aeronave. Eu estava trabalhando havia meses na base do Parque Nacional e Reserva de Denali, no Alasca, e temia esse momento, o momento em que teria que puxar o gatilho e sedar um lobo sem saber o que aconteceria comigo no processo, mas ainda assim sabendo que eu deveria descobrir em algum momento. Então nós seguimos de avião. Eu estava presa por um cinto de segurança. E havia aprendido a ficar pendurada na lateral para que, ao sobrevoarmos perto do solo, eu pudesse ter um bom ângulo para atirar. Logo nós a encontramos trotando por um trecho de pradaria. Mirei, usando todos os anos de prática de tiro em alvos com papai, aprendendo a desacelerar minha respiração, acalmar minhas mãos, visualizar pelo retículo e apertar o gatilho. O dardo a acertou e soltei um suspiro assim que ela caiu no chão. Eu estava observando e senti minhas pernas se liquefazerem, meu peito doer com o impacto. Por sorte, estava presa pelo cinto.

Quando o avião finalmente aterrissou, eu já havia retornado ao meu corpo. Niels, que estava na aeronave comigo, liderou o caminho até a loba caída. Nós nos agachamos sobre ela, mas havia algo errado. Ela não estava respirando.

O dardo havia perfurado seu pulmão e a matado.

Meu próprio pulmão parou de funcionar, mas eu não sei se foi devido ao meu espelho-toque ou ao forte choro incessante. Foi um momento insuportável estar sentada ali com seu pelo entre meus dedos. Eu vinha observando-a há meses, aprendendo sobre ela, preocupando-me com ela. Comecei a questionar se o que estávamos fazendo era correto. Se nosso envolvimento em suas vidas não era demasiado. Nós estávamos tentando salvá-los, mas também, às vezes, os matávamos. Nós caminhamos pelo mundo e deixamos um rastro de destruição, algo tão humano, mas não animal o suficiente.

Em casa, no apartamento que dividia com Aggie e Gus, me tranquei no banheiro e chorei sob o chuveiro por tanto tempo que Gus começou a esmurrar a porta, pois achava que eu havia desmaiado. Aggie dormiu comigo por dias, mesmo após a irritação de Gus na primeira noite. Ele tinha uma atitude semelhante à de mamãe, de que eu precisava me fortalecer. Esse era meu trabalho, não era? Desastres acontecem quando se trabalha com seres vivos.

Após uma semana, Aggie me fez levá-los a uma trilha sobre a qual eu falava havia muito tempo. Ela não queria ir antes, nitidamente isso era uma tentativa de me animar, mas eu concordei porque não havíamos passado muito tempo juntas. O turbilhão do trabalho tomava minhas horas, uma vida nova por completo. Da parte dela, havia começado a estudar linguística e nossos horários raramente coincidiam. Então retornamos ao parque nacional onde eu trabalhava, e Gus veio junto, como de costume.

Ao caminharmos até o topo do declive, prendi o fôlego, sabendo a vista que nos aguardava. O mundo colorido do outono. O banquete. Um morro em declive coberto de lariços, álamos e choupos-pretos, tomados por um amarelo que doía os olhos, e entremeados por tons quentes de laranja. Havia bétulas de papel com suas folhas em vermelho vibrante e pontilhadas por ramos verdejantes. Do outro lado do lago, o cenário se assemelhava a uma tundra — morros sem árvores recobertos de arbustos rosados e vermelhos que se estendiam até abraçar as margens do Lago Wonder, reluzindo lilás sob o pôr do sol pincelado de dourado e roxo. E pairando sobre tudo isso, estava o pico nevado do Monte Denali, branco e puro, assombroso com sua enormidade.

Eu nunca havia visto um lugar como esse e nunca veria outro.

Aggie nos alcançou, sem fôlego. Ela conseguiu dizer um simples "*Oh*" e então mergulhou em silêncio.

— Veremos animais selvagens? — perguntou Gus casualmente.

— Talvez. Se tivermos sorte. Vamos montar o acampamento.

Depois passamos o tempo contando histórias ao redor da fogueira. Aggie contou a Gus, com orgulho, sobre os tempos em que trocávamos de lugar quando crianças para ver se alguém notava. Nenhum professor ou amigo notava. Apenas mamãe.

— Vocês trocavam muito? — perguntou Gus.

— Não — disse eu.

— O tempo todo — disse Aggie. — Inti sente vergonha do quanto gostava disso.

Fiquei vermelha e agradeci a luz tênue do anoitecer.

— Do que você mais gostava? — perguntou Gus.

Pensei um pouco, recordando vividamente aqueles dias. A verdade era simples: Aggie era quem vivia mais, quem se conectava mais. Quando me embrenhava em sua vida, eu me sentia mais viva do que nunca, me sentia como eu mesma.

Para Gus, respondi:

— Era apenas um desafio. Apenas diversão, eu acho.

— Como faziam isso? Porque vocês duas são bem diferentes...

— Chama-se atuação, querido — disse Aggie.

— Ela é tão próxima de mim quanto eu sou de mim mesma — digo —, me tornar Aggie é fácil.

Gus parecia gostar desse assunto.

— Se eu tivesse um irmão gêmeo, eu faria muita merda com as pessoas.

— Que bom saber — sussurrou Aggie.

— Vocês já trocaram comigo? — perguntou ele.

Nós ficamos quietas, porque esse era um tópico que não discutíamos.

— Você sabe que não. Não intencionalmente — respondeu Aggie.

— Como eu saberia?

— Você saberia.

— Eu não percebi na primeira vez.

Mentira.

Algo se moveu na escuridão. Levantei em um salto.

Passos rastejantes se aproximavam pelo pé do morro.

— O que diabos foi isso? — sibilou Gus.

Agarrei minha tocha e iluminei o declive.

— Relaxa. São apenas pessoas — disse.

— Oi! — Aggie cumprimentou os aventureiros, que pararam em nossa fogueira para conversar.

Dois homens de meia-idade que soavam norte-americanos.

— São australianos? — perguntou um deles.

— Genuínos — respondeu Aggie, com um certo exagero, mas ela sempre gostava de realçar seu sotaque quando viajávamos.

— Somos do Colorado. — Os dois estavam em uma viagem de caça.

Vi pelo formato de suas mochilas, os longos e estreitos canos dos rifles de caça.

— O que estão caçando?

— Lobos.

— Por quê? — quis saber Aggie.

— Porque esse é o único estado onde ainda é legal caçá-los — respondeu o homem, como se fosse óbvio.

— Mas por que caçá-los? — insistiu.

— Qual a alternativa? Atirar em patéticos antílopes, que não podem feri-lo nem se suas vidas dependessem disso?

— É um esporte legítimo — concordou seu amigo. — Caçar um predador. É um desafio maior do que apenas caçar a presa, é um jogo mais justo.

— Se você busca um jogo justo, talvez devesse deixar estes rifles de lado e tentar matar um lobo com as próprias mãos — sugeriu Gus.

Eles riram como se fosse uma piada.

— Deixa eu te falar, nós vamos usar a tecnologia feita pelo homem e eles podem usar a tecnologia à disposição deles — disse um deles.

— Vocês são nojentos — respondeu Aggie com toda clareza, sua voz soou fria ao cortar a noite e um silêncio se abateu sobre nós. Houve um remexer inquieto de pés.

— Vamos seguir em frente — disse um dos caçadores. — Desculpe perturbar vocês.

— Na verdade vocês estão perturbando esse ecossistema inteiro — disse minha irmã, e eu a amei ainda mais.

— Há muitos lobos por aqui. Não estão em perigo de extinção.

— E com homens como vocês por aí, quanto tempo acha que eles vão durar?

— Certo, vamos embora. Aproveitem a noite. — E com isso eles seguiram. Eu os odiei por sua educação, odiei por parecerem gentis e ainda assim estarem aqui praticando algo tão terrível, caçando por mera diversão, não por sobrevivência, não para comer, mas apenas para sentir o poder sobre outra criatura.

Caminhei pelo declive até o lago.

— Inti?

— Me dê um minuto.

A escuridão já havia caído, mas as estrelas eram abundantes, a lua quase cheia era uma deslumbrante orbe branca. O céu iluminou meu caminho pelas moitas, desníveis, pequenas tocas de coelhos. Caminhei até a beirada da água, com estrelas brilhando na superfície, e me afundei no solo sob a montanha reluzente.

O tempo passou e um corpo se moveu para se juntar ao meu. Esperava ser Aggie, mas era Gus.

— Eles provavelmente não pegarão nenhum — comentou ele.

— Alguns dos lobos aqui são os que eu mesma criei — disse. — Nós os criamos desde que nasceram. Eu os segurei, alimentei e brinquei com eles. E então os soltamos para serem caçados e mortos a tiros. — E não apenas por caçadores, mas por nós. Por mim.

Gus não disse nada por um tempo, então:

— Todos vamos morrer um dia.

— Mas ninguém tem direito de *causar* a morte.

Sem aviso, ele disse:

— Eu já matei alguém.

— O quê?

— No meu primeiro ano. Estava reparando um sangramento cerebral. Minha mão escorregou. E eu matei uma mulher.

Eu não soube o que dizer, apenas revirei isso em minha mente.

— Nunca contei a Aggie — admitiu ele.

— Por que não?

— Uma esposa não precisa saber isso sobre o marido.

Franzi o cenho e o olhei sob a luz das estrelas.

— A verdade?

— Que ele pode cometer erros.

— Hum. Odeio dizer isso, mas ela definitivamente sabe que você comete erros.

— Posso pelo menos tentar protegê-la disso.

— Você pensa muito sobre o que aconteceu?

— Não. Nunca.

— Por que não?

— Não posso me permitir pensar ou nunca mais voltaria à sala de cirurgia.

Considero suas palavras, entendendo o que quer dizer. Se quisesse prosseguir com meu trabalho, eu teria que compartimentar o que fiz. Mas não sabia como. Pensei que isso significava me perdoar.

— De qualquer jeito, não importa — disse Gus, sua voz estava séria agora, como se tentasse se convencer. Ele se reclinou sobre as mãos para observar a montanha se erguendo sobre nós. — É só carne. Só carne.

Estremeci.

— Um açougueiro.

— Isso mesmo. E é bom você também se tornar um. Eu não quero vê-la ferida pela vida, Inti. Você é minha família.

18

Todos os lobos começaram a uivar. Uivam noite e dia, correndo em circuitos em seus territórios recém-estabelecidos, chamando uns aos outros para definir os limites das terras de sua alcateia, avisando os demais lobos para manterem distância. Eles realmente estão se sentindo em casa aqui, criando mapas que passarão por gerações.

Saio todo dia, às vezes de avião com Fergus, outras a cavalo com a equipe. Às vezes, até sozinha para me mover mais rápido. Rastreio seus movimentos e coleto informações de seus dejetos e restos de caças.

Os filhotes de Ash da Alcateia Abernethy têm cerca de três meses e estão crescendo rápido. Já são jovens lobos, sua pelagem engrossou como a de um adulto, seus olhos mudaram para o marcante tom de âmbar. Eles comem carne, mas apenas roedores que são capazes de capturar. Uivam com confiança. Se pudesse, eu passaria cada minuto do dia com eles. A pequenina branca do grupo, Número Vinte, que segurei quando era quase recém-nascida, continua sendo a menor e mais franzina. Apesar disso, é a mais corajosa entre os irmãos e irmãs, tendo caçado mais que o dobro que eles. Eu suspeito que, apesar do seu tamanho, ela pode acabar liderando a alcateia um dia.

A Alcateia Tanar, a leste, marcou o maior território, e seus três jovens atingiram o tamanho e a maturidade sexual dos adultos, sinalizando que podem acabar saindo em busca de parceiros. Por enquanto, porém, a alcateia de cinco lobos está focada em caçar unida — provando ser a alcateia mais harmoniosa nesse aspecto, sem desafios à dominância. A Alcateia Tanak me dá esperança, pois está caçando e crescendo com força, o que significa que as condições das Terras Altas da Escócia têm sido boas para eles.

E ao que parece a delicada Número Treze, que fora deixada no cercado porque parecia estar com muito medo, talvez não estivesse com medo afinal. Talvez estivesse apenas esperando — ontem o jovem macho Número Doze, que estava rondando perigosamente perto de seu cercado e nos preocupando, ultrapassou os limites da cerca. Ele não atacou Treze, mas se tornou seu companheiro.

Na maioria dos dias, acordo me perguntando se esse será o dia em que receberei um telefonema de que uma jovem loba havia entrado em uma propriedade privada e levado um tiro. Ou fora encontrada presa em uma armadilha, morta devido aos ferimentos. A feroz Número Dez da Alcateia Glenshee correra para fora de sua jaula naqueles primeiros dias e nunca mais retornara. Toda vez que vou para o campo e não estou procurando por nenhum lobo específico, sintonizo o rádio para o seu sinal caso aconteça de cruzar com ela, mas nunca a encontrei. Nós a havíamos perdido por completo. Mas o restante de sua alcateia permanece e chama minha atenção.

Estou deitada escondida em um morro distante, com binóculos prontos e tentando ignorar as irritantes picadas dos mosquitos. Preciso descobrir por que os cinco lobos da Glenshee continuam se reunindo no ponto no lado sul da montanha, ao longo do rio que corta o vale. Também é o centro de seu território, onde há menos chances de outros lobos se aproximarem, o que torna esse um ponto de segurança para o grupo. Eu esperava, mas não tive a audácia de presumir, que era por estarem criando tocas, e, ao observá-los agora, acredito que estou certa. A Número Oito, a fêmea reprodutora da alcateia, ou a alfa, parece estar construindo sua toca. É preciso todo o meu autocontrole para não gritar de emoção, mas solto um riso, bem de leve, e minhas mãos tremem de alívio.

Sem aviso, um pequeno apito vem do rádio na mochila. Devo tê-lo deixado sincronizado com um dos sinais do grupo, mas o aparelho apita novamente, dessa vez mais rápido para me avisar que algo se aproxima. O rádio está captando um sinal muito mais perto do que os lobos da Glenshee na montanha próxima.

Aqui é um campo aberto. Extenso, com montanhas e morros moldados pelo vento. Não há muita cobertura, nem lugar para se esconder. Mas na base do morro onde estou há um trecho de pântano úmido, com relvas altas o suficiente para ocultar criaturas selvagens, caso sejam particularmente boas em se esconder.

Espero com meus olhos escaneando a paisagem abaixo. O balançar da relva alta oculta qualquer movimento. Esse é o único caminho de volta para o carro.

— Onde você está? — sussurro.

Acho que sei. Deve ser ela.

Levanto-me para me mostrar mais alta e caminho a passos largos e barulhentos, como se estivesse tentando afugentar cobras. Se agir como presa, é exatamente isso que ela pensará que sou. Conforme bato os pés, dessintonizo o rádio da alcateia, desligo o monitor que apita e começo a baixar os dados do sinal próximo.

É uma caminhada longa e assustadora até o carro. Minhas botas fazem barulho na fedorenta turfa do pântano — é um péssimo lugar para ser atacada. Não terei chances de escapar e sei que tentar correr seria a pior reação possível. Penso que ela, pelo menos, também terá problemas com a lama, mas não vou me iludir pois tenho um décimo da sua força. Não vou me iludir de que estou segura. Pelo sinal, eu sei que, onde quer que esteja, ela está perto e não está fugindo de mim. Ela está me observando. Garota corajosa.

Nós precisaremos de um ponto de tocaia por aqui, se quisermos continuar a monitorar a alcateia. A Número Dez voltou e não deixará sua família vulnerável.

Ao chegar no carro, eu não quero entrar. Percebo que amei cada segundo dessa assustadora caminhada.

De volta à base, a identidade do lobo é confirmada. Era a fêmea Número Dez. Minha equipe e eu observamos, chocados, o fluxo de dados armazenados — todos os pontos de seu GPS dos últimos meses, as centenas de quilômetros que ela percorreu, o mundo que explorou, apenas para retornar a tempo de proteger a irmã e a alcateia conforme se preparam para receber a ninhada. Era como se ela soubesse.

Sento-me no degrau em frente à cabine e observo as nuvens de tempestade que se formam.

O mistério infinito dos lobos.

Niels se junta a mim com a oferta de uma xícara de chá. Já em seus cinquenta e poucos anos, ele ainda tem uma figura alta e atlética, e uma lealdade quase militar aos seus regimes de saúde.

— Parabéns. A fêmea Número Dez está saudável e segura. Foi um bom dia.

— Foi um bom dia — concordo.

— Você disse que ela voltaria.

Dou de ombros.

— Achava que ela daria as caras em algum momento. — Na verdade, temia não vê-la mais.

Por um tempo, nós bebemos o chá em silêncio.

— Desculpa por ficar com tanta raiva sobre a Seis e a toca.

— Não precisa se desculpar. Você estava certa quanto às habilidades dela. Sinto muito por ir contra a sua decisão — responde ele. — E por chamá-la de covarde. Você sabe que tenho enorme respeito pelo seu trabalho. Nunca conheci alguém com um instinto tão aguçado para os animais.

Eu o olho, chocada. Não sabia disso, na verdade, pensava que ele se sentia frustrado comigo.

— Obrigada, Niels. E sinceramente? Talvez eu estivesse com medo. Não sei, só não consigo aceitar nosso papel nisso tudo e comecei a questionar mais e mais. Quanta interferência é demais e quanta é suficiente?

— É a dificuldade de trabalhar com animais selvagens — concorda ele. — Por vezes me pergunto se o medo que nutrem por nós, na verdade, não é um estado natural. Não nascem assim, é um hábito aprendido, nós que ensinamos. Minha família tinha um parque de vida selvagem quando eu era criança e lá havia uma pequena alcateia de três lobos.

Ele nunca havia me contado isso. Eu sabia que ele cresceu no distante Norte da Noruega, próximo ao Círculo Ártico, e já havia me contado sobre suas lembranças da década de 1980, quando os lobos selvagens foram reintroduzidos por lá. O debate imediatamente se voltou para o esforço de conservação desses lobos e o desejo de prendê-los para proteger a agricultura da Noruega. Isso causou uma divisão entre a população e um conflito fervoroso, porque os lobos, como Niels disse, têm uma habilidade única de despertar *sentimentos* nos humanos.

Agora ele diz:

— Os lobos que mantínhamos nasceram em nosso parque e se aclimataram à nossa presença, ao nosso toque. A maioria dos lobos que conheci em parques continua escondida dos visitantes, mas aqueles três corriam para a cerca e ficavam fascinados pelas pessoas, assim como as pessoas com eles. Quando os visitantes iam embora, os lobos os seguiam o máximo que podiam e esperavam que retornassem. Não havia medo, mas sim curiosidade mútua.

Um sorriso surge em meu rosto.

— Você não ouviu as histórias de homens e mulheres de sorte que criaram lobos e os libertaram, apenas para encontrá-los na floresta, anos depois, e receber afeto dessas criaturas?

Aquiesço, apesar de nunca ter acreditado nessas histórias e suspeitar serem fruto de pura saudade.

— Você acredita nelas? — pergunto a Niels, esperando sua certeza de um modo científico nada ambíguo.

Em vez disso, ele diz:

— É claro. Muitos animais são capazes disso. Vemos isso caso após caso. Acredito que são mais inerentemente leais do que nós e que as conexões são construídas de modo profundo, é instintivo. Com o sumiço daquele homem, há uma raiva crescente aqui e há aqueles que lutarão para destruir os lobos, enquanto outros com sua apatia apenas assistirão a essa destruição. Então nós devemos ser aqueles que lutarão *pelos* lobos. Essa sempre será a ação certa a tomar.

Suas palavras agitam meu instinto protetor, minha certeza.

Todas as criaturas conhecem o amor, papai costumava dizer. Todas as criaturas.

O verão começou e a terra recebeu o sol, florescendo sob seu calor. As copas e o solo estão verdes, reluzindo as cores no alto e no solo. As urzes escocesas tomam conta dos campos e morros, tingindo o solo com um lilás brilhante e vermelho queimado. Mesmo no verão, o céu não parece notar a estação, ainda tende ao cinza, ao branco, e ainda chove na maior parte do tempo — uma névoa sombria cobre tudo constantemente. Sou lembrada de como Duncan vê este lugar, grande o suficiente para evidenciar nossa insignificância, tão bonito e desolado que pode enlouquecer se a pessoa não for feita para isso. Posso sentir meu interior ser tomado.

Caçar é mais difícil agora, pois os cervos estão mais saudáveis, têm mais alimento e crescem fortes e rápidos, desafiando não apenas a velocidade, mas a resistência dos lobos.

Espero que cada dia apague um pouco mais o desaparecimento de Stuart, até ser uma mera lembrança. Espero que os rumores sobre sua morte cessem. Já se passaram dois meses, mas a cada menção que escuto, a cada olhar cauteloso que recebo no mercado, sei que não esqueceram e que Niels estava certo. A preocupação está apenas crescendo.

E sempre há o pequeno dentro de mim. *Uma cereja*, sinalizou Aggie. Depois *um pêssego*. O tempo está passando. Meu corpo está mudando. Meus órgãos se movem. Eu me sinto alheia, mas não tomo nenhuma atitude em relação à minha decisão inicial.

Alguma parte de mim deve estar esperando que isso apenas passe.

Na maior parte do tempo, nem penso sobre isso. Não posso me permitir.

Penso, sim, em Duncan. E apesar de sentir uma enorme compaixão ao pensar pelo que passou, eu também entendo o que a violência faz com as pessoas, o que nos torna capaz de fazer, e sei que preciso saber a verdade, de um jeito ou de outro.

Essa tarde, assim como nos últimos dias, fujo cedo do trabalho e espero na rua da estação de polícia para seguir Duncan na saída do escritório. Ele nunca vai direto para casa — compra comida e visita várias pessoas. Hoje à noite, eu o sigo enquanto ele visita a velha Sra. Doyle, que trabalha na farmácia e mora sozinha. Ela tem 76 anos e artrose, mas se recusa a parar de trabalhar. Os dois tomam chá no solário antes de ele realizar tarefas pela casa. Ontem ele limpou as calhas, hoje está capinando ervas daninhas em seu jardim. Em seguida, ele leva comida para uma mulher que está criando sozinha cinco filhos, apenas um pouco de pão, leite e carne. E joga um pouco de futebol com os meninos na frente da casa. Em seguida, eu o sigo até a casa de Fergus e, do fim da rua, posso ver os dois conversando enquanto bebem cerveja no jardim ao pôr do sol. Eu o observei o suficiente esses dias para saber que esses são hábitos regulares, mas notei que ele acrescenta outras tarefas — pessoas que precisam de ajuda ou apenas de uma companhia talvez. Ele se preocupa profundamente, esse é o tecido que compõe sua vida. Penso que deve ser um bom homem, mas ninguém é apenas uma coisa.

Sigo-o até sua casa, os faróis traseiros me encaram durante o caminho escuro. *Por que* estou fazendo isso? Por que estou passando noite após noite o observando? O que espero encontrar? A única coisa que posso reconhecer é o instinto que sinto ao caçar. É preciso observar para aprender.

 Espero ele virar em sua garagem, aguardo para poder seguir em frente até meu chalé e dar um fim a essa noite. Mas ele não vira e segue adiante. *Merda, ele está indo à minha casa?* E realmente importa se está indo lá? De algum modo, sim. Mas vejo suas luzes de freio, ele para na lateral da estrada e segue para a floresta a pé. Eu estaciono na minha garagem e me mantenho alerta na estrada até chegar ao seu carro e entrar na floresta.

 O mundo pisca, um raio de luz explode acima. Não há como rastrear no escuro, mas permaneço quieta e imóvel, e escuto seus passos cruzarem os arbustos. Então vejo a luz de seu telefone e acho que ele está procurando algo. Não, está apenas caminhando, cobrindo o terreno.

 Ele está procurando por Stuart. Eu sei. E está perto demais.

 Piso em seu encalço e ele pula de susto.

 — *Merda*, Inti. O que está fazendo aqui?

 — O que *você* está fazendo aqui?

 — Está me seguindo de novo? — pergunta Duncan.

 Meu rosto enrubesce. Isso é mortificante. Em vez de negar, aquiesço.

— Por quê?

— Porque estou tentando conhecer você.

— Para quê? Pensei que havíamos terminado.

Não foi isso o que quis dizer.

Mas...

— Suspeito que você matou Stuart.

Ele permanece em silêncio.

— Matou? — pergunto.

Raios, e, com eles, Duncan consegue me ver.

— Você está sangrando.

— O quê?

Ele ilumina meu rosto com a luz do telefone e eu estremeço.

— Seu nariz.

Levanto minha mão e vejo sangue. Nunca tive um sangramento nasal antes. Isso me desorienta.

— Você matou o Stuart?

— Você queria que algo fosse feito, não?

— Queria que o prendesse! Ou que a ajudasse a fugir dele! Não era para *matar* ele, Duncan, Jesus Cristo.

— Faria diferença? E se eu o tivesse prendido?

Eu havia me feito a mesma pergunta milhares de vezes. Agora eu a respiro. Não desejava eu mesma ter feito isso? Não fantasiava algo assim como uma psicopata?

A resposta à qual continuava a voltar é que há uma diferença — entre pensar e fazer. Eu tinha testemunhado violência e visto o que ela requer e o que deixa para trás. Não há como voltar disso.

E honestamente? Eu não me importo com Stuart. Por mim, ele pode apodrecer. Só me importo sobre como ele morreu e se quem quer que o tenha matado queria que parecesse um ataque de lobos.

— Estão culpando os lobos — digo, e minha voz falha.

Duncan não diz nada e talvez seja porque não se importa, e neste momento ele parece cruel.

— Se os machucarem por conta disso — digo com clareza —, eu vou fazer você pagar.

— Eu acho que já estou pagando, não estou?

Não sei o que dizer. Posso sentir o gosto do sangue.

Ao chegar em casa, minha irmã está encolhida no chão frio da cozinha com uma faca nas mãos.

— O que houve? — pergunto, esquecendo meu sangramento nasal e seguindo direto para Aggie. Ela não solta a faca, então eu a removo à força de suas mãos, que tremem tanto que ela mal consegue sinalizar. Precisa se repetir várias vezes antes de eu conseguir entender o que diz.

Ele está lá fora.

— Quem?

Escutei algo.

— Não, não está. Venha. Venha comigo.

Ela balança a cabeça.

— Aggie, vamos lá fora e vou te mostrar. — Estou tremendo de frustração, e sem aviso algum as palavras de mamãe fogem de mim. — *Você precisa ser mais forte!*

Vejo um sentimento de traição encher seus olhos. Ela sabe o quão dolorosa era essa instrução enquanto eu crescia. Sabia o quão minúscula me sentia ao escutá-la. Ela segue para o quarto, mas eu a seguro pelo braço e começo a puxá-la em direção à porta.

— Você precisa ver que não há nada lá fora!

Aggie se agita, como um animal enlouquecido. Eu consigo, de algum modo, segurá-la no chão e puxar seu pé, arrastando-a até a porta. Ela luta, me chuta na perna e eu a agarro como um animal. Acabamos as duas no chão, lutando loucamente. O sangue do meu nariz escorre em nós duas.

— Aggie, pare! — resmungo. — Apenas... merda... vá lá fora. Eu preciso que veja! — Se não conseguir levá-la até lá fora agora, vou enlouquecer como ela.

Me deixe em paz, sinaliza. *Inti, me solte.*

O ar foge de meus pulmões e dos dela também.

— Não posso — digo, então nós duas nos esparramamos no chão, exaustas.

E me dou conta do que devo dizer a ela. O que deveria ter dito desde o começo.

— Ele não está lá fora — digo —, porque está morto. Eu o matei.

Aggie me encara. *Mas você não consegue matar.*

Balanço a cabeça.

— Eu nunca quis.

Aggie busca a verdade em meu rosto e deve ter encontrado, pois seu corpo desaba sobre o meu com o peso de seu alívio. Ela faz mais um sinal, o movimento de *obrigada*, então vai para a cama. Sem perceber, eu acho, que não é a única que precisa de ajuda. Deixando-me aqui caída no chão, sangrando, para pensar no que é preciso para matar uma pessoa. Apenas a sua carne, apenas a sua alma.

Ele está deitado na cama deles quando o encontro, onde ela esteve um pouco antes — na cama que se movia sob ela — e eu agora subo sobre ele e vejo o medo em seus olhos conforme aproximo minha boca de seu pescoço e o rasgo...

Acordo em agonia. Meus músculos enrijecidos sobre os ladrilhos e o cheiro do sonho persiste — sangue está espalhado sob meu corpo e ressecado em minhas mãos e em meu rosto. A primeira luz da manhã faz meus olhos doerem e pela janela adentra o som de um cavalo assustado. A princípio, acho que ainda estou sonhando, que ainda sou uma criança e que papai está prestes a domar a criatura. Mas não é um sonho, é minha pobre égua irritada com algo, relinchando e se movendo agitada. Algo a assustou e em seguida penso: lobo.

Estou me movendo até a porta quando, pela janela da cozinha, vejo Aggie.

Ela está lá fora.

Meus pés param.

Observo minha irmã andar até a égua, estender a mão sobre a crina de Gall e subir em seu dorso. Ela pressiona seu corpo, e meu corpo, sobre o dorso do animal, deitando-se por completo, seu peso e sua paixão, acalmando-a com nosso batimento, nossas mãos firmes e gentis, nossa respiração. Os cascos de Gall se aquietam na grama, todo o seu ser se acalma, unido à mulher em suas costas. Enfeitiçada por esse toque encantador, a sabedoria com a qual minha irmã nasceu. Quando Aggie coloca o rosto contra o pescoço da criatura e sorri, eu me sento no chão da cozinha e desabo em lágrimas.

Sou a primeira a chegar ao acampamento base, portanto, a primeira a descobrir. Os dois sinais de mortalidade.

Após chegarem, Evan, Niels e eu saímos a cavalo para encontrar os corpos e entender o que aconteceu. Dois membros da Alcateia Tanar, Número Quatro e Número Cinco, jazem mortos dentro dos limites de um território que não lhes pertence. É o território de Ash.

— Houve uma briga — presume Evan, porque os dois lobos apresentam gargantas e abdomens cortados, claramente o trabalho de outro lobo.

Não diga, me seguro para não dizer.

Sinto uma profunda tristeza ao olhar para eles, mas nada de raiva. Foi o curso da natureza que colocou um fim às duas vidas.

Nós resgatamos os corpos, mas antes seguimos uma trilha de sangue até o centro do território de Ash e descobrimos que ela está viva, mas com um sangramento no focinho, e que sua filha, Treze, e seu novo companheiro, Doze, estão com ela, ambos feridos. Em vez de criar uma alcateia própria, o novo casal deve ter vindo se juntar à de Ash. Treze havia voltado para sua mãe e as duas lutaram lado a lado. Prendo a respiração ao escanear a floresta em busca de algum sinal dos filhotes, porque, se estiverem mortos, não sei o que será de mim. Mas um movimento chama minha atenção e vejo todos os seis emergirem de um matagal, brincando de luta alegremente como se nada tivesse acontecido, e eu sei que Ash e seus dois lobos maduros conseguiram lutar com uma alcateia de cinco para protegê-los. Faria sentido que Doze e Treze se tornassem os dominantes como novo casal reprodutor da alcateia, mas não acho que farão isso. Acho, sim, que Ash é o lobo mais forte que já conheci.

Posso ver que Evan está abalado pelos lobos mortos. Ele é tão sensível a suas mortes quanto eu era no início deste trabalho. Naquela época, mesmo quando matavam uns aos outros ou morriam devido a doenças, o luto era tão profundo quanto se descobrisse que haviam sido mortos desnecessariamente por mãos humanas. Então eu o levo para caminhar e colher flores silvestres, que ele ama tanto quanto os animais.

— Eu nunca vou me acostumar — admite.

— Isso não é algo ruim, não mesmo. É algo horrível demais para se acostumar.

— Mas eu deveria. Nós já vimos acontecer o suficiente. É por isso que não damos nomes aos lobos.

Dou de ombros.

— Mesmo assim. Há muito amor envolvido para ser tão fácil assim. Se perdoe por isso. — Agacho-me para apontar pequeninas flores amarelas, cada uma com cinco pétalas, diferentes de margaridas.

— *Ranunculus flammula* — diz Evan. — E algumas *Filipendula ulmaria*.
— Ele agarra algumas de cada e nós seguimos em frente. Um campo pantanoso se estende diante de nós e saímos da trilha.

— Você vai para Glasgow no fim de semana? — pergunto. Toda a família de Evan mora lá, e acho que ele deve estar se encontrando com alguém também, já que está fugindo para a cidade a toda chance que encontra. Sua família apoia seu trabalho com fervor. Certa vez, ele me disse que adoram ter uma causa para apoiar com o máximo de barulho e agitação possível.

— Agora não. Haverá muita coisa para fazer com as alcateias brigando.

— Vá. Não vou precisar de você no fim de semana, mas preciso de você descansado e com energia.

— E você vai escutar o próprio conselho, chefe?

Ignoro seu comentário.

— Você tem ido até o local de pesquisa?

Aquiesço.

— Eu também. Vou lá toda hora. Fico encarando o chão, desejando que os brotinhos apareçam, às vezes gritando, como um lunático.

Gargalho.

— Talvez estejam ficando enterradas para te irritar.

— Sim, talvez. Quando decidimos que isso não funcionou?

— Ainda estamos longe disso.

— Eu sei, mas há um ponto?

Balanço a cabeça lentamente. Não para mim, pelo menos. Mas haverá para os moradores locais.

— Dê um tempo aos lobos, Evan. Eles só precisam de um pouco de paciência.

— Paciência nunca foi meu forte. Ah, olhe ali. Essa é uma beleza. *Dactylorhiza incarnata*. Uma orquídea de pântano.

Surgindo solitárias da turfa do pântano, cerca de trinta flores de orquídeas salpicadas de um rosa intenso brotam de um único caule ereto. É mais vívido do que as cores do livro de Werner, mas dentro da família, talvez, do vermelho-lago, a cor de tulipas vermelhas, *Rosa officinalus*, e do mineral chamado espinélio. Não existem animais com esse tom, exceto talvez alguns pássaros sortudos. É quase estranho ver um tom tão vibrante aqui nesta terra de marrons e cinza.

— Isso dará um belo buquê — digo.

Mas Evan se levanta sem a colher.

— Acho melhor deixar essa beleza solitária aqui. Ela tem um papel nesta terra.

Telefono para mamãe logo de manhã cedo, antes de ela sair para o trabalho.

— Como estão os lobos? — pergunta ela. Posso ouvir sua máquina de café ao fundo.

— Se matando.

— Parece apropriado. Como está Aggie?

— Sim, ela... está bem. — O melhor que esteve em muito tempo. Essa manhã ela estava lá *fora*. — Mamãe, posso perguntar uma coisa?

— Eu esperava que perguntasse.

— Como?

Quase posso ouvi-la dando de ombros.

— Pelo tom da sua voz.

Isso me faz parar por um momento.

— Você é realmente boa em ler as pessoas, não é?

— É isso que quer perguntar?

— Não.

Ela ri um pouco, suspirando.

— Qual é a primeira coisa que você faz quando alguém é assassinado?

Há uma pausa.

— Você está bem, querida?

— Estou.

— E você me contaria se não estivesse, não é?

— Pensei que preferisse que eu fosse mais forte.

Ela não diz nada por um tempo. Então:

— Querida, você vai entender isso um dia, mas não somos infalíveis quando estamos criando filhos.

Esse é, talvez, o mais próximo que já estive de ouvi-la reconhecer os erros do passado. O mais próximo de um pedido de desculpas que virá dela.

— Você está certa, sabe — digo abruptamente. — Eu precisava mesmo ser mais forte. — E estou, tanto que agora não passo de uma cobertura de couro velha e enrugada.

Ela suspira, mas não argumenta.

— Você precisa de uma linha do tempo — diz mamãe, conforme fala, pedaços flutuam de volta à minha infância. Essas são coisas que ela já havia me ensinado, mas que tentei esquecer. — Faça uma linha do tempo da movimentação da vítima, seus hábitos, suas rotinas. Faça uma imagem detalhada da vida para poder ver se algo se destaca. Sua primeira pista é qualquer coisa que não se encaixar. Olhe as pessoas que você possa ter deixado passar. Procure motivos. Procure mentiras.

— Como identifico mentiras?

— Presuma que tudo seja mentira e prove o que é verdade.

— Isso parece ser bem trabalhoso.

Ela gargalha.

— Sim. Agora eu vou imaginar que você mudou de carreira e está escrevendo um romance investigativo, certo?

— Sim, isso mesmo. Obrigada, mamãe.

Ela espera, mas eu não sei como colocar em palavras.

— O que mais, Inti?

— Por que você trabalha com isso? Porque eu sei que isso te consome. Sei que você não tem espaço para outras coisas. E deve ser um lugar horrível para se trabalhar por vontade própria, ainda mais porque você não tem muita estima por seres humanos. Então estive pensando se algo aconteceu com você.

Mamãe não diz nada. Posso ouvi-la se servir de uma xícara de café, adicionar o leite e colocar a jarra de volta na geladeira. A porta deslizante abre e fecha, e escuto ela acender um cigarro. Posso imaginar a varanda de concreto onde ela se senta, posso ver em minha mente as ondas do mar que observa, o sol nascendo atrás lentamente, queimando tudo.

— Seu pai não me agrediu, se é isso que está perguntando.

— Não — digo às pressas. Eu não estava perguntando isso, não diretamente, mas uma enorme pressão sai de cima do meu peito.

— Não é preciso ser uma vítima para se importar. Só é preciso ter muita empatia.

Solto o ar que segurava.

— Sim. Obrigada. Sinto muito por perguntar isso. — E sentia mesmo. É um assunto íntimo dela. Eu só queria saber se ela era como Duncan. Se sua necessidade de proteger as pessoas existia, porque ela mesma não foi protegida.

— Meu padrasto — diz ela, de repente, com calma e soltando uma longa fumaça de cigarro.

Nunca conheci meus avós maternos, nem o padrasto dela.

— Ah — digo, soltando eu mesma um longo suspiro. — Sinto muito. Quanto tempo, mamãe? Quanto tempo até você superar?

— Querida — diz ela —, eu durmo com mulheres mortas me observando das paredes.

Mas eu não posso aceitar isso. Não posso aceitar que o seu seja o único modo. Aggie será diferente. Deve haver um modo de se curar, e se minha irmã não tem a força para isso, então eu serei forte e resiliente o suficiente por ela. Se precisar, ela pode tomar minha alma como sua.

19

Apesar da leve e constante náusea que se estendeu pelas últimas semanas, eu preciso tentar construir essa linha do tempo. Sob um entardecer lilás, bato na porta de Red McRae. Seu pai atende.

— Desculpa incomodar. Red está em casa?

— Ele saiu com as ovelhas. Entre. Vou passar um rádio para ele.

Entro e espero ao lado da porta, enquanto o idoso senhor pega o walkie-talkie e diz a Red que a mulher-lobo está aqui para falar com ele.

— Sem sinal de celular por lá também? — pergunto quando ele volta.

— Nem um fiapo. Venha, entre. É rude ficar parada na porta. Vou preparar um chá para nós. A não ser que prefira café.

— Chá está ótimo.

— Não vou perguntar o que veio fazer aqui.

— Ok.

A residência de pedra é aconchegante e antiga. Acredito que esteja na família há muito tempo.

— Me chamo Inti. Eu posso fazer o chá.

— Douglas — responde o senhor, então me deixa cruzar a sala até a cozinha.

— Apenas vocês dois moram aqui?

— Sim, desde que Quick faleceu.

— Quem é Quick?

— Esposa do Red.

— Ah, sinto muito. — Enquanto a chaleira esquenta, ele aponta para um armário com sacos de chá. — Ótimo nome, Quick.

— Sim, e bem-merecido.

— Por quê?

— Rápida no gatilho.

— E do Oeste Selvagem?

— Ela era esperta — clarificou com um riso — e sabia lançar um insulto fatal com facilidade, mais rápido do que um piscar de olhos.

Sorrio.

— Ela parecia ser incrível. Você mora aqui há muito tempo?

— Minha vida inteira e meu pai antes de mim.

— Fazendeiros de ovelhas?

— Isso mesmo, há várias gerações. Todos nós fomos criadores de ovelhas, há pelos menos seis gerações. Você precisa aparecer mais na cidade, mocinha. Vai lhe fazer bem conhecer mais o povo.

— Ah, é? Por quê?

— Não é bom passar todo o tempo com animais, e digo isso por experiência. Vou para um encontro às quintas-feiras à tarde, na loja de lã. Venha também.

— Na loja de lã? Que tipo de encontro?

— Um grupo de tricô.

Olho para ele.

— O senhor está em um *grupo de tricô*?

— Pode apostar. É relaxante. Venha também, ok? Não mordemos.

— Nem os animais mordem. Na maioria das vezes.

Ele me encara enquanto encho as xícaras com água.

— Por que está aqui, menina-lobo?

— Sou uma mulher — corrijo.

O rosto de Douglas se enruga em um sorriso.

— Perdão. Mulher-lobo.

Entrego-lhe sua xícara e me recosto no balcão da cozinha.

— Não sei ao certo, Douglas. Eu não sei.

— Você está fazendo algo bom.

Minha boca se abre em surpresa.

— Você acha?

Douglas aquiesce.

— Não está preocupado com as ovelhas? Todos estão.

— É o fim da era das ovelhas — diz com simplicidade e beberica o chá.

Quando Red retorna, me guia para seu pequeno e bagunçado escritório e me senta diante de sua mesa, como se eu estivesse com problemas com o diretor.

— O que você quer?

Recosto-me na cadeira.

— Seu pai me recebeu com muito carinho.

— Ele sofre de demência.

Rio enquanto esfrego meus olhos exaustos.

— Certo. Olha, não é nada relacionado aos lobos ou às suas ovelhas.

— O que é então? Tenho um bando de animais para vermifugar.

— Naquela noite do lado de fora do pub, antes de o Stuart desaparecer.

Suas sobrancelhas se arquearam e ele se senta, assim como eu. Agora relaxado ao sentir que tem a vantagem.

— Eu entrei no pub. Deixei Duncan lá fora com vocês. E quando ele voltou, estava arrebentado.

— Qual a sua pergunta?

— O que houve?

Red me encara. Agora que já vi o de seu pai, seu bigode já não é tão impressionante.

— Por que o interesse?

— Estou tentando criar uma linha do tempo.

Ele sorri torto.

— Estagiando no departamento de polícia?

Não ofereço resposta.

— Você tem causado bastante problema para mim, Srta. Flynn.

— Como?

— Você sabe quanto custa construir cercas?

— Não, não sei.

— Sabe o quão difícil é para uma pessoa passar noites acordada protegendo o rebanho?

— Ossos do ofício, imagino. E sinto muito por termos aumentado esses custos para você, de verdade, mas aonde quer chegar, Red?

— Por que eu a ajudaria?

— Porque é um bom homem que se preocupa com o que houve com seu amigo. — Espero que seja verdade. Sempre há a possibilidade de que o desejo de Red de se livrar dos lobos o torne um suspeito no caso, mas eu não sei se consigo suportar o pensamento de que um homem mataria um amigo para culpar as criaturas que deseja caçar.

— O que você fará para mim? — pergunta Red.

Meus olhos semicerram.

— O que você quer?

— Desista do processo pelo lobo que matei.

O processo que nunca iria para frente porque Duncan é um covarde? Eu quase sorrio. Claramente Duncan nunca informou Red que havia decidido fazer vista grossa. Passo os últimos segundos fingindo pesar as coisas, então aquiesço.

— Está bem.

— Stu estava bem alterado pelo que você disse. Ele queria um pouco de confusão e arrumou o homem errado para isso. Já havia um certo ressentimento entre ele e MacTavish. Foram amigos uma época, deve ser por isso que as coisas saíram do controle. Não era preciso muito para irritar qualquer um deles. Mac tentou colocar ele na linha e acabou batendo no Stu. Ele bateu tanto no homem que o deixou todo roxo, foram os antigos demônios que o forçaram a fazer isso.

Eu estava sem fôlego.

— Eles já brigaram assim antes?

— Não desde que éramos adolescentes, eu acho.

— Então por que naquela noite?

— Eu te disse... você irritou o Stu, Inti. Jogou no ventilador algo que ele tentava esconder há muito tempo. Isso se a gente for realmente acreditar no que você disse. Ele queria brigar com alguém e Duncan estava lá, e Duncan tinha as próprias mágoas.

Tento processar suas palavras.

— Então o que houve? — pergunto, esperando talvez escutar sobre uma ida ao hospital.

Mas Red diz:

— Ele o levou para passar a noite na delegacia.

— Só isso?

— Só isso.

— Você tem certeza de que ele o levou para a delegacia?

— E para onde mais o levaria?

— E essa foi a última vez em que viu Stuart?

Red aquiesce e eu me levanto para sair.

— Bem, obrigada.

— Srta. Flynn. Não tenho muito apreço pelo chefe de polícia, não depois de testemunhar seu temperamento. Mas MacTavish não é o cara certo com quem arrumar briga. E sinceramente? Você tentar desviar as atenções para longe do seu quintal é patético e perigoso. Todos nós sabemos o que houve com Stuart. Você não vai ganhar essa briga.

— Acha que é uma briga? — Sorrio ao caminhar para a porta. — Quando eu começar uma briga, Red, você vai saber.

Estaciono na frente da delegacia, dessa vez realmente nauseada. Abaixo a janela e deixo o ar frio resfriar meu rosto quente. É de se imaginar que, se Duncan tivesse arrastado um Stuart ensanguentado até aqui naquela noite, ele teria passado a noite na cela até ser liberado ao amanhecer, e provavelmente haveria algum registro disso. O que significa que não teria como ser morto na floresta no meio da noite. O que parece indicar que Duncan levou Stuart para outro local. E então voltou para o pub para me ver. E depois desapareceu de novo por volta das 2h30 da manhã. Minha linha do tempo não está ajudando.

Mas o motivo, sim.

Entendo perfeitamente por que Duncan mataria Stuart Burns. O que não consigo compreender é por que ele faria isso e deixaria o corpo do homem para ser descoberto.

O único motivo para isso fazer sentido seria para criar o cenário de que havia sido um lobo.

Talvez Duncan não tivesse a intenção de matar Stuart, talvez o homem tenha morrido devido aos ferimentos da briga e o delegado viu a oportunidade de matar dois coelhos com uma cajadada só. Salvar-se de um processo por homicídio e criar uma razão legal para se livrar dos lobos, aliviando a tensão entre seu povo e retornando tudo à normalidade.

Ele deve estar se perguntando quem escondeu o corpo.

Ou não. Está começando a parecer bem óbvio.

Dirijo pela fazenda dos Burns. Estive evitando vir aqui desde meu encontro com Lainey e seus irmãos, pois está bem claro que ela não quer me ver. Porém, estou preocupada com ela. Quero saber se está bem. Se ao menos ela estivesse aberta a conversar sobre aquela noite, então talvez pudesse revelar o que houve do lado de fora do pub e se Duncan levou ou não seu marido para a delegacia. Mas minha prioridade agora é entregar o pão, o pote de sopa que Aggie preparou e uma garrafa de vinho.

Equilibro meus presentes em meus braços antes de bater na porta. Sua luz está acesa e vejo seu rosto de relance na janela antes de as cortinas serem fechadas. Ela não atende.

Talvez, em sua mente, seja minha a culpa pelo conflito daquela noite, pela briga que antecedeu o desaparecimento de seu marido. Talvez ela me culpe por me envolver. Sinceramente, eu também estou começando a pensar que deveria ter ficado afastada. Coloco a comida e a bebida aos pés da sua porta e a deixo em paz.

— Inti Flynn, como posso ajudá-la?

— Eu queria convidá-lo para a tocaia esta tarde.

Duncan não responde por um tempo. Escuto sua respiração do outro lado da linha.

— Por quê?

— É raro conseguir ficar de tocaia com uma boa visibilidade da toca da alcateia. Nós podemos observá-los com facilidade.

— E por que eu iria querer fazer isso?

— Porque são poucas pessoas no mundo que podem observar lobos na natureza. É algo especial. Só estou tentando fazê-lo mudar de opinião sobre eles, Duncan.

Posso ouvi-lo deliberar.

— Que horas?

O ponto de tocaia é feito de madeira e é apenas grande o suficiente para duas ou três pessoas sentadas. É rebaixado no terreno, com um telhado de grama para camuflá-lo nos arredores e uma vista estreita, pela qual podemos ter uma vista panorâmica dos morros ondulantes que compõem o cenário sudoeste das montanhas de Cairngorms.

É um lugar realmente remoto. A paisagem é extensa de um modo que não posso descrever. Sinto-me a quilômetros de distância da humanidade, tão minúscula.

Não estive no acampamento base há dias porque daqui, com binóculos, posso observar a Alcateia Glenshee na área da toca para o nascimento da nova ninhada. A mãe, Número Oito, havia desaparecido entre as fendas que ela e seu parceiro cavaram e não saía há seis dias inteiros. O que eu acredito significar que teve seus filhotes ali e que ela emergiria em breve. Os outros quatro lobos, incluindo a Número Dez, a irmã que retornou de sua longa viagem, se mantinham próximos. Passei a manhã observando dois deles brincarem. Uma com uma longa pena branca de ganso, com uma alegria sem fim, balançando-a entre os dentes e batendo nela com as patas, enquanto o outro — o macho alfa — dançando com as sombras das nuvens por horas e horas. O velho macho Número Quatorze, nosso lobo mais velho, os observa sereno, enquanto a vigilante Número Dez fica de tocaia à margem do rio, subindo e descendo, encantada por algo na água. Quanto mais os observo, mais entendo que nunca saberei o que se passa na cabeça de um lobo, nunca estarei nem perto. Sorrio para a adolescente besta dentro de mim que pensou que descobriria seus segredos.

A porta se abre com força e meu coração quase sai pela boca.

— Jesus, Duncan.

Ele se agacha um pouco para caber dentro do pequeno esconderijo, aparentemente incerto do que está fazendo aqui.

Espero que veja o convite como uma oferta de paz em vez do que realmente é: uma tática.

Ele arrasta os pés de modo desconfortável para poder fechar a porta e se senta o mais longe possível de mim. Ao passar o segundo par de binóculos para ele e apontar a direção certa, vejo as minúsculas expressões em seu rosto, o movimento de seus olhos, o torcer de seus lábios. Observo como suas mãos se movem, como ele ocupa o espaço. Tento entendê-lo, entender seus tiques de modo semelhante ao modo como os lobos aprendem os de sua presa. Vou obter a verdade do que houve naquela noite, de um jeito ou de outro. Se for preciso me aproximar um pouco mais, então é isso que vou fazer.

— Essa é a Alcateia Glenshee. Estão esperando a fêmea reprodutora ter os filhotes.

Ele os observa, quieto, movendo sua linha de visão de lobo para lobo.

— Apenas quatro?

— E a mãe na toca.

— Qual é o alfa?

— O macho reprodutor é o Número Sete, o mais distante à esquerda.

— O que ele está fazendo?

Levanto meus binóculos para ver Sete mordendo um graveto e brincando com o pedaço de madeira entre as patas. Dou de ombros.

— Brincando.

Duncan franze as sobrancelhas.

— Eles não parecem tão assustadores. — Ele olha de relance para mim. — Mas você também não.

Não sei como responder, não com nós dois apertados em um espaço que parece quente e sufocante.

— Quem disse que sou assustadora?

— Ninguém precisa me dizer.

Eu deveria estar me aproximando dele, mas aqui estou, me irritando.

— Isso é um elogio vindo de você. — Afasto o cabelo do meu rosto suado. — Eu *sabia* que você não podia ser tão gentil quanto parecia. Ninguém é.

— O que houve com você?

— Nada — digo, irritada e devolvendo a provocação. — O que houve com a sua perna?

Não espero sua resposta, mas ele diz:

— Meu pai bateu nela com um taco de críquete. Despedaçou meu fêmur. Minha mãe não queria o irritar ainda mais ao me levar no hospital, então ela me enfaixou o melhor que pôde e o resultado foi uma perna assim.

Meu peito desinfla. Toda a raiva morre instantaneamente e surgem lágrimas em minha garganta. Quero lhe estender a mão, mas preciso me controlar, me manter parada.

— Quantos anos você tinha? — pergunto com o máximo de calma.

Ele dá de ombros.

— Não tenho ideia. Treze?

Começa a chover, como anunciaram as nuvens o dia todo.

— O clima está tão instável — sussurro, angustiada e incerta de como me portar ou do que falar. Estava, mais uma vez, errada sobre ele.

— O verão no planalto — recita Duncan — pode ser doce como mel; pode também ser um atroador flagelo.

— Que tipo de policial recita poesia, hein? — digo, golpeando um mosquito para longe do meu rosto. Mesmo com a porta fechada, esses minúsculos idiotas encontram um jeito de entrar. Acho que estou aliviada de ser levada para longe, para longe dos tacos de críquete e ossos quebrados, e me odeio pela covardia.

— Muitos, eu diria.

Balanço minha cabeça.

— Nenhum dos que eu conheço.

— Deixa eu ver se adivinho... seu pai é policial?

— Minha mãe. E não é do tipo que conhece poesia.

— Ah, é? De que tipo ela é?

— Do tipo que suspeita de algo e resolve levar até o fim em vez de ficar sentada em um carro no escuro esperando a merda acontecer do lado de dentro.

Há silêncio nesse ponto.

E percebo que deve ser isso, em grande parte, que não consigo perdoar: a sua inércia.

— Ela te conta muito sobre o trabalho? — pergunta Duncan.

Dou de ombro.

— Porque qualquer detetive meia-boca sabe que não deve ir atrás do homem a não ser que possa mantê-lo preso, a não ser que tenha certeza, senão ele voltará direto para casa e machucará a esposa muito mais do que teria feito. Às vezes, ele pode até matá-la.

Encaro Duncan.

— Foi isso o que houve com seus pais?

Ele se volta para os lobos. E aquiesce.

— E você tentou protegê-la.

— Não. Não protegi. Não naquele dia. Naquele dia eu o assisti bater nela até a morte e eu só fiquei sentado, parado como um cadáver.

Dentro de mim, surge um reconhecimento doloroso.

— Eu matei meu pai, mas não foi em legítima defesa ou em defesa de terceiros, como disseram. Não havia ninguém para defender. Acho que você deveria saber disso.

— Então o que houve?

Seu maxilar enrijeceu.

— Vingança. Ódio. Ela já havia falecido quando peguei o mesmo taco de críquete e esmaguei o crânio dele.

Engoli a saliva, minhas bochechas ardiam em chamas. As palavras fogem de mim sem permissão.

— Minha irmã foi espancada pelo marido.

A cabeça de Duncan gira para me ver.

— O quê?

— Minha irmã gêmea.

Ele deixa o ar sair de seus pulmões.

— Sinto muito — diz ele, com um nó na voz. — Eu sinto muito mesmo. Perdão.

Uma risada engasgada escapa de mim.

— Por quê? Não foi você. — Levo uma mão trêmula aos olhos, dedos pressionados em minhas pálpebras fechadas. Estou começando a ficar enjoada novamente. — Isso me tornou algo que eu não era — admito. — Algo que nunca imaginei que seria. Eu queria matá-lo. Queria tanto. Eu me sentia selvagem. Duncan, eu... você não tem ideia do quão *gentil* eu costumava ser. Acreditava que havia uma mágica entre as pessoas, e agora apenas... algo duro e raivoso.

— Você ainda é gentil. Apenas finge não ser, mas eu vejo sua gentileza em tudo o que você faz.

Estou em lágrimas depois de tudo.

Minhas mãos vão para minha barriga, onde uma pequena protuberância se forma. Eu devo forçá-la para longe de lá ou vou me desfazer.

Em outra vida, talvez.

A palma de Duncan repousa em minhas costas, grande e quente, e é isso que eu deveria ter sido capaz de fazer por ele.

— Onde está sua irmã agora?

Limpo meus olhos.

— Lá em casa.

— No Chalé Azul? — Ele franze as sobrancelhas, confuso. — Eu não sabia que havia alguém morando lá com você.

— Ela não sai. Exceto em sua mente. — Remexo-me, tendo dificuldade com as palavras. — Eu não sabia... que aquilo podia acontecer. Com uma pessoa. Que alguém pudesse simplesmente ser apagado. Que temos o poder de destruir uns aos outros.

— Você está buscando ajuda para ela?

— Eu tentei. Levei Aggie a uma clínica onde poderia receber cuidados adequados, sabe, terapia, medicação e tudo o mais. Mas ela odiou tanto. Tudo o que ela quer é quietude. E ficar sozinha. É por isso que a trouxe aqui. Pensei que seria quieto o suficiente para ela se recuperar.

Houve um longo silêncio, então ele perguntou:

— Você estava lá? Quando aconteceu?

Meus olhos buscaram os lobos através da cortina de chuva, mas eles haviam desaparecido.

— Não.

Um tempo depois, a chuva ainda cai forte.

— Vamos. Prometi que veríamos lobos e esse local não vai ajudar mais.

— Então...?

— Então vamos encontrar outra alcateia, se quiser.

Nós seguimos castigados pela chuva, o vento levantando os gorros das capas de chuva. É uma bela caminhada pela lateral da montanha, e posso ver sua caminhonete estacionada a distância.

— Meu carro está mais adiante — digo ao nos aproximarmos. — Me siga.

Eu o guio de volta para casa, depois viro ao norte na Floresta Abernethy. Quando estacionamos em um canto, a chuva já havia parado e Fingal pula animado da cabine da caminhonete para lamber minha mão. *Olá, amigo.*

— Ele vai conseguir ficar quieto ou é melhor o deixarmos aqui?

— Ele sabe ficar quieto aqui fora. O cheiro dele vai perturbá-los?

— Não mais do que o nosso.

Então nós três seguimos em frente, logo envolvidos pelas árvores. Carpetes de musgos cobrem o solo de limo. Há samambaias tão altas quanto meus ombros. Toco os troncos ásperos e galhos lisos, corro os dedos pela folhagem macia e por agulhas espinhosas. Meus pés afundam um pouco no solo encharcado. Através da copa das árvores, há o céu cinzento. Sua luz torna os contornos de tudo mais nítido, iluminando as cores de dentro para fora. Ainda está frio, mesmo no verão. Sem o sol para nos aquecer, a sensação térmica cai. A chuva deixou seu odor para trás, um como nenhum outro, e gotas brilhantes na ponta de cada folha. Nós nos movemos o mais rápido que Duncan consegue, enquanto Fingal saltita feliz adiante, correndo atrás de coelhos.

— Ele consegue pegar algum? — pergunto.

— Não. Nem saberia o que fazer se pegasse.

Emergimos por entre as bétulas nos limites do lago prateado. O cachorro nos espera pacientemente na margem. Nós paramos para apreciar a bela paisagem e, enquanto observamos quietos a água, uma grande ave de rapina marrom e branca mergulha, agarrando algo agitado e escamoso entre suas garras. A ave se debate sobre a água agitada e se esforça para levar a pesada truta ao ar, suas magníficas asas listradas poderosas o suficiente até para carregar o peso extra.

Quando ela se vai, lembro-me de respirar.

— *Meu Deus*.

— Uma águia-pescadora — diz ele, sorridente.

— Eu nunca vi nada assim antes.

— Um show só para você, então.

— O peixe era metade do tamanho dela!

— Já ouvi histórias de águias-pescadoras agarrarem peixes tão grandes que as puxaram para o fundo da água. Suas garras prendem na presa e elas não conseguem largar, ou não querem largar, e acabam se afogando.

Meu sorriso desaba. Mesmo assim, não vou esquecer o presente de ver essa cena. Eu queria que Aggie estivesse aqui.

Viro-me para escanear a região em busca de pegadas, fezes e folhagem quebrada. A floresta sobe uma colina e nós a seguimos.

— Você sabe onde estão? — pergunta Duncan em um ponto, soando sem fôlego.

Diminuo o passo.

— Não.

— E quanto aos colares que usam... não são localizadores?

— Apenas se colocarmos na frequência correta no momento certo e, de qualquer forma, eu não trouxe meu equipamento. — Eu o olho de soslaio. — Lobos são muito difíceis de encontrar. Se não os conhecer bem, ou seus territórios, não tem chances. Conheci um grupo de documentaristas uma vez que passou uma década procurando lobos para filmar e apenas tiveram dois vislumbres.

— Por que é tão difícil?

— Porque lobos são tímidos. Eles sobrevivem ficando escondidos e são os maiores sobreviventes que existem.

— Então o quê? Temos que pensar como lobos?

— Não, isso é impossível.

— Então como diabos vamos encontrá-los?

— Você consegue guardar um segredo, Duncan?

Ele dá um sorriso lúgubre.

— Talvez para minha infelicidade.

— Você tem que prometer usá-lo apenas para o bem. Promete?

— Prometo.

Retribuo o sorriso.

— Não procuramos os lobos. Procuramos sua presa.

Nós escalamos até um alto penhasco pedregoso coberto de urzes-roxas, que recebem esse nome devido a suas flores roxas em forma de sinos. O rebanho está pastando com calma em uma clareira abaixo de nós. O riacho corre ao lado, cortando os morros. Em nosso platô rochoso, vejo um pouco de fezes e me agacho para observar.

— Lobos? — pergunta Duncan, e eu aquiesço. — Então eles estiveram aqui. É seguro?

Dou de ombros, gostando de sua preocupação.

— Por que é branco?

— Provavelmente porque comeram ossos.

— Cristo.

Eu o olho sobre os ombros.

— Não vou deixar que o machuquem.

Ele encontra meu olhar.

— É mesmo?

Eu me endireito.

— Pareço ser do tipo que deixaria seus ossos serem comidos por lobos?

— É isso que estou tentando descobrir — responde Duncan.

Nós nos agachamos até a beira da pedra, nossas pernas estendidas sobre a queda. Ele remove a capa de chuva, revelando um suéter laranja vibrante, em um tom quase neon. Outra obra de arte de tricô, o meu favorito até agora.

— Uau. Que belo suéter.

Ele sorri.

— Quem os faz para você?

— Há um grupo de tricô na cidade.

— Ouvi falar sobre esse grupo.

— Bem, os membros têm diversos níveis de habilidade, o que significa que meus suéteres são de várias qualidades. — Ele puxa o colarinho da capa de chuva para revelar que os pontos ao longo do ombro haviam se soltado e aberto, deixando um monte de buracos.

Eu sorrio.

— E você usa mesmo assim.

— É claro.

— É melhor colocar a capa de volta. Seu suéter é tão brilhante que assusta os animais.

Ele se cobre rapidamente.

Fingal se deita entre nós, sua língua subindo e descendo enquanto arfa com olhos fixos nos cervos abaixo.

— Então por que os lobos? Por que isso como seu meio de vida?

— Se estamos falando de conservação, sobre salvar este planeta, precisamos começar pelos predadores. Se não tivermos predadores, não temos chance de salvar mais nada.

Ele não responde por um instante, então diz:

— Sim, mas por quê?

— Eu... — Paro e penso sobre a resposta. — Eu sempre os amei, sem nenhuma razão. Sempre quis saber seus segredos. E então descobri que eles poderiam salvar as florestas... — Olho para Duncan. — Algumas pessoas precisam de um toque selvagem na vida.

Ele assente devagar.

— Você descobriu seus segredos?

— É claro que não.

Nós dois sorrimos.

— E você? Por que se tornou policial? Pelo que aconteceu com seus pais?

— Sim. Mas demorou um tempo para deixar aquela noite para trás e conseguir o distintivo. Eu era horrível por dentro, por toda a adolescência. Arrumando briga por aí. Buscando o caos. Pensando que a raiva me nutria, mas tudo o que fazia era me intoxicar. Sabia que se continuasse naquele caminho, eu acabaria matando alguém. Então tomei uma decisão. Paz, acima de tudo. Gentileza. A minha é uma gota no oceano se comparada com a de minha mãe, mas eu tento todos os dias.

Ficamos quietos por um tempo, enquanto penso na insanidade provocada por essa raiva da qual ele falava.

Duncan faz um gesto para indicar os morros cobertos de floresta.

— Essas árvores são descendentes diretas das da Era do Gelo. Os primeiros pinheiros da Escócia surgiram aqui por volta de 7000 a.C., e esses são os que restaram, uma cadeia evolutiva intacta.

Eu sei, penso. *É por isso que estou aqui.*

— Mas você já sabe disso, não é?

— A Lainey estava lá quando você deixou Stuart em casa naquela noite, depois do pub?

Duncan demora um segundo.

— É por isso que estou aqui?

Não respondo.

Ele balança a cabeça.

— Eu mandei Lainey esperar por nós na delegacia. Não queria ela lá se as coisas piorassem. Quando acabamos, eu levei Stuart até a delegacia para ela o levar para casa.

Ah.

— E ela o levou?

Duncan analisa meu rosto.

— O que está pretendendo?

— Só quero entender o que houve.

— Não posso compartilhar os detalhes de uma investigação em...

— Sim, eu sei.

Depois de muito tempo, ele diz:

— Eu o coloquei no carro dela e ela o levou para casa.

— Então ela foi a última pessoa a vê-lo? Isso não a torna a suspeita número um.

— Sim.

— Ah. Qual é a história dela então?

— Apenas que o levou para casa e eles foram para cama, depois ela acordou e viu que ele havia sumido. Pensou que ele estava trabalhando, mas ele não voltou para casa — argumenta, fazendo um gesto com a mão.

Merda. Se Lainey está dizendo a verdade, isso muda as coisas. Isso significa que eu ainda não tenho ideia de como, quando ou por que Stuart foi parar naquele trecho de floresta.

Claro, ela poderia estar mentindo. E Duncan também. Acho que é até possível que os dois tenham elaborado a história juntos.

— Você ainda está dormindo com ela? — pergunto. De todas as perguntas que eu deveria ter feito, essa é justamente a única que não quero ouvir a resposta.

Sinto o corpo dele se tensionar.

— Não. Não desde antes de você.

Eu me pego desejando acreditar nele e ainda desconfiando, ansiosa por uma boa razão para duvidar dele, em vez desse poço de incerteza.

— Você ainda a ama? — pergunto, com mais calma.

— Inti, o que...

— Você a amava, não é? Quando era mais novo. Deve haver algum amor restante se você se dá o trabalho de ter um caso com ela, se não há, por que não trepar com alguém solteiro? — Estou sendo grosseira agora e percebo a minha própria raiva.

— Eu me importo com ela — diz Duncan, com mais maturidade do que eu demonstrei. — Me preocupo com ela. Odiava o que ele estava fazendo com ela, mas acho que não a amo há muito tempo. Não sou mais capaz disso, e tudo bem. Ela ficou com medo de mim depois do que aconteceu. Todo mundo ficou. A morte nos afeta profundamente, fica dentro de nós. As pessoas sentem isso.

Estamos prestes a desistir. Um vento frio corre em meio às árvores ao nosso redor. Os cervos estão à toa há algum tempo, mastigando, comendo todas as pequenas mudas e alguns brotos de plantas antes que tenham a chance de crescer. Nessa velocidade, não há chances de essa clareira voltar a ser uma floresta. Estou pensando que os lobos deveriam chegar logo e fazer seu serviço quando vejo uma movimentação. À primeira vista, não parece ser nada. Então ocorre uma mudança na luz entre as árvores.

Agarro o braço de Duncan, alertando-o a permanecer imóvel.

Dos confins das sombras surge uma pálida pata dianteira. Então um nariz preto. As pontas de suas orelhas. A loba branca.

Logo direciono o olhar de Duncan para ela.

Então movo minha mão riacho acima, para onde um lobo marrom observa tão calmo quanto ela atrás da linha das árvores. A favor do vento, onde não há como os cervos sentirem seus cheiros.

— Eles sentem nosso cheiro — sussurro —, mas estão feridos e famintos. E quem sabe há quanto tempo estão observando esse rebanho.

— Vão atacar?

— Talvez. É um posicionamento inteligente.

Os dois lobos que podemos ver — Ash e seu novo genro, Número Doze — permanecem imóveis, observando. A filha de Ash, Número Treze, deve estar em algum lugar por perto, talvez caminhando silenciosamente ao redor para flanquear o rebanho. E escondidos mais ao fundo devem estar os seis filhotes magricelos, ansiosos para aprender. Trouxe Duncan aqui para observar o rebanho, mas não posso acreditar em nossa sorte com esse avistamento. Sim, os cervos estão dentro do território da Alcateia Abernethy, mas, apesar de toda minha bravata anterior, raramente tenho a chance de observar lobos que eu não estava ativamente rastreando via GPS ou sinal de rádio.

Pergunto-me o que Duncan vê ao olhar para eles. Para mim, eles me parecem discretamente poderosos, de uma paciência sem fim, e mais bonitos do que qualquer coisa que já vi. E enquanto estou pensando sobre isso, alguma linguagem silenciosa é transmitida entre eles, que explodem de seus esconderijos. Fluidos, fortes, imparáveis. Os cervos fogem. A maioria segue para o norte, para as montanhas. Quinhentas cabeças de cervos correm juntas, fazendo a terra tremer com uma vibração profunda que posso sentir através do meu corpo, pela minha mão até o braço de Duncan. O solo reverbera com seu poder, vibrando através de nós. O mundo havia sido abalado por dois lobos.

Um fragmento do grupo de cervos se dirige para o riacho. Às vezes, é uma boa rota de fuga. Os lobos não se movem tão rápido quanto os cervos na água, mas hoje é um erro, pois lá estão a Número Treze e cada um dos filhotes, guardando a margem oposta para que os cervos não cruzem. As presas se aglomeram na água, em pânico.

Ash e Número Doze estão cortando caminho através dos cervos, separando aquele que já haviam escolhido. Uma pequena corça. Eles a observavam há dias. Ash a guia para a água, onde ela dá de cara com o restante de seu grupo, bloqueando a passagem. Os animais estão se espalhando acima e abaixo do riacho, é um caos, e dentro do turbilhão Ash adentra quase que casualmente o riacho e fecha sua boca, e a minha, no pescoço da corça.

— Meu Deus — murmura Duncan.

Conforme a corça tenta correr, Ash apenas a segura firme com suas mandíbulas fortes como braçadeiras, irrefutável. Ela se deixa ser carregada por alguns passos até a corça cambalear e parar, afundando gentilmente na água. Ambos os animais param e permanecem assim por um tempo. Um jogo de paciência e, de certo modo, íntimo. O restante do rebanho debandou, agora que a alcateia permitiu. Os lobos assistem à sua líder aguardar pelos últimos suspiros de sua presa e então a arrastar para o gramado. Ash, Doze e Treze começam a devorar a corça, sangue manchando seus pelos. Os jovens lobos rondam em círculos, atrevendo-se a roubar pedaços, mas sabendo que terão os restos.

Saliva quente enche minha boca — estou esfomeada. Para humanos, nada é tão simples, tão certeiro.

Pisco sob a luz do entardecer, apenas agora ciente da escuridão que se aproxima. Em breve, nós não seremos capazes de ver os lobos no banquete, nem mesmo nosso caminho de volta. Percebo também que ainda estou segurando o braço de Duncan e o largo.

— Precisamos ir — digo.

Ele não responde.

— Isso foi... — Lentamente, ele balança a cabeça. Sob o entardecer, eu acredito haver lágrimas em seus olhos.

— Sim — digo com calma. — Eu sei.

Algo surge entre nós, um tipo diferente de entendimento. Desde o início há um desejo, mas agora há também algo novo. A quietude que ele me faz sentir. A calma.

Mas logo percebo que estava tão envolvida com o lobo que não senti o que o cervo deve ter sentido. Sem rasgos na minha pele, sem ser devorada. Nada, apenas o sabor do sangue. Eu me viro para longe de Duncan.

É um longo caminho até os carros. Estou preocupada com a perna de Duncan; seu passo manco está mais pronunciado e seu rosto está pálido. Começo a me perguntar se ele vai conseguir chegar até os carros e tento imaginar o que fazer se ele não conseguir. Eu poderia criar uma espécie de maca e arrastá-lo. Também posso buscar ajuda. Mas ele continua a mancar, um passo dolorido após o outro. Quando chegamos nos carros, Duncan está tremendo e eu estou tonta, convencida de que estive vendo corpos se movendo ao nosso redor no escuro.

— Boa noite — diz Duncan, e estou aliviada pelo fim. Mas então ele acrescenta: — Eu entendo a sua desconfiança, mas a confiança tem que ser oferecida antes de ser recebida.

— Não existe confiança no meio selvagem — digo, com calma. — Apenas humanos precisam dessa palavra.

20

Passamos cinco anos no Alasca. Nós três conseguimos, de alguma forma, coexistir na maior parte do tempo, mas eu havia notado uma mudança em minha irmã. Sua luz interior já não parecia tão brilhante, ela não parecia animada pela perspectiva de acordar para um novo dia. Não houve nenhum sinal novo inventado por um bom tempo, na verdade, eu não me lembrava da última vez em que ela usou a linguagem de sinais. Ela dava aulas de estudos linguísticos na Universidade do Alasca, em Anchorage, e saía muito à noite. Aggie e Gus brigavam o tempo todo, brigas selvagens repletas de gritos. Nenhum do dois nunca deixou o outro. As brigas pareciam aproximá-los cada vez mais, apesar de eu não imaginar como ainda havia respeito, dada a facilidade com que proferiam impropérios ou a competição em humilhar um ao outro. Eu queria que acabassem com isso, mas não sabia como, apenas sabia que eles eram os únicos que poderiam fazer isso. E ainda assim, odiava minha posição de observadora e me perguntava se um dia me arrependeria de não tomar uma atitude.

Mas essa era minha posição, a mesma de sempre. Uma terceira parte silenciosa na intimidade deles. Eu me dizia que Aggie era uma força da natureza e ela sabia o que estava fazendo, o que queria e o que podia aturar, e era verdade — ela era mesmo uma força da natureza, mas o que eu não sabia naquela época é que qualquer força pode ser detida por resistência suficiente.

Eu havia começado a trabalhar longas horas e passava as noites na base. Não suportava pensar em voltar para casa e escutar os berros ou ver os lábios deles se tocando, ou a sensação furtada da boca dele na minha e a intensa vergonha que acompanhava meu desejo. Sentia tanta saudade de minha irmã que odiava Gus por se colocar entre nós, como nunca antes. Talvez parte de mim estivesse com raiva de Aggie também por permiti-lo.

Era uma noite de domingo quando finalmente me arrastei de volta para casa depois de dormir no trabalho por uma semana. Uma maré de exaustão ameaçava me afogar, mas as vozes pulsando da casa me alertaram que eu não dormiria tão cedo. Havia um grupo de homens reunidos na minha sala de estar

— os colegas cirurgiões de Gus. Eles me cumprimentaram e então se voltaram para a partida de futebol americano. Encontrei Gus pegando as cervejas na geladeira.

— Ei.

— Ei, garota, me ajude com isto.

Larguei minha mochila e peguei algumas latas.

— Eu daria minha bola direita por uma cerveja de verdade — disse ele, melancólico, olhando com pesar para as cervejas norte-americanas em suas mãos.

— Onde está Aggie? — perguntei.

— Saiu. — Suas palavras soaram despreocupadas enquanto ele retornava para a sala de estar, mas havia uma tensão em seus ombros.

Eu o segui, distribuindo as cervejas aos homens que não me agradeceram.

— Ela saiu com quem?

— Com os outros professores.

— Ok. Vou me deitar, então podem falar baixo?

— Claro, princesa, já estamos de saída mesmo.

Subi as escadas, sentei-me na cama e liguei para Aggie.

Uma voz de homem atendeu.

— Olá?

— Quem é? — perguntei.

— Luke.

Respirei em sinal de alívio porque já havia ouvido falar de Luke, um dos colegas de Aggie da universidade.

— Luke, posso falar com a Aggie?

— Ela está indisposta. — Eu podia ouvir o tom jocoso em sua voz e a irritação tomou conta de mim.

— O que isso quer dizer?

— Significa que ela bebeu demais e está vomitando a alma no meu banheiro.

— Qual o seu endereço? Vou buscá-la.

— Ela está bem aqui.

— Não, não está. Me dê seu endereço.

Algo em minha voz deve tê-lo alertado, pois resolveu me contar. Agarrei minhas chaves e desci as escadas com raiva.

— Qual a pressa, garota? — gritou Gus, em meio ao seu grupo de amigos barulhentos, quando eu descia para o andar de baixo.

— Vou buscar a Aggie.

Meus pés trituravam os seixos do lado de fora. Estava tão frio que minha respiração formava nuvens. Logo havia outro par de botas triturando as pedras, outra boca respirando.

— Você não precisa vir, eu só vou buscá-la — disse, mas ele entrou no meu carro e dirigimos em silêncio pelas estradas escuras de Anchorage. Eu ainda não conhecia bem a cidade, havia passado pouco tempo ali, mas Gus me direcionou até a casa.

Ao caminharmos até a porta da frente, eu disse:

— Não... não faça nada estranho, ok? Eles só são amigos de trabalho.

— É claro — respondeu e, para seu crédito, ele definitivamente parecia bem relaxado. Luke atendeu a porta e foi então que Gus lançou um punho fechado em sua cara, arremessando-o ao chão.

— Merda! — Agachei-me sobre um joelho, tonta, minha visão havia desaparecido. Merda, merda, *merda*, isso dói. Olhos lacrimejantes, rosto pulsando de calor. Quando meus pensamentos voltaram, contei até esquecer a dor, uma inspiração, duas inspirações, três, quatro, cinco. O latejar em meu nariz, olhos e crânio começou a diminuir. Piscando para afastar os pontos escuros em minha visão, eu me coloquei de pé e segui Gus para dentro da casa, parando ao lado de Luke para verificar se ele estava bem. O homem estava grunhindo e segurando o nariz sangrando e, ao vê-lo, eu instintivamente busquei estancar o meu. O sangue não estava ali, mas podia senti-lo quente e escorrendo pelo meu rosto, entre meus dedos, em minha boca.

— Desculpa. Você está bem?

— Só tire ela da minha casa — sussurrou Luke.

Encontrei Gus na entrada do banheiro. Aggie estava esparramada sobre o azulejo, abraçando a base do vaso sanitário, com seu vômito fresco na cerâmica. Ela mal estava consciente e vê-la me deixou tonta. Gus a encarava com certa frieza.

Agachei-me até o chão e puxei minha irmã em meus braços, acariciando seu cabelo para longe do seu rosto. Gus, pelo menos, pensou em dar a descarga.

— Aggie, ei, você está bem?

Ela abriu os olhos e, ao me ver, sorriu.

— Ei, você — disse e riu. — Ei, eu.

— Consegue se levantar?

— É claro — disse ela, o que acabou sendo uma meia verdade. Gus e eu a apoiamos conforme ela tropeçava nas próprias pernas até o carro.

— Querido — falou para o seu marido quando ele tentava colocá-la no banco de trás. — Espera.

— Entre no carro, Aggie — insistiu ele.

— Está com raiva de mim, meu amor?

— Adivinha.

Ela riu.

— Isso é estranho.

— Só cale a boca — disse ele, direto e rude, e algo dentro de mim acordou, algum alerta.

— Não era isso que eu queria.

— Mentira.

— Não entende? Eu não sou sua propriedade.

Gus a jogou com força no banco. Ela caiu de costas, quase batendo a cabeça. Cambaleei, sem equilíbrio pela sensação.

— Ei! — gritei, mas Gus estava lutando com Aggie para colocar o cinto de segurança e estava sendo muito grosso, o que estava causando a reação de minha irmã. Gus rosnou algo e a agarrou pelo pescoço para tê-la sob controle e seus dedos apertaram com tanta força minha traqueia que fechei a mão em um punho e o esmurrei de um modo desengonçado na parte de trás do crânio, estranhamente também me esmurrei na parte de trás do crânio.

Gus girou, segurando a cabeça e me encarando com olhos selvagens.

— Mas que merda? Eu só estou tentando colocar ela no carro!

— Não a toque desse jeito! — Foi tudo o que consegui dizer, atordoada.

Ele riu.

— Puta que pariu. Você não faz ideia, não é, garota? Ela ama ser dramática... ela *cria* o drama. Adora ser tratada com grosseria.

— Pare com isso, Gus.

— E ela não é a única. Você também gosta... pelo que me lembro.

Eu o empurrei para longe e me inclinei sobre o carro, minha cabeça explodindo de adrenalina. Aggie havia desistido da briga e agora estava lutando para colocar o cinto de segurança sozinha. Estendi a mão para ela e gentilmente prendi o cinto, e então apertei sua mão.

— Você está bem?

— Sim — respondeu. Ela parecia tão exausta, mais exausta do que é seguro para um humano. Aggie correu o dedo gentilmente pela testa até a bochecha; um toque carinhoso em meu rosto, um da nossa linguagem de sinais.

— E você, Inti?

— Estou bem. Vamos para casa.

Ela já estava adormecida quando chegamos. Gus a carregou para dentro. A agitação havia passado. Não havia mais raiva no ar, apenas exaustão, apenas tristeza. Eu levei água e analgésicos para Aggie e encontrei Gus sentado no sofá vazio na sala de estar. Seus colegas cirurgiões já haviam ido para casa e ele não tinha acendido nenhuma das luzes.

Eu me sentei ao seu lado, formigando, meus sentidos exauridos.

— Isso foi demais, passou dos limites.

— Eu sei.

— Ela não fez nada de errado.

— Ela cai de bêbada na casa de outro homem e você não acha isso errado?

— Eles são amigos. Ela pode ter amigos e tem o direito de ficar bêbada.

Seu silêncio insensível era discordância suficiente.

Eu me levantei, terminando meu assunto com ele.

— Cresça, Gus.

— Eu não sabia que você era capaz disso, Inti — comentou ele, me fazendo parar.

— O quê?

— Aquela briga. Eu pensava que você era doce demais para isso.

Virei-me para que ele pudesse ver meu rosto quando eu falasse.

— Quando se trata de minha irmã, eu sou capaz de qualquer coisa. Não se esqueça disso.

Depois de Gus sair para o trabalho na manhã seguinte, eu me sentei na cama ao lado de Aggie. Ela estava pálida e com olhos fundos, mas aceitou o café com um sorriso agradecido e se sentou para beber.

— Você geralmente já saiu a essa hora.

— Vou mais tarde. Precisamos conversar.

— Eu já sei, Inti.

— Vou dizer mesmo assim, pelo meu próprio bem. — Umedeci os lábios, olhando para fora da janela e para a rua iluminada pelo sol. — Eu devia ter dito há muito tempo. Não queria... Não queria me envolver, mas isso precisa acabar. Você precisa deixar o Gus.

— Eu sei.

— Ele não é um bom homem.

— Então é perfeito para mim. Sou apenas uma bosta.

Olhei para minha irmã.

— Isso me assusta. Me assusta que você seja capaz de dizer isso sobre si mesma.

— O que eu sou, além de uma pálida sombra sua? O que faço além de segui-la na vida? Sem você, eu não sou nada.

Minha boca se abriu em choque.

— É assim que me sinto em relação a você.

Aggie riu um pouco.

— Então qual das duas está certa?

— Eu não sei.

— Senti sua falta — digo.

— Eu também senti a sua.

— Vou fazer nossas malas. Podemos ir embora hoje.

Ela negou com um balançar da cabeça, e eu sabia que seria preciso que algo muito ruim acontecesse para ela considerar essa opção. Então ela me espantou ao dizer:

— Você pode arrumar só as suas. Encontre outro lugar para morar. Mais perto do trabalho, talvez.

Eu a encarei.

— O que quer dizer?

— Não há motivo para você aturar nossos problemas. Todas as brigas. É horrível e dá pra ver o quanto você odeia isso.

— Não vou abandoná-la.

— Não é *abandonar* — disse ela, revirando os olhos. — Não seja dramática. Você pode arrumar um lugar perto do trabalho. Ter seu próprio espaço.

Não era uma sugestão sem cabimento, exceto que nunca moramos longe uma da outra, nem nunca quisemos, e a certeza de que sempre compartilhamos isso disparou alarmes na minha mente. Ele estava se metendo entre a gente e ela estava permitindo, e algo nisso parecia errado.

Então uma ideia começou a se formar.

21

Quinta-feira à noite na loja de lãs. Estou parada no frio do lado de fora há um tempo, tentando reunir energia para entrar. O que estou fazendo? Não quero socializar, então por que diabos estou aqui?

Preparo-me e empurro a porta. O sino toca quando abro a porta da frente e vários rostos se viram.

— Aí está ela — diz Douglas. — Entre, moça. — O velho senhor se levanta para me oferecer seu assento e puxa outro para si mesmo.

— Obrigada — digo, sentando-me ao lado da Sra. Doyle, que Duncan visita na maioria dos dias e de quem comprei o teste de gravidez. No círculo estão alguns rostos que reconheço, Holly e Bonnie estão aqui e acenam para mim, e alguns outros que não reconheço, não apenas mulheres, mas dois homens também.

Holly se senta ao meu lado e me passa uma caneca.

— O que é isso?

— Vinho de urtiga. Douglas quem fez.

— É claro que fez. — Bebo um pouco e solto um longo suspiro.

— Sim, é combustível de foguete, mas não temos outra escolha. Ele nos faz beber — diz Holly.

— Onde está o seu tricô, querida? — pergunta a Sra. Doyle repetidas vezes, pois eu não entendo seu sotaque carregado.

— Eu não tenho. Nunca tricotei.

— Meu Deus. Bem, tudo bem. Vou lhe mostrar como fazer, querida. — Ela também precisa repetir isso, até que começa a rir e diz: — E eu achava que era eu quem estava ficando surda. — Holly traduz para mim e todos começamos a rir.

Enquanto a Sra. Doyle me ensina a tricotar, usando enormes agulhas e laços de lã traiçoeiros, que eu suspeito que sejam normalmente usados para manter as crianças ocupadas, Holly joga conversa fora. Ela e Amelia têm filhas gêmeas que as enchem de preocupação. Quando descobre que eu já fui uma adolescente gêmea que deu trabalho para a mãe, ela grita em alegria.

— Me ajude, Inti, *por favor*. Tudo o que fazem é sussurrar entre si e rir da gente!

Dou de ombros enquanto a Sra. Doyle lida com o resultado patético do meu esforço, e devo ressaltar que até a senhora de 73 anos de idade, com mãos quase incapacitadas pela artrite avançada, consegue tricotar um pouco antes de acabar em um emaranhado.

Para Holly, digo:

— Não vai ser o que você quer ouvir.

— Pode falar.

— Você nunca será tão próxima delas quanto elas são uma da outra, então é melhor deixar isso de lado por ora.

Ela se afunda na cadeira.

— Jesus Cristo. Ela não tem medo de falar, hein, Sra. Doyle?

— Não diga o nome do Senhor em vão, querida — diz a Sra. Doyle sem levantar o olhar.

— Perdão, Sra. Doyle.

A conversa se volta para o distrito de Dundreggan, a oeste daqui, perto do Lago Ness. O local é uma bandeira do esforço de reintrodução de vida selvagem pela instituição beneficente Trees for Life. A Sra. Doyle, ao que parece, é uma voluntária de longa data e está indo para lá amanhã para participar da próxima etapa de plantio de árvores.

— Há quanto tempo é voluntária? — pergunto.

— Há anos. A maioria de nós dessas bandas já plantou algumas árvores. Temos que cuidar da nossa casa, não é?

Ela me conta, devagar para eu possa entendê-la, sobre os quatro mil hectares de terra do distrito que estão recebendo vida selvagem reintroduzida e sobre os milhões de árvores plantadas, mas também sobre os problemas encontrados.

— Sementes de bétula cobrem o solo todos os anos, dizem que são trilhões delas, mas os cervos vêm e comem todos os brotos, então nada consegue crescer. Estamos concentrados no problema dos cervos há muitos e muitos anos, querida, desde antes de você nascer. E naquela área eles não têm a sorte que temos, não têm os lobos para manter os cervos em movimento.

— Talvez os lobos os encontrem — sussurro. — Um dia, quando for seguro para eles vagarem livres até áreas mais distantes.

— Sim, assim espero. Mas, por enquanto, você sabe o que devemos fazer lá para manter os cervos em movimento?

— O quê?

Ela aponta para o outro lado do círculo, para Douglas, e solta uma risada.

— O Sr. McRae vai para lá comigo às vezes. Ele e alguns jovens saem à noite e tocam suas gaitas de foles. Graças ao que deve ser o pior som do mundo aquelas pestes atrevidas correm para longe.

Solto uma risada com ela enquanto Douglas se endireita na cadeira.

— Espero que não tenha acabado de criticar meu som, Sra. Doyle.

— Não mesmo, Sr. McRae, estava sendo muito generosa, considerando...

Douglas segura a barriga ao rir e logo todo o círculo está gargalhando conosco. Vislumbro um certo flerte entre os dois.

— O que mais está sendo feito para reintroduzir a vida selvagem na Escócia? — pergunto à Sra. Doyle, querendo mantê-la falando, animada por tê-la encontrado.

— Ah, muitas coisas, querida. Começou do jeito errado, eu diria, quando percebemos que nossa floresta havia se reduzido a alguns bosques patéticos de pinheiros da Caledônia. Em vez de plantar árvores nativas, nossa gestão de florestas plantou mudas de coníferas não nativas! Que loucura! O que foi terrível para a vida selvagem nativa. De qualquer forma, nós começamos a voltar aos eixos, plantamos árvores nativas e reintroduzimos os pobres animais perdidos. No início havia até castores. Ouvi que agora no sul os donos de terras estão *pagando* para ter criaturas em suas propriedades, eles simplesmente adoram. E logo iremos mais ao norte, para as terras alagadas.

— O que são as terras alagadas?

— O Mhoine, querida. A maior área de turfeiras do mundo. A região contém centenas de milhares de toneladas de carbono. Mais do que qualquer floresta, eu acredito.

— Sério?

— E eles querem colocar uma estação espacial lá! De todos os lugares! Esses idiotas. Você sabe o que acontece à turfeira quando uma faísca cai nela? Ela pega fogo e queima, e, ao queimar, libera todo o carbono no ar. É *frágil*. E eles querem explodir foguetes nelas! Olha o tamanho da insanidade dos ricos, não é?

Aquiesço, aterrorizada.

— Por que você está indo até lá?

— Para protestar, é claro.

Eu a olho com surpresa.

— Espero que não se importe por dizer isso, mas nunca me passou pela cabeça que pessoas da sua idade fossem tão abertas à conservação.

— Ah, bobagem. Nós continuamos resistindo, junto com os outros dispostos a fazer barulho. Estamos aqui.

Sinto um pingo de esperança em meu peito ao ouvir a paixão em sua voz.

— E você sabe o segredo, querida?

— Qual é?

— Bem, agora, você não precisa reintroduzir a vida selvagem em larga escala. Pode começar com pouco, no seu jardim. Eu mesma cultivo flores selvagens há anos e, ah... todo o tipo de criatura minúscula vem me visitar.

— Que maravilhoso — sussurro. — Posso ir visitá-la um dia também?

— É claro, querida. Seria uma honra recebê-la. É muito mais fácil do que a maioria das pessoas pensa — adiciona a Sra. Doyle. — Mas, veja, a mudança causa medo em alguns — acrescenta logo depois. — E quando a gente abre o coração para introduzir a vida selvagem na paisagem, a verdade é que abre o coração para reintroduzir a vida selvagem em si mesmo.

Algumas horas se passam e eu tenho a oportunidade de conversar com outras pessoas. Douglas arranca risadas de todos com várias piadas terríveis. Nós comemos queijos deliciosos, exceto quando estendo a mão para pegar o brie e a Sra. Doyle me diz em confidência:

— Isso não vai lhe fazer bem, querida.

E quando estamos terminando, me ocorre que é a oportunidade perfeita de fazer perguntas sobre Duncan.

— Sra. Doyle? — digo, copiando seu método de enrolar o restante da lã.

— Sim, querida.

— Notei que Duncan a visita bastante...

— Ah, Deus o abençoe. — Ela abre um enorme sorriso. — Amamos nosso querido Duncan.

Não tenho certeza do que estou tentando perguntar, então termino dizendo apenas:

— Ele parece mesmo gentil.

— Ah, sim, é mesmo. Muito gentil. É por isso que todos nós o mantemos tanto por perto, pobre rapaz.

— O que quer dizer?

— O rapaz só precisa de um pouco de amor. Precisa de uma família.

Eu a encaro. Não me ocorreu que fossem eles que estivessem cuidando dele. Ou que, na verdade, Duncan é quem está solitário.

Após o tricô, sigo para o Snow Goose. No pub lotado, vejo Lainey sentada, acompanhada de seus irmãos e Fergus, bebendo vinho branco. Não quero encurralá-la, mas talvez ela se sinta mais inclinada a conversar comigo em público. Cruzo o recinto até sua mesa e recebo acenos dos homens, mas nada de Lainey. Ela me encara, sem palavras, esperando. Parece abatida. Exausta além da sua idade. É a única dona da fazenda em ruínas agora, mas, pelo menos, não está temendo pela própria vida.

— Inti — Fergus me cumprimenta. — Veio se juntar a nós?

— Posso trocar uma palavrinha com a Lainey?

Ela hesita, então se levanta.

— O que vai beber?

— Chardonnay.

Aponto para um canto silencioso ao lado da lareira enquanto vou até o bar. Vou pedir duas taças de vinhos quando reconsidero e pego apenas uma água mineral para mim.

Afundo-me no assento apertado atrás de uma parede de pedra. Esse local é discreto. Não seremos ouvidas.

— Como você está?

— Bem, obrigada.

Engulo a saliva e admito:

— Estive preocupada com você. Fui vê-la algumas vezes...

— Obrigada pela comida e pelo vinho. Sobre o que queria conversar?

— Primeiro, queria dizer que sinto muito pelo Stuart. Pela sua perda.

— Por quê? Você deixou seus sentimentos sobre ele bem claros.

Deixei? Pensei que tinha me controlado bastante.

— Como está a família dele? Os pais dele ainda estão na cidade, certo?

Ela aquiesce, suas mãos se apertando um pouco.

— Eles ficam perguntando onde ele está.

— E o que você diz?

— Que não sei.

Estou prestes a dizer algo quando ela adiciona:

— Acontece que é mentira.

As palavras morrem na minha boca.

Ela está me observando, buscando algo em meu rosto assim como busco no seu. Meus dedos se inquietam.

— O que houve naquela noite? Depois que você o pegou na delegacia?

— Eu o levei para casa e fomos dormir. Ele já havia saído quando acordei. É isso que venho repetindo para todos.

— Então, qual é a verdade?

— Stu estava muito machucado. Nas costelas, na barriga, tantos hematomas horríveis. Quando chegamos em casa, ele disse que Duncan o havia agredido, como se realmente estivesse com raiva. E isso o fez pensar no caminho de casa. Stu achou que era estranho o Duncan brigar assim, a não ser que houvesse algo acontecendo. Então me perguntou se eu sabia de algo. — Lainey vira a bebida. Suas palavras soam calmas, comedidas, mas acho que ela precisa do vinho. — Eu disse que não. Não podia imaginar o que aconteceria se o Stu soubesse da verdade. Eu mentiria e levaria a mentira para o túmulo. Mas, no fundo, ele sabia de qualquer jeito, eu acho. Talvez viesse pensando nisso há algum tempo. Ele ainda estava atordoado, mas me fez ir para outro lugar. Não disse nada sobre aonde iríamos, mas estava muito quieto. Foi assim que eu soube que algo muito ruim estava para acontecer, porque ele não havia ficado com raiva de mim... e estava se segurando ao máximo. Deixando a raiva crescer.

De repente, me sento ereta e nervosa. Não entendo por que ela está me contando isso. Eu queria que contasse, é claro, mas não imaginei que seria assim tão fácil. O aviso de perigo se acende em meu cérebro.

— Nós chegamos na estrada perto da casa do Duncan — diz Lainey. — Estacionei, mas ele me disse para continuar dirigindo, mas eu não podia. Depois Stu saiu do carro e começou a andar.

— E quando foi isso? Que horas?

Ela balança a cabeça, sem saber, perdida nas memórias. Os eventos que descreve são pontuais, como uma apresentação, momentos que ela deve ter repassado diversas vezes na cabeça.

— Comecei a dirigir de volta para casa. Liguei para Duncan. Avisei que o Stu estava indo para a casa dele e que sabia sobre nós. Eu pensei: "Que se dane o Stu. Dane-se ele, deixe ele fazer o que quiser, talvez assim finalmente encontre problemas ao atacar o chefe de polícia", mas ele estava em tal estado... No pior que eu já tinha visto. Eu não podia apenas... Não sei. Algo me fez voltar atrás. Talvez tenha pensado que ainda poderia o impedir de fazer uma bobagem. — Ela bebe um pouco mais, quase terminando a taça. — Não consegui encontrá-lo então continuei dirigindo. Passei pela sua casa. Pelas árvores. E foi quando eu te vi.

Minha boca secou.

— Vi o que fez com ele. — Lainey me diz. — Você estava na beira da estrada. Não se lembra de que eu estava bem ali?

Eu estava lá. Perto demais. Mas não tive muita escolha, tive?

Um garçom chega para recolher a taça de Lainey. Ela pede mais uma taça de vinho.

— Duas — digo, com a voz fraca.

Quando estamos sozinhas, empurro a cadeira o mais longe possível, presa contra o canto, sem espaço para respirar.

— Você contou para Duncan? É sobre isso que conversaram naquela noite na casa dele?

Ela balança a cabeça.

— Não contei a ele o que vi, mas queria saber por que ele não havia procurado naquela área... ele sabia que Stu estava indo até ele. Então por que não procurou ali?

— O que ele disse?

— Que havia procurado. Ele disse que havia caminhado por toda a região e não encontrou nada. Disse que não fazia sentido e que Stuart devia ter ido para outro lugar.

Então houve silêncio.

Lainey poderia ter lhe contado exatamente onde enterrei Stuart. Mas não contou, e eu percebi que era porque não tinha certeza de que Duncan não o tinha matado.

É a única coisa que faz sentido para mim neste momento. Ele não disse a ninguém sobre o telefonema de Lainey porque estava se protegendo. Isso colocava Stuart perto de sua casa e colocava Duncan na floresta na hora do assassinato.

Quando Lainey ligou para avisá-lo, Duncan estava na cama comigo. Ele saiu para encontrar Stuart no meio da noite. Talvez tenham brigado de novo. Duncan o matou e talvez ele tenha sido interrompido quando eu caminhei pelo escuro. Então foi embora. Ele estava se escondendo nas sombras, observando enquanto eu enterrava o corpo de Stuart assim como Lainey fez da estrada? Ou havia ido embora e nunca soube que eu estive ali? Deve ter adivinhado, com certeza, quando voltou para casa e não me viu dormindo.

E pensar que nós quatro estávamos perambulando pelo mesmo pedaço de floresta juntos, cruzando um com o outro como fantasmas sob o luar.

Sinto que estou prestes a vomitar.

Pelo menos, e isso é apenas um pequeno alívio, se Duncan sabe o que fiz, eu não acho que poderá me prender, pois isso o implicaria no crime pior. Mas Lainey não tem nada a ver com isso. Ela ainda podia falar e se virar contra nós.

— O que você vai fazer? — pergunto.

— Eu poderia quebrar essa taça na sua cara — diz ela, e está tão calma que é assustador. — Acho que isso faria eu me sentir melhor.

— Sim, talvez.

— Quem é você? De onde você veio? Como você... Como alguém toma aquela decisão?

— Honestamente, Lainey? Essa é a pergunta que eu mesma me faço todas as noites.

Nossos vinhos chegaram e ambas engolimos sedentas. Não me importo que não deveria. Neste momento, eu não poderia me importar menos.

— Você já se imaginou o machucando? — pergunto. — Quando ele estava machucando você?

— É claro. Pensava sobre isso o tempo todo. Me perguntava se conseguiria. Como poderia.

— Era nisso que eu pensava também. Quando conheci vocês dois e vi o que ele estava fazendo. Era tudo no que eu conseguia pensar.

Lainey me encara.

— Mas há uma diferença entre imaginar algo e realmente fazer, e a diferença é do tamanho do maldito oceano.

Ela franze as sobrancelhas.

— Do que está falando?

— Se você quiser me denunciar, não vou culpá-la. Se isso significa enterrá-lo de modo apropriado. É o melhor para sua família, não é? Então denuncie, se é o que precisa fazer.

Ela se inclina sobre a mesa, retribuindo meu olhar.

— Acha que preciso da sua permissão? Se eu quisesse denunciar, já teria feito. Merda, Inti. Maldita seja por me fazer ficar em dívida com você. Estou em dívida com você e isso é uma merda, porque não se deve isso a alguém.

— Lainey leva uma mão aos olhos e posso ver que está trêmula. Sem aviso, ela se ergue com tanto ímpeto que derruba a cadeira no chão. — Vamos conversar, ok? Vamos conversar de novo. Eu só... Eu deveria estar tendo uma noite legal com meus irmãos, não posso fazer isso agora.

— É claro, como quiser. Sinto muito mesmo. — Então acrescento: — Você está... Lainey, está aliviada que ele se foi?

A resposta importa demais.

Ela me encara.

— Está mesmo me perguntando isso?

Aquiesço.

Ela passa a mão sobre o rosto. Então diz:

— Ele era meu amigo e eu o amava, mas eu vinha sendo um fantasma há anos. Claro que estou aliviada que ele se foi.

Do lado de fora, sinto todas as minhas certezas desaparecendo. Suas palavras libertaram algo em minha mente.

Subo na cama com minha irmã. Ela está acordada e rola para me encarar. Nós nos olhamos no escuro.

— Você é real? — sussurro.

Ela não faz nenhum barulho, nenhum movimento.

— Ou você morreu?

Aggie estende a mão para traçar o próprio rosto, seus dedos tocando suas bochechas, minhas bochechas, sua testa, minha testa, seus lábios, meus lábios.

— Eu não consegui te deixar partir — insisto, sentindo seu toque sobre mim de modo tão visceral e, ainda assim, esse não seria um truque da minha mente? Fingir que há verdade quando não há nenhuma.

— Você é um fantasma? — pergunto.

Aggie aperta minha mão com tanta força que dói, tanta força que meus ossos poderiam ser esmagados. Ela deve estar tentando me machucar. Então faz um sinal. Um dos primeiros que ela inventou.

Eu não sei.

22

Não há sinais de novos brotos nos quadrantes mapeados no morro. Vim ao campo que Evan me mostrou quando demos início ao programa — áreas de pesquisas botânicas que estavam sendo monitoradas com atenção, mas nada havia crescido. Nenhum pingo de verde abrindo caminho em direção ao sol em meio à terra marrom. É muito cedo, sei disso, e a estação errada também. Eu sei que precisamos dar tempo para o experimento funcionar, dar tempo para os lobos terem a chance de fazer sua mágica. Mesmo assim, caminho pela paisagem como se para me punir. Em minha mente, sempre havia Red e seu rifle. Ele está ainda menos paciente do que eu.

Aggie me deixou um desenho de um círculo com algumas palavras rabiscadas. *Uma toranja. E ela já pode te ouvir.*

Essa semana, ela está do tamanho de uma abobrinha. Pode não ser uma menina, mas tomou essa forma na minha mente, sem qualquer decisão minha. Meu corpo cria e eu aguardo. Este será o dia em que Lainey mudará de ideia?

Uma explosão de cores do outono ilumina a floresta. Vermelho-jacinto — a cor das manchinhas da mosca-da-fruta, *Lygaeus apterous*. Laranja-holandês — as cristas das estrelinhas-da-coroa-dourada. O amarelo-limão das vespas. Cores tão vibrantes que acariciam o ar ao seu redor e transformam a terra em um mundo diferente. As folhas brilham nos galhos com o balanço ocasional dos ventos. A maioria das pessoas na cidade diz que o inverno chegará cedo e será brutal este ano. Ainda estamos em outubro, mas podemos, todos nós, sentir no ar.

Número Oito já deu à luz há bastante tempo e os novos filhotes Glenshee estão com quatorze semanas. Eles abandonaram a toca e começaram a comer carne, diferente dos filhotes Abernethy, que têm uma alcateia saudável para caçar por eles. Seus olhos assumiram tons de dourado. Estão se tornando predadores.

E a pequenina é agora uma berinjela.

A primeira é uma vaca, morta em uma fazenda perto do Vale Tromie. É um campo ermo no centro do parque nacional, com pântanos desolados, desprovido de vida e, ainda assim, repleto de vacas magricelas. Há animais de criação por todos os lados. Uma garoa, algo entre chuva e névoa, salpica o solo. Nós todos esperávamos por este dia. Houve um tipo de quietude, mas tudo isso desaparecerá agora: haverá barulho.

Evan e eu dirigimos até o vale para inspecionar a carcaça e confirmar se tratar de uma morte por lobos. A maior parte da vaca havia sido despedaçada e não havia dúvida de que apenas um predador grande, com uma mandíbula poderosa, poderia ter feito tamanho estrago. Sem chance de ser um ataque de raposa, não com uma vaca, não em um terreno tão inóspito, não com tanta força.

Os fazendeiros são um velho casal, Seamus e Claire. Seamus está inconsolável — a vaca em questão era uma das melhores reprodutoras, um animal que ele tinha há muitos anos. Ela deixou para trás um bezerro que agora teria que ser alimentado na mamadeira. Entendo a perturbação do fazendeiro pela morte de uma de suas vacas.

— Essa é sua terra? — pergunto, observando o gramado balançando ao vento.

— Nossa terra termina mais ao oeste — admite Seamus.

— Existem cercas em algum lugar aqui?

— Claro que não, é terra sem dono.

Eu o encaro.

— Um pequeno conselho? Mova seu gado de volta para sua terra e o coloque atrás de uma cerca. Vocês foram avisados disso há meses, diversas vezes. E agora a Wolf Trust deve reembolsá-los? — Balanço a cabeça e começo a andar de volta para o carro. Atrás de mim, escuto Evan pedir desculpas e explicar alguns métodos de prevenção... mais uma vez. Sinto-me mal pela explosão. O pobre homem perdeu algo que amava. Era possível ter evitado isso, mas ele nem ao menos tentou.

Vejo a caminhonete de Duncan se aproximar pela trilha e acelero o passo para chegar ao meu carro antes. Ele bate na minha janela assim que estou dando partida no motor. Relutante, abaixo o vidro, ciente do tamanho da minha barriga. Meu casaco, por sorte, deve esconder boa parte.

— Ei.

— Lobo?

— Sim.

— O que faremos?

— Sobre?

— Sobre o lobo?

Franzo o cenho.

— Nada, Duncan. É uma vaca. Eles receberão por isso. Mais mortes virão. Você deveria fazer seu povo se acostumar com a ideia em vez de lhes dar esperanças de que há outra alternativa.

Subo o vidro.

Não demora muito para a notícia sobre a vaca se espalhar. Não demora nada, na verdade. E apesar de ser uma guerra, o fogo do inimigo é rápido. Era o fim da quietude.

O cheiro me atinge antes mesmo de eu ver. A mesma molécula que me causa repulsa atrai os predadores. Sei se tratar de uma reação química, mas meu corpo é inundado de adrenalina mesmo assim, e desejo apenas me virar e correr na direção oposta. Em vez disso, sigo adiante e vejo.

Nossa cabana do acampamento base está coberta de um vermelho vibrante. Arcos de respingos pelas paredes e janelas com o que pode ser chamado de deleite selvagem. Isso me assusta, como é de se esperar, e me deixa com raiva, como a maioria das coisas.

Pego meu telefone, apesar de mal ter amanhecido. Sem serviço. Nunca tem serviço. Preciso me afastar para conseguir fazer a ligação e, mesmo assim, a voz de Duncan falha. Mas consigo comunicar a urgência de sua presença.

Duncan chega ainda meio adormecido. Não pensei que precisasse avisá-lo para não trazer Fingal, e agora o cachorro dispara de um canto ao outro, tremendo de alegria.

— Que belo trabalho fizeram — sussurra Duncan. Espero enquanto ele caminha mancando ao redor da pequena construção, tirando fotos em seu telefone. — Alguém forçou a entrada?

— Não.

— Tem certeza? Você checou dentro para saber se algo foi levado?

— Nada foi levado. A porta ainda está trancada.

— Eles só estão tentando assustar vocês.

— Não me diga, Sherlock.

— Deixe comigo. Você está bem?

Aquiesço e ele entra no carro. Fingal não responde ao ser chamado porque está tendo um surto lambendo o sangue de animal, então corro até ele e o puxo gentilmente pela coleira.

— Venha, amigo. — Ele dá um latido animado e salta na caçamba da caminhonete.

— Ligo se tiver alguma notícia — diz Duncan. Ele está me olhando e tento conscientemente evitar tocar minha barriga protuberante. Levou um tempo para ela começar a aparecer. Agora, quando estou nua, realmente aparento estar grávida. Mesmo com suéteres de lã grossos e casacos largos, tenho quase certeza de que ainda é possível notar. Estou desleixada, mas isso não é incomum para mim.

— Obrigada — digo.

Quando a equipe chega, eu havia conseguido limpar apenas a porta da frente e há um rio de suor escorrendo de mim.

— Mas que *merda* — urra Zoe. — Vou passar mal.

— Quem fez isso? — pergunta Evan.

— A gente já esperava — diz Niels.

— Hum. Ninguém pensou em me alertar? — pergunta Zoe.

— Não especificamente.

— Havia um animal aqui? — pergunta ela.

— Você quer dizer além de... — Evan gesticula para o sangue.

— Sim, um animal vivo.

— O cachorro do Duncan esteve aqui — conto.

Zoe solta um grunhido e coça os braços.

— Eu sabia, tá me dando alergia. Não fui feita para essa merda de mato. — Ela corre para dentro, suponho que para tomar uma dose de anti-histamínico e controlar sua alergia a pelo de animais. Ela grita da porta de frente: — Não vou sair de novo até estar tudo limpo. Na verdade, talvez nem assim. Esta é a minha casa agora.

— E mudou alguma coisa, por acaso? — sussurra Evan, depois se aproxima de mim. — Deixa que eu faço isso, chefe. Niels e eu damos conta, você pode entrar e começar o dia.

Balanço a cabeça e continuo a esfregar.

Ele abaixa a voz.

— Talvez não seja a melhor ideia na sua condição.

Paro meus movimentos.

— O quê?

— Ninguém mais sabe, mas tenho três irmãs e um bando de sobrinhas e sobrinhos.

Não que isso pudesse ser um segredo trancado a sete chaves, só tento meu melhor para não pensar a respeito, o que também significa não falar sobre isso. Então ninguém, além de Sra. Doyle — e agora Evan —, sabe da gravidez. Entrego-lhe minha esponja e sigo para dentro sem uma palavra. Por um momento, eu paro, com a mão na barriga, sobre a protuberância roliça e firme. Há um universo lá dentro.

Após limpar a cabana o máximo que conseguimos, envio Evan e Niels para procurar as alcateias e baixarem os últimos dados de GPS. Precisamos saber qual lobo matou a vaca. A Alcateia Tanar está ocupada caçando os cervos-pintados com seus enormes chifres e está bem longe da fazenda de Seamus e Claire. Duvido que tenha sido eles. A Alcateia Glenshee está mais próxima, mas tem ficado perto da toca enquanto os filhotes ainda são novos e provavelmente continuarão nos próximos meses. Temos que pensar em um plano para colocar colheiras nos filhotes em algum momento. Os dados de Número Dez mostram que ela permaneceu com sua alcateia, o que não era o que eu esperava. De todos os lobos, minha aposta era ela. Enquanto isso, a Alcateia Abernethy parece muito satisfeita em sua floresta ao norte. O que me deixa sem uma explicação.

O próximo ataque de lobo é bem pior do que o primeiro.

O Halloween se aproxima. As ruas estão repletas de luminárias penduradas e teias de aranhas. Lanternas grotescas de abóbora feitas à mão estão expostas nas frentes das casas e nas esquinas. Espíritos assombrosos espiam das janelas e dedos ossudos se estendem dos túmulos. Os escoceses amam suas histórias de monstros — eles se deleitam com o macabro.

Estou dirigindo pela cidade quando sou parada por uma multidão de pessoas na estrada. Meu primeiro pensamento é que deve ser algum tipo de festa de rua, mas, ao se dirigirem para mim, vejo que há algo amarrado na placa da cidade e não é como as outras decorações e bugigangas. Uma mancha cinza. Uma língua pendurada. Sinto meu estômago afundar.

O velho Número Quatorze, o idoso lobo-cinzento que sobreviveu a todos os perigos e guiou sua família dos cercados para a segurança. Sua cabeça decapitada está pendurada pelo nariz, todas as quatro patas foram cortadas e amarradas ao redor dos quatro pontos da placa.

Deixo minha condição de mulher, humana, animal, o que quer que eu seja. Sou pura fúria vestida em carne.

Esta noite é a dos fantasmas famintos, vindos dos campos, procurando abrigo do inverno que se aproxima. Devemos lhes oferecer comida e calor para apaziguar seus desejos de vingança. O limite entre este e o Outro Mundo é tênue. Essas são as antigas crenças do Samhain, o festival gaélico da colheita, que marca o início da metade escura do ano — a chegada do frio. Uma enorme fogueira é acesa ao cair da noite em um campo nos arredores da cidade. Pessoas de toda Cairngorms chegam vestidas com fantasias assustadoras. Após matarem uma vaca, eu quase senti o cheiro do perfume pagão e primitivo de seu sangue no ar. Movo-me em meio aos corpos fantasiados munida de minha própria fome.

Acontece que o monstro que procuro é estúpido. Ele manteve para si o corpo de Número Quatorze, talvez para vender o couro ilegalmente, talvez como troféu, e guardou a coleira com o rádio que o animal carregava no pescoço. Talvez a tenha destruído, talvez tenha mergulhado na água, pensando que isso seria o suficiente. Porém, essas peças são quase impossíveis de serem destruídas, portanto, a coleira continuou a enviar o código de mortalidade ao nosso sistema — e foi assim que o encontrei.

Seu nome é Colm McClellan. Um homem de 31 anos, divorciado e com dois filhos que não moram com ele. Nem ao menos era um fazendeiro, mas gostava de caçar. Eu o segui de sua casa esta noite e o observo levar seus filhos até o festival, oferecendo doces e deixando-os correr ao redor das chamas crepitantes.

Ele usa uma máscara de lobo.

Modos de se matar um homem: empurrá-lo, sem ninguém ver, sobre a fogueira.

Nossos corpos se esbarram no meio da multidão. Uma mão toma a minha, me distraindo. Tiro meus olhos de Colm e vejo o rosto de Duncan nas sombras.

— Você está bem? — pergunta ele.

Tento me desvencilhar, mas ele me impede.

— Inti. Sinto muito pelo que aconteceu.

Encaro Duncan.

— É mesmo? Pensei que quisesse os lobos longe daqui tanto quanto eles.

— Não diga isso. Sabe que eu estava mudando de ideia. Você estava me fazendo mudar de ideia. Não tinha certeza, mas agora tenho.

— Certeza do quê?

— De que o que você trouxe até nós é bom.

A resposta me paralisa.

— O que lhe faz ter certeza disso?

— Você.

Ele solta minha mão, apenas para traçar seu rosto com um dedo. Eu tremo, ele sabe que posso sentir. A ponta de seu dedo envia um calor da minha testa pela minha bochecha até meus lábios. Não parece um truque de minha mente. A distância entre nossos corpos, porém, parece mera ilusão porque estamos dividindo a mesma pele, os mesmos músculos e a mesma medula. Eu poderia ser arrebatada com facilidade. Por essa maré sempre à espreita para me arrastar. Por um milésimo de segundo, ele é tudo, é o mundo inteiro e a pequenina dentro de mim — um universo para nós dois —, mas eu me entreguei a um universo há muito tempo, um que continha apenas minha irmã e eu, e não sei como sobreviver a isso. Acho que Duncan vê algo em mim que não está ali de verdade.

— Você descobriu quem foi?

— Ainda não. Mas vou. — Duncan se aproxima de meu rosto. — Eu vou pegá-lo.

Mas ele não vai. Porque quem vai pegá-lo antes sou eu.

Colm deixa os filhos na casa da mãe, então vai para casa. Eu o sigo a alguns carros de distância. Ele mora nos limites da cidade. Tem um barracão grande nos fundos, mas ele estaciona o carro em frente à porta e entra na casa.

Tenho um pé de cabra. Comprei na loja de ferramentas.

No escuro, sigo até o carro e bato o pé de cabra no para-brisas. Uma vez. E outra. Então destruo as janelas, uma por uma, e o vidro traseiro também. Ele sai aos berros. Enquanto me chama de todos os nomes terríveis possíveis, eu atinjo sua perna e sinto seu joelho ser estraçalhado. Colm grita, eu grito. Quase caio, a dor explodindo como um flash de luz diante de meus olhos, mas respiro e me apoio no pé de cabra. Quando a sensação de ossos quebrados passa, sinto outra coisa — o conhecimento da dor que infligi, e sou inundada por uma onda de adrenalina inebriante e perturbadora. Eu poderia continuar, mas, em vez disso, passo por ele e sigo até o jardim. Uso o pé de cabra para abrir o barracão mal trancado, mas dentro não encontro os restos do corpo de Quatorze. Acho apenas seu colar com o rádio, descartado em um balde junto de outros lixos.

Telefono para Duncan.

— Tenho um endereço para você. E um nome.

— Inti, não me diga que você...

Eu passo a informação e desligo, então limpo minhas digitais do pé de cabra — de que isso adiantará, não tenho ideia — e o jogo no chão com força antes de sair.

— *Sua puta!* — urra Colm. No meu retrovisor, eu o vejo esparramado no jardim da frente, cada vez menor.

Em casa, pego uma garrafa de vinho do armário e caminho com ela em mãos até o curral. Bebo alguns goles e me deito de costas na grama fria para observar a grande lua cheia acima. O céu está tão limpo, infinito, e eu mergulho nas estrelas.

Lágrimas escorrem em meu cabelo.

Escuto passos na grama e um corpo ao lado do meu. Minha irmã pega a garrafa de vinho de minhas mãos e bebe, colocando-a fora do meu alcance e se deitando ao meu lado no escuro.

Nossos dedos se entrelaçam. De algum lugar perto das árvores, há um calmo relincho de um cavalo se aproximando.

— Você acha que temos algum controle sobre o que somos?

Ela não remove a mão para responder, deixa-a repousar na minha.

— Acho que grande parte de mim ficou naquela floresta com papai. E agora sou tudo o que mais odeio.

Fecho os olhos e meu cabelo está molhado com sal, isso é tudo o que sou.

Sua mão se move ágil. *Não*, sinaliza ela. Então de novo, *não*.

Eu me viro para ela e me encolho em posição fetal. Veneno escorre de mim, eu não choro assim desde que tudo aconteceu, porque não tenho direito de chorar desse modo quando minha irmã foi quem sofreu e ela mesma não chorou.

Aggie me abraça. Ela me abraça com força, com seus lábios na minha têmpora, me beijando de novo e de novo, e quando as pontas de seus dedos tamborilam um padrão em minhas costas, eu retorno aos nossos pequenos corpos no galpão de papai, quando ela me trouxe de volta pela primeira vez, como faz agora.

Ela arfa, inclinando meu queixo, e nós duas olhamos para admirar o céu — sua dança repleta de verde, roxo e azul, cores brilhantes demais para estarem no guia de Werner; ainda estou chorando, mas agora é pela beleza deste mundo e por sua gentil atração, por seu mistério e sua sincronia, por seu saber profundo; tão profundo que, quando eu estava prestes a desabar no abismo, ele me trouxe de volta. Eu me pergunto se é isso o que Aggie vê cada vez que retorna para mim.

23

Sou indiciada por agressão e por danos dolosos à propriedade de terceiros. Colm é indiciado pela morte de Quatorze. Nenhum de nós passa a noite na cadeia, mas pagamos multas pesadas.

Durante as semanas seguintes, uma trilha de carcaças de animais de criação é encontrada. Na maioria das manhãs, sou acordada por telefonemas de Bonnie me dizendo para ir até mais uma fazenda e investigar a última carcaça de ovelha ou vaca devorada pela metade, ou por chamadas de Anne Barrie.

— Conserte isso, Inti — diz Anne. — Resolva ou todos nós vamos perder o emprego.

Eu podia seguir os corvos até as carcaças, se quisesse. Eles viajam em grandes grupos e as sobrevoam. E a cada nova morte, cresce meu medo. O lobo, qualquer que seja, aprendeu a se alimentar de animais de criação. Lobos não gostam do sabor de animais confinados, gostam de carne de caça, e apreciam uma boa caçada. Isso se chama imagem da presa. Ovelhas e bovinos, por mais vulneráveis que sejam, não fazem parte dessa imagem. São a última opção de um lobo faminto. Então devo descobrir qual lobo tem uma fome tão urgente que ignoraria os próprios instintos, e o porquê.

Acho que já sei qual é. Devo saber. E assim que provarmos, teremos que matá-la.

Hoje, a Alcateia Tanar está em movimento, seguindo para o leste em direção aos limites da propriedade de Red, que é basicamente o pior lugar aonde poderiam ir. Se as pessoas desta cidade estão determinadas a transformar isso em uma guerra, então preciso ter certeza de não lhes dar munição extra. E os lobos não estão ajudando ao circularem tão perto das terras de Red. Após o cair da noite, deixo minha irmã assistindo à televisão e dirijo até a propriedade de Red. Não viro na entrada da garagem, mas estaciono ao lado da cerca do pasto da frente. Trouxe comigo um rifle do cofre de armas e o pego no porta-malas, então sigo pela terra de McRae. Não passo onde Nove foi morto, mas penso nele.

Atravesso as cercas, abrindo e fechando as porteiras. Uma coisa que aprendi ao passar tempo com papai na floresta: nunca feche uma porteira que encontrar aberta, nunca deixe aberta uma que encontrou fechada. Não sei onde Red colocou as ovelhas esta noite, mas acabo as encontrando no pasto leste, confinadas atrás de uma grande cerca e bem longe da linha das árvores que circundam a propriedade. Aprecio o fato de que ele tem sido cuidadoso com elas, diferente de outros fazendeiros que se recusam a cercar seus animais. Talvez vejam como um ato de resistência, eu acho. Um exagero autodestrutivo desnecessário.

Caminho ao lado do rebanho adormecido, seus corpos cobertos de lã encolhidos para proteger seus membros do frio, e me sento na grama. Meus olhos treinados focam os limites da floresta, com o rifle pronto em mãos. Se os lobos vierem para essas ovelhas, será através dessas árvores e eu estarei esperando por eles.

O macho reprodutor, Número Dois, líder da Alcateia Tanar e agora o macho alfa mais forte de todos os lobos que libertamos, é do tom preto-aveludado do guia Werner. A cor de obsidiana. O único lobo preto da Escócia. Como um buraco negro, o preto mais escuro da noite obscura. Ele é uma criatura enorme, tão grande, com cerca de noventa quilos, que poderia pertencer a uma espécie próxima, o lobo-ocidental do Alasca. Ele se move com uma fluidez impressionante, resultado de sua enorme força. Seu poder é totalmente animalesco.

Venho aqui noite após noite, e nesta noite, a quinta da minha guarda às ovelhas, vejo seus olhos dourados concentrados, e sei que é ele.

Ele se posiciona sob a cobertura da floresta e nos observa.

Ele me observa.

Aguardando seu momento.

Sua alcateia deve estar reunida atrás dele, pronta para se mover ao seu comando. Três lobos adultos famintos que podem sentir o cheiro dessas criaturas e de seu sangue pulsante, mas sem conseguir diferenciar umas das outras. Estão espalhados e nos flanqueiam, movendo-se com agilidade e silêncio para derrubar uma ovelha no canto do rebanho. Cada um seria capaz de pegar uma, se quisesse, e então matar o restante com facilidade. Esses animais de rebanho lentos e despreparados não têm chance contra a natureza de tais predadores.

Estou sempre mais preocupada com a situação do predador do que da presa. Predadores passam a vida cada vez mais esfomeados. Cada caça pode ser a sua última. Então se fosse só por mim, eu deixaria os lobos se servirem do banquete. Porém, este é um mundo moldado por humanos. Alimentar-se dos animais errados será o fim dos lobos. Então preparo meu rifle, carregado com balas, não dardos, e miro em Número Dois.

O tiro dispara pela noite, ecoando pelos morros. Seus olhos iluminados pelo luar desapareceram. Ele fugiu com sua família para caçar em um lugar mais seguro, espero, assustado pelo tiro que disparei. Permaneço onde estou de qualquer jeito, só para garantir.

As ovelhas acordam e fogem. Suas cabeças correm em um amontoado desorganizado e se amontoam na linha da cerca, balindo seu desespero, imaginando o que diabos está acontecendo.

Cinco minutos depois, um quadriciclo acelera pelo campo.

— O que diabos está fazendo? — Red desliga o motor e desce da moto. — No que atirou?

— Nada.

— É melhor falar de uma vez, garota.

— Atirei em uma raposa.

Ele me encara no escuro, tentando decifrar o que estou fazendo e enxergar minha arma. Não passamos de silhuetas.

— Você está de guarda?

Aquiesço.

Seus ombros caem. Ele sussurra algo baixinho que não tenho a menor chance de entender. Então:

— Por quê?

— Porque, como você, também não quero ver ovelhas mortas.

Red esfrega os olhos.

— Deixe comigo agora. Você não devia estar aqui fora tão tarde, mocinha, não no seu estado.

Eu me viro, desejando que ele não tivesse adivinhado minha gravidez. Sinto-me exposta.

— Você conseguiu afinal? — pergunta Red.

— O quê?

— Acertar a raposa.

— Não, senhor. Mas agora ela sabe que deve ficar longe.

— Como você sabe que ela entendeu?

Olho para Red.

— Os animais aprendem as lições. São mais inteligentes do que pessoas nesse quesito.

De manhã, sigo para a Alcateia Glenshee. Sei onde a Alcateia Tanar está, depois que desistiram de perambular pelos limites da fazenda de Red na noite passada. E estive procurando pela Alcateia Abernethy também, obtendo finalmente um vislumbre dela ontem. Os filhotes de Ash cresceram muito e estão com cerca de seis meses. Já quase parecem adultos, um pouco mais magros, suas patas um pouco maiores do que seus corpos. A pequenina do grupo — Número Vinte — ainda é a menor, mas é a líder entre seus irmãos. Ela está se tornando toda branca conforme cresce, até mais branca do que a mãe. Enquanto a observo dominar o maior de seus irmãos com uma rápida mordida em sua boca, uma rápida mordida na minha, me deslumbro com a maravilhosa complexidade da dinâmica de poder entre os lobos. Eles são capazes de reconhecer traços de personalidade, de saber que a força interna é mais poderosa do que a física. Dominância quase nunca se relaciona com o tamanho ou a agressividade.

O dia hoje está frio. Estou feliz por estar no esconderijo. O vento urra ao longo das montanhas inférteis ao meu redor, castigando a pequena estrutura escondida. Se não tivesse esse esconderijo, não teria como aguentar ficar aqui fora nesse clima tão cruel: eu seria arremessada longe.

Pego meus binóculos para observar a Alcateia Glenshee.

Estou imaginando a dor em seus corpos ou estou apenas os humanizando? É verdade, com certeza, que os lobos sentem o luto. Não acho que estou imaginando a tristeza pela perda do Número Quatorze. Há um certo desalento neles, não estão brincando. Até mesmo os filhotes estão quietos. E não é apenas o Quatorze que está desaparecido. Também não consigo localizar a Número Dez. Seus dados indicam que ela está aqui ou esteve recentemente. Mas ao ajustar meus binóculos, vejo um objeto incomum na grama, e reconheço seu colar transmissor. Ela o mastigou até soltar. Ela pode estar em qualquer lugar.

— Não — sussurro ao soltar o ar. Eis a prova que eu temia.

É claro que é você.

A loba que nada teme, nem mesmo humanos.

Sonho com um grupo de cervos em disputas de acasalamento na floresta; é o mesmo som que ouço quando caminho pelas manhãs, os poderosos golpes que ecoam por quilômetros na névoa.

Clash, emitem seus chifres ao jogarem seus corpos uns contra os outros. *Clash*.

Acordo com um susto.

Clash.

Não são chifres, tem algo batendo contra a janela. Algo molhado. E está sendo arremessado como um saco no vidro e a batida soa mais como um *tump*.

Mas que merda é essa?

Há alguém lá fora. Disparo para o quarto de minha irmã e a puxo para fora da cama. Faço com que se deite no chão para não sermos vistas pela janela.

Agora ouço vozes, várias delas, uivando como lobos.

— Merda, merda, merda, merda. Fique aqui, não se mova.

Rastejo até meu quarto e agarro meu telefone. As silhuetas agora cercam minha casa, posso escutá-las batendo nas portas e nas janelas, tentando entrar. Uma delas caminha com um arrastar, posso ver sua silhueta e não, não, não, não, não é possível ser ele, por favor, que não seja ele. Mas ao observar, seu rosto se ilumina com a luz da lua, e não é Duncan. É Colm McClellan, cujo mancar eu mesma causei.

Não há um pingo de sinal no meu telefone e sinto um desejo de arremessá-lo pela janela em frustração. Após resgatar minha irmã de seu quarto, nós duas corremos para o banheiro, agachadas ao máximo, e entramos na banheira. Há uma barra de sinal em um canto aqui, então seguro meu telefone em posição até encontrá-lo. Meus dedos pressionam a emergência, mas param, e pressionam o número de Duncan. Ele está mais perto.

— Inti? — atende ele, ainda meio atordoado.

— Ele está aqui — sussurro. — Colm. Ele está com outros homens, tentando entrar.

— Estou indo.

Aggie está rastejando até a cozinha.

— Espera! — Rastejo atrás dela. Ela busca uma faca na gaveta, uma boa ideia, e pego uma para mim também. Nós nos agrupamos no chão da cozinha, então percebo que foi assim que a encontrei naquela noite quando ela disse ter escutado alguém do lado de fora e eu falei que estava louca, mas, meu Deus, talvez tivesse razão.

Ou talvez nós duas estivéssemos loucas.

Uma janela se quebra acima de nós, atingindo-nos com estilhaços de vidro. Minhas mãos pressionam a minha boca. Os olhos de Aggie estão arregalados. Acho que os meus também.

O som de um motor de carro surge. Algumas das silhuetas fogem, mas outras permanecem. Coloco-me de pé para ver pela janela quebrada. Duncan está aqui. E está desarmado.

— Você está preso, Colm. Todos vocês para a caminhonete.

— Vá se foder, seu traidor maldito! — grita Colm e dispara na direção de Duncan, apesar de sua bengala e do joelho quebrado. Acho que ele deve estar tendo algum tipo de surto psicótico, pois isso é um pensamento insano. Agacho de novo para não ver o que acontece, e minha irmã e eu nos abraçamos. Eu já testemunhei minha cota de violência, na verdade, o suficiente para mil vidas.

Alguém abre a porta e entra. É Duncan, mas não compreendo como ele conseguiu até ver que o vidro da porta também está quebrado e que ele apenas enfiou a mão para abrir. Até isso dispara minha pulsação porque agora qualquer um pode entrar.

Duncan nos vê e se aproxima. Não sei o que houve lá fora, mas ele dominou o outro homem de alguma forma. Meu corpo reage, sinto medo dele.

— Não! — digo e ele interrompe seus passos. Não entendo esse medo, não consigo explicar nem para mim mesma, mas lá está ele, e é intenso, e não o quero aqui.

— Você está bem?

— Apenas vá embora, Duncan, por favor.

— Preciso levá-la ao hospital para darem uma olhada em você, querida.

— Nós estamos bem, não aconteceu nada. Só, por favor...

Não paro de imaginar ele e Stuart, como seu punho bateu em Stuart até quase matá-lo sob a luz da rua. Não consigo esquecer a imagem dele na floresta naquela noite e quero isso fora de minha mente, quero ele fora do meu espaço, da minha vida.

Seus olhos se movem para o que já não posso esconder, mesmo encolhida no chão como estou. Minha barriga protuberante. Ele a vê, reconhece e está se aproximando de nós novamente, e agora não estou apenas enjoada, estou vibrando em alarme.

— *Para trás* — digo.

Duncan para, chocado.

— Desculpa.

Aggie se move, colocando seu corpo entre nós, protetora. Sua mão está estendida para avisá-lo a se afastar e eu penso *essa é a irmã que eu conheço*, e, como ele também está olhando para ela, penso com alívio: graças a Deus, ela é real, ela está viva, não estou louca.

— Por favor, não tenham medo de mim. As duas. Só estou aqui para ajudar. Já lidei com eles, ok? Aqueles canalhas estão na caminhonete. Não iam fazer nada, só estavam tentando assustá-las.

Fizeram um belo trabalho.

Seu olhos focados em minha barriga.

— Isso é...?

— Dá o fora, Duncan! — grito.

Estou imóvel, exceto pelo cerne vibrante dentro de mim. Espero para ver se ele vai se aproximar de novo. Eu teria tempo de buscar a faca?

A devastação em seu rosto quase apaga minha certeza de que estou sob ameaça.

— Tudo bem, eu vou. Vocês estão seguras — diz ele, e então vai embora.

Aggie e eu nos abraçamos. Ela se sente tão corajosa quanto aparenta ser? Neste momento, sinto sua presença em meus braços como há muito tempo não sentia.

Ela se afasta e sinaliza: *ele é o pai.*

Aquiesço.

Não o deixe vir aqui de novo.

Encontro seus olhos. Eu pensava que seu medo fosse loucura, mas não há nada de louco em aprender com suas experiências. Sua vigilância pode ser a única coisa sã em nossas vidas.

— Não vou — prometo.

Mais tarde, descobri que o saco usado para estraçalhar as janelas estava cheio dos restos mortais de Quatorze.

24

Eu tinha um plano — um plano desesperado. Se Aggie não conseguia deixar seu marido, então eu me transformaria nela, faria o velho jogo e me passaria por ela, colocando um fim nesse casamento tóxico deles. Eu o deixaria. E só contaria à minha irmã quando estivesse terminado para que ela não tentasse me impedir.

Passei o dia com Aggie, me lembrando de como era deslizar para dentro de sua pele e ver o mundo com os seus olhos — com uma boa dose de paixão e um temperamento que exalava lascívia. Já tinha visto o suficiente dela com Gus para entender a constante dinâmica de poder que havia entre eles, um jogo infindável para ver quem é o melhor que beirava o flerte, uma caminhada no limite tênue entre a raiva e o desejo.

Quando chegou a hora, me vesti com as roupas de Aggie e fiz meu cabelo e maquiagem como os dela. Era uma fantasia, uma armadura, e a verdade era que deslizar para a pele de Aggie era a coisa mais fácil que eu já havia feito. De algum modo, me sentia em casa.

Enviei uma mensagem para Gus do celular de Aggie e o encontrei na cidade após o trabalho. Nós tomamos alguns drinques no bar e eu adotei uma despretensão deliberada no modo como me movia, onde meus olhos repousavam e como me expressava, pois assim era Aggie. Composta — até um pouco entediada —, até não estar mais. Gus estava cansado e estressado, mas dava para ver como estava focado em mim, me estudando. Não permiti transparecer meu nervosismo, em vez disso, desfrutei o momento como Aggie faria, ciente de que estava no controle. Gostei de ser desejada, o intenso tremor do desejo proibido sob minha pele ao qual eu renunciara havia muito tempo, mas que agora fora libertado.

Não sabia como abordar o assunto de modo delicado, ou como introduzi-lo, então, sob as luzes tênues do bar, lancei:

— Inti e eu estamos nos mudando.

Gus me encarou e bem ali, em seus olhos, algo brilhava, mas ele não se moveu nem falou por um bom tempo, tanto que comecei a me sentir inquieta.

— Eu pensei — disse Gus, bem devagar — que havia sido claro. — Sua mão se moveu para minha coxa e a apertou com um pouco de força demais e de novo com mais força. — Se você tentar me deixar, eu vou te encontrar e matar sua irmã.

Pensei tê-lo ouvido errado.

E então ficou clara a verdade horrenda demais para que eu pudesse adivinhar. Não havia jogo entre eles. Apenas um perigo real. Apenas um monstro se escondendo atrás do lindo rosto de um homem. E eu estava cega.

— Venha, vamos para casa, tomar um banho e relaxar. Foi um dia longo.

Eu estava tremendo tanto que mal conseguia caminhar, mas ele me guiou para fora do bar e eu soube, naquele momento, que piada eu era por pensar que tinha o controle, por pensar que Aggie tinha. O poder era completamente dele, e ele o estava usando para mantê-la refém. Entendia agora por que ela tentara me fazer ir embora.

Ele nos levou para casa e tudo no que consegui pensar, enquanto Gus falava sobre o trabalho, era como eu precisava dar um jeito de sair daquele carro. Eu tinha que sair, tinha que sair, tinha que abrir a porta, rolar pela estrada e correr, apenas correr, mas é claro que não podia, não sem Aggie.

Ele me levou até seu quarto. Eu estava paralisada. Precisava falar, precisava contar a ele que era eu, mas nada saía da minha boca, exceto um grunhido. Gus fechou a porta e eu ainda estava paralisada. Nunca senti um medo como esse, tão líquido, tão quente. Então ele tomou minha garganta em suas mãos, cortando minha respiração. Era isso o que ele fazia com ela. Fazia isso toda noite? Neste quarto com apenas uma parede entre nós?

— Achei que você tivesse entendido — disse, enquanto me sufocava — o quanto eu te amo.

Era um lunático. E iria nos matar.

— Pare — consegui sussurrar, mas ele não parou.

A porta explodiu e lá estava Aggie, e Gus soltou suas mãos de minha garganta para que eu pudesse, trêmula, puxar o ar e me arrastar para longe dele.

— Mas que merda é essa? — exigiu.

— Pego no flagra — disse ela e sorriu.

— Vocês trocaram? — Havia algo frenético em seus olhos e meu coração queria fugir do meu corpo, nós precisávamos escapar. Ele estava enlouquecendo.

Então ele desatou a rir. Uma gargalhada estrondosa. — Isso foi muito bom, preciso admitir. Não fazia ideia.

Como se fosse tudo uma grande brincadeira.

— Você me enganou direitinho, Inti.

— E eu acho que nós provamos se você seria capaz ou não de perceber — disse Aggie. Minha cabeça estava rodando. O que diabos estava acontecendo? Era como se ambos estivessem se divertindo. Então eu vi a mão de Aggie sinalizar atrás de suas costas. Ela não fazia um sinal há anos.

Saia.

Ela estava me protegendo. Aggie havia entendido o que eu pretendia fazer e tentava apaziguar a situação. Mas como eu poderia deixá-la sozinha nesse quarto com ele? Como poderia deixá-la sozinha com ele de novo?

Aggie beijou seu marido, e era eu o beijando. Eu quase passei mal. Com suas mãos, ela estava sinalizando novamente.

Confie em mim.

E assim, como a covarde que sou, eu a deixei. Fui para o banheiro e realmente vomitei até não restar nada dentro de mim. Então me sentei, rígida como uma tábua no canto da cama, ouvidos atentos a qualquer som da parede. Permaneci escutando até a primeira luz da manhã.

25

Esta noite, o prefeito Andy Oakes convocou uma reunião na escola sobre os rebanhos mortos, e nós, o povo dos lobos, não estávamos convidados. Não gosto de imaginar o que estavam falando em nossa ausência.

Faço compras para me distrair e, como esperava, os corredores estão vazios. Caminho sem destino, perdida em pensamentos — e preciso refazer meus passos. Os funcionários me lançam olhares e sussurram uns para os outros. Estou tão distraída que bato meu carrinho em um grande expositor de comida enlatada de cachorro, causando um estrondo ensurdecedor pelo rolar das latas para todos os lados.

Coloco-me de joelhos para reuni-las enquanto dois jovens caixas correm para me ajudar. Uma menina e um menino, de no máximo uns quinze anos.

— Sinto muito — digo.

— Está tudo bem, nós arrumamos — diz a menina com gentileza.

— Sério, senhora, pode deixar — diz o menino.

Eu me sento no chão, desistindo. É difícil se arrastar pelo chão quando sua barriga se projeta com o tamanho de uma bola de boliche. O crescimento parecia estar acelerado, ao passo que meus níveis de energia desabavam e minhas costas doíam cada vez mais. Nesta manhã, pela primeira vez, pesquisei no Google se era normal, tudo isso, e descobri que o tamanho da minha barriga estava, na verdade, menor do que a média. Aggie disse que o bebê está do tamanho de um melão. Abaixei o telefone com um calafrio de pânico assim que descobri coisas sobre o bebê, como ele pode captar a luz agora, tossir e soluçar, e até *sonhar*.

— Você é a mulher-lobo? — pergunta a menina.

Aquiesço, esperando um tipo de... não sei, repreensão? Mas os adolescentes param de reunir as latas e me olham com animação.

— Como eles são? Você já tocou em um? — questiona a menina.

Estamos no último corredor e não há ninguém mais por perto. Reclino-me contra uma prateleira.

— Muitas vezes.

— Quando eram filhotes ou crescidos?

— Ambos.

Isso os alegra. Os dois se aproximam um pouco mais.

— Já foi mordida por um?

— Não, não uma mordida de verdade. Eles mastigam e mordiscam quando são pequenos, mas é apenas brincadeira.

— Eles a reconhecem?

— É claro. Lobos são animais de família. Se criá-los, eles serão leais até que você os liberte. — Às vezes, até depois.

— Por que você não fica com eles, então?

— Eles são muito selvagens para isso.

— Os que estão aqui... são mesmo perigosos? Porque eu vi deles uma noite, mas correu tão rápido que mal deu para ver — diz a menina.

Escolho minhas palavras.

— Se você mantiver distância, não há o que temer. Mas nunca tente tocá-los ou alimentá-los.

— E se chegarmos perto? Quer dizer, assim, se estivermos fazendo trilha e aparecer um de repente... — pergunta o menino.

— Se você cruzar com um lobo na floresta e ele não fugir de você, quero que se lembre de uma coisa. Nunca vire as costas e corra. Se você encarar um lobo, ele vai fugir. Se correr, ele vai caçá-lo.

Eles me encaram, extasiados. Realmente espero que não estejam planejando testar esse conselho.

— Eu vi um... era lindo — comenta a menina, em uma voz suave.

Aquiesço.

— Sinto muito que tanta gente esteja agindo tão mal. Mas não é todo mundo. Há um monte de gente que adora a ideia de ter lobos na Escócia de novo. Como costumava ser — comenta o menino.

Sorrio.

— Obrigada. Isso significa muito.

Deixo que os dois me ajudem a ficar de pé.

Havia começado a nevar assim que pisei do lado de fora, depois de desistir de comprar qualquer coisa. Olho para o céu, observando o lento cair dos flocos. Na verdade, é apenas neve fofa, quase sem peso e brilhando sob o luar.

Meu carro é o único estacionado aqui e há alguém recostado nele. Por um segundo, vejo Gus, seu corpo alto e largo, então ele se vira e não é mais Gus e, sim, Duncan. Encho os pulmões de ar para tentar acalmar minha pulsação que se recusa a desacelerar.

Paro a alguns passos dele. Ele está bloqueando a porta do motorista. Está fazendo isso intencionalmente, para que eu não possa ir embora? Jesus, preciso me controlar.

— Devo perguntar... — Duncan passa uma mão pelo cabelo, que está crescido, bagunçado e mais grisalho. Sob a luz neon do mercado, ele parece abatido, com olhos profundos. Uma onda de preocupação me preenche. — É meu?

Acho que venho esperando por essa pergunta, temendo-a até. Apesar de ser um tanto ofensiva. Não sei com quantos homens ele pensa que dormi.

— Não — digo. — Na mesma medida em que não é meu também. Vou entregar para a adoção.

— Isso é um modo mais complexo de dizer que *é* meu? Que você e eu... que nós fizemos juntos?

Não respondo.

— Posso... vou ajudá-la, Inti. Você não precisa fazer isso sozinha.

— Você nunca quis filhos. Você mesmo me disse.

Ele solta um suspiro, um tipo de risada.

— Isso era verdade, antes de te conhecer. Quando eu disse já era uma mentira.

Ah, Deus.

— Não precisa desistir do bebê.

Mal consigo proferir as palavras.

— Eu quero.

— Por quê?

Fecho os olhos, sentindo-me zonza.

— Porque não há mais nada de bom em mim, Duncan. Sou apenas raiva e nada mais.

— Isso é uma besteira — vocifera ele.

Passo por ele e caminho até o carro, estendendo a mão para a maçaneta da porta, mas não consigo fazer minha mão funcionar. Apenas fico de pé, tentando permanecer intacta.

— Eu não matei Stuart — diz ele abruptamente. — Não achei que precisava dizer, mas parece que preciso.

Encontro seu olhar.

— Eu não acredito. — Nada mais faz sentido. — Você estava lá fora naquela noite — digo, cansada de esconder o que sei. — Lainey ligou e te disse onde Stuart estava. E você foi encontrá-lo.

— E não consegui — diz Duncan. — Não encontrei nada.

— Então por que mentiu sobre a ligação dela? Por que se dar ao trabalho, se não para se proteger?

— *Para proteger você!* — exclama ele. — Eu não encontrei nada naquela noite, Inti, mas você encontrou, não foi? Você estava lá. Se caminhou da minha casa até a sua, então estava lá na mesma hora que ele.

Há flocos de neve em seus cílios, assim como nos meus, e o mundo se envolveu em doçura. Não consigo me lembrar de nenhuma palavra.

— Eu fico me fazendo a mesma pergunta — admite ele. — Se foi você, isso importaria para mim? E isso vai contra tudo em que sempre acreditei.

— Importaria, sim. Importa. A morte adentra nossa pele, se torna parte de você. Foi isso o que você disse.

Arranha, faz a criaturinha dentro de mim, *arranha* com suas pequenas unhas. *Agora não*, imploro. *Por favor, meu melãozinho, agora não.*

— Tudo o que importa para mim é manter minha irmã segura. E não confio que você não vai nos machucar — digo abruptamente. — Não confio em ninguém.

— Eu já passei por isso, Inti.

— Eu sei, e isso não desaparece.

— Está errada. Desaparece se permitimos. Eu abri espaço para você.

— Você acha que importa se há amor? O amor só torna tudo mais perigoso — digo e entro no carro.

— Inti.

Os limpadores do para-brisas lutam contra as rajadas de neve enquanto dirijo pelo estacionamento. Não demora até eu encostar na beira da estrada, incerta se consigo continuar dirigindo. Apenas observo a neve cair na luz dos faróis.

A pequenina se move de novo dentro de mim, ela gira com tanta força que eu arfo. Pressiono a mão sobre ela e sinto sua mão pressionada contra a minha; e de um modo tão simples assim, ela me tocou muito além de tudo que conheço, todos os muros que construí. Ela me encontrou, ela me viu, e não há mais como esconder.

26

A viagem de Denali para Anchorage era longa, e eu vinha percorrendo essas estradas cada vez menos. Mas essa noite, sentia saudades da minha própria cama, então decidi encarar a viagem, mas encontrei a casa cheia de homens de novo. Isso estava se tornando rotina. Gus se sentia infeliz e furioso com sua esposa, que estava com medo dele mais uma vez e tentava passar os dias sem "provocá-lo". Mas ele queria que ela se sentisse tão infeliz quanto ele e, por tabela, eu também. Então Gus sempre enchia a casa com homens que bebiam como que desafiando os limites de seus fígados. Eu odiava esse hábito e geralmente escapava de volta para o trabalho, mas essa noite estava muito cansada. Meu dia havia sido fatigante e eu só precisava dormir.

James, seu primo, veio de Sydney visitar. Ele não escondia o quanto me odiava pela ofensa de ter dormido com ele uma vez e apenas uma vez, e, apesar de estar hospedado na minha casa, ele não falou nem uma palavra sequer comigo a semana inteira. O restante era uma mistura de amigos australianos e colegas cirurgiões de Gus. Havia uma estranha competitividade entre os norte-americanos e os australianos, cada um disposto a provar que conseguia beber mais e se comportar ainda pior. Os australianos sempre venciam: esses homens, em particular, da época de rúgbi de Gus, eram experts na arte de agir como idiotas.

Tentei passar despercebida, mas houve a usual chamada para ficar e tomar uma bebida, apenas uma, o que sempre se transformava em várias antes que eu pudesse escapar. Hoje à noite, eu não tinha energia para discutir, então me afundei no sofá ao lado de alguém chamado Robbo e peguei umas cervejas.

Logo, houve mais cervejas, depois tequila e então cocaína.

Eu não precisava de nada disso para ficar bêbada, ligada ou passar mal. Só precisava ficar aqui, assistindo. Desejei que Aggie viesse para casa, desejei com todas as minhas forças. Sentia-me velha demais para tudo isso, sentia como se tivesse saído da minha vida real e caído em um sonho adolescente tóxico e louco. Por que eu morava em uma casa com um homem que gostava disso? Por que minha irmã havia se *casado* com ele?

O medo me forçou a permanecer ali sentada, a beber, sorrir e tudo o mais, enquanto minha mente estava em um estado de hipervigilância em busca de estratégias para sair dessa situação sem ofender ninguém.

Agora meus olhos observavam Gus virando doses. Ele estava me ignorando. Ficaria tudo bem. Eles ficariam bêbados o suficiente para apagar e eu iria para cama. James estava sentado do meu outro lado, me apertando contra o sofá. Seu hálito estava podre e seus membros estendidos. Eu assisti aos homens ao meu redor provocarem uns aos outros, como touros batendo os cascos e arfando, e permaneci quieta, escolhendo o caminho de menor resistência. Espere passar, não crie confusão. A última coisa que eu queria era causar uma cena. Havia uma certa imprevisibilidade neles, os homens pareciam determinados a se perder e a destruir as coisas, e eu não queria estar na sua linha de visão quando uma ideia viesse à mente.

A porta se abriu e lá estava minha irmã. Fui tomada de tanto alívio que quase explodi em lágrimas. Ela deu uma olhada no que estava acontecendo, absorveu minha expressão e se virou para seu marido.

— Qual o jogo, querido? Estou dentro. — Então Aggie segurou minha mão e me puxou do sofá.

James agarrou meu outro pulso.

— Qual é, Aggie. Não seja uma estraga-prazeres. Ela está se divertindo.

— Só preciso ter uma conversinha com ela, depois voltamos para curtir.

Eu mal conseguia ouvir sua voz sob a música alta, as risadas e vozes retumbantes. James me largou e me apressei com Aggie para a cozinha.

— Quanto você bebeu? Pode dirigir? — perguntou ela.

Neguei com um aceno de cabeça.

— Vá para cima e tranque a porta do quarto.

— Venha comigo.

Ela aquiesceu e estávamos prestes a subir quando Gus chegou.

— Duas pelo preço de uma — disse ele, suas pupilas estavam dilatadas e pretas.

— Nós vamos dormir — disse Aggie.

— Não vão, não. Você adora curtir. Então curta.

Ela e Gus trocaram olhares.

Digo a mim mesma para relaxar, apenas relaxar, não era grande coisa, não estava acontecendo nada. Havia pessoas aqui. Nada poderia acontecer na frente de outras pessoas.

Aggie puxou seu marido de volta para sala de estar, para que ele esquecesse de que eu estava lá. Assim eu poderia escapar para o andar de cima enquanto tinha chance. Tranquei a porta do quarto e chamei a polícia. Fiz uma reclamação sobre o barulho e esperei que viessem. Levou mais ou menos vinte minutos para chegarem, e eu enfiei minha cabeça para fora da janela para escutar Gus atendendo à porta e dizendo aos policiais que manteria o som baixo. A polícia foi embora. E a festa continuou.

Liguei de novo e dessa vez lhes disse que havia ocorrido uma briga e que as pessoas estavam em risco, mas, quando voltaram, puderam ver claramente que ninguém estava brigando. O que mais eu deveria fazer? O que poderia dizer se ligasse de novo? Nada de fato aconteceu. Talvez Aggie estivesse se divertindo lá embaixo. Talvez ela soubesse como lidar com a situação. Mas mamãe nos ensinou os sinais de alerta e havia milhões deles. Eu tinha passado minha vida a acusando de só ver o pior das pessoas, mas parada aqui no meu quarto, escutando a música no andar de baixo, percebi o quão inocente havia sido ao presumir que conhecia as profundezas do que as pessoas eram capazes de fazer.

Era preciso fugir ao ver esses sinais de alerta, mas e quando não é possível? E se sua irmã pensou que ficar significava proteger você? E se ela estivesse certa e era assim que sobreviveríamos a ele? Ao mitigar o risco?

Escutei uma batida do lado de fora e destranquei a porta. Gus estava levando Aggie para seu quarto. James o estava seguindo. Ela mal estava consciente, mas me lançou um olhar ao desaparecer atrás da porta, não o de alguém no controle, ela estava aterrorizada.

Toda dúvida desapareceu. Eu sabia, sem sombra de dúvida, que ficar não era mais uma opção. Que não havia mais como mitigar a situação. Algo muito ruim estava prestes a acontecer e minha irmã precisava de ajuda.

Avancei no corredor.

— Ei!

Gus me encarou.

— Fique fora disso, garota.

— Está tudo bem, Inti, vá para cama — disse Aggie de dentro do quarto.

— Ou você pode se juntar a nós, se quiser — sugeriu James.

— Vocês não vão fazer isso. Eu vou chamar a polícia.

— Relaxe — disse James, então torceu meu pulso até meu celular cair no chão. Ele pisou no aparelho com o calcanhar da bota. Riu. Mandou que eu relaxasse, porque só estavam se divertindo um pouco. Então entrou no quarto da minha irmã e fechou a porta.

Joguei meu corpo contra a porta.

— *Deixem ela sair, seus doentes filhos da puta!*

Quando não houve resposta, corri para o andar de baixo e contei aos homens que Aggie precisava de ajuda, que Gus e James a trancaram no quarto, mas, em vez de ajudar, eles riram e viraram as costas. Nenhum deles me ofereceu o telefone.

Corri escada acima de novo e comecei a chutar a porta, tentando arrombá-la. Joguei meu ombro contra a madeira de novo e de novo. Eu abriria essa porta mesmo se tivesse que rasgá-la com minhas mãos e meus dentes, e destruir meu corpo no processo.

— Cuide da vagabunda, ok? — Ouvi James falar do lado de dentro.

A porta se abriu e fui forçada a encarar Gus, grande demais para eu ultrapassar, muito forte para ignorar.

— Você realmente quer participar? — perguntou ele, e eu não sabia o que estava me perguntando, mas ao mesmo tempo eu sabia. — Você quer assistir?

O que aconteceu naquele quarto aconteceria independente dos meus esforços para impedir. Não havia nada que eu pudesse fazer, não contra o tamanho e a força deles, não sem qualquer ajuda dos homens lá embaixo, não após meu celular ser destruído.

Tudo o que eu podia fazer, ao que parecia, era estar com minha irmã para que ela não ficasse sozinha.

Ele me deixou entrar e Aggie estava nua na cama, extremamente perdida, bêbada ou drogada, ou outra coisa. James estava segurando seu pescoço, estava me segurando pelo pescoço. Quando Aggie me viu, ela tentou se sentar, gritou para que eu saísse dali, para que a deixasse. Ela gritou para eles pararem, implorou que parassem até James fechar o punho e a socar com tanta força no rosto que ela apagou.

Quando abri os olhos, eu estava deitada no canto da cama. E a cama estava se movendo.

Minhas roupas estavam em meu corpo e ninguém estava me tocando.

Ainda assim. Eu virei a cabeça.

O rosto de minha irmã estava no mesmo nível do meu. Seus olhos fechados.

— Aggie — chamei, e ela os abriu.

Agarrei sua mão e apertei com o máximo de força que podia. Estava horrorizada pelo ódio que Gus nutria dentro de si, a humilhação, a raiva. Como eu não havia visto isso nele? Mas eu sabia, não sabia? Tinha visto e, ainda assim, confiei que nunca ficaria tão ruim porque um mal desses era impensável.

Pensei em todos os momentos que levaram a este e sabia que havia centenas que poderiam ter acarretado alguma mudança, em que eu poderia, talvez, ter nos salvado disso tudo. Todos esses momentos em que soube o que ele era, quando reconheci o monstro e ainda assim não fiz nada; até esta noite, quando me sentei naquele sofá e pensei que essa era uma situação ruim, mas não lutei para sair. Não quis causar a *porra* de uma cena. Tudo dentro de mim estava em chamas e nunca pararia de queimar. Eu queria matar James e Gus, ambos, brutalmente, mas não pude lutar, pois ambos nos seguravam contra a cama. Pude sentir o trauma que infligiam no corpo dela, em turnos, um após o outro, e aparentemente com todo esforço para causar danos, um esforço de destruir e humilhar. Não pude me levantar e lutar porque nasci toda errada, porque era fraca demais. Não pude protegê-la como ela me protegeu a vida toda. Ela me salvou disso, mas eu não pude salvá-la. E ao sustentar o olhar de Aggie, ao sustentar seu ser com todas as minhas forças, eu não fui suficiente contra a onda, não consegui segurá-la. Ela estava me deixando, ela havia partido.

Estou sentada debaixo do chuveiro, tentando desaparecer. Mas há uma criaturinha dentro de mim e ela está se remexendo, me enviando de volta para a pior coisa que minha pele já conheceu, de volta àquela noite, de novo e de novo — àquela cama que se movia e à minha inércia imperdoável. Essas são as memórias que vivem dentro do meu corpo.

Após James e os demais irem embora, Gus se sentara no chão com a cabeça entre as mãos. Ele não tentou ajudar sua esposa sangrando. Lutei para ficar de pé, atordoada, mas sem machucados, e usei o telefone de minha irmã para chamar uma ambulância. Fiz o que pude para ajudá-la, mas no fim apenas acariciei seu cabelo como ela gostava, de novo e de novo, mesmo achando que ela não podia sentir.

Seu corpo quase não sobreviveu. E quando acordou, ela não estava mais lá; era apenas um corpo exaurido de todas suas forças, despido até da própria voz.

27

Vínhamos procurando por Número Dez há duas semanas quando Evan finalmente entra pela porta da frente do acampamento base e diz:

— Nós a avistamos.

— Aleluia! — urra Zoe.

Eu estive observando dos céus com Fergus em busca de um avistamento de Dez. O inverno havia chegado de vez, estranhamente cedo para a estação, assim como todos sabiam que seria. Era o fim de novembro, mas o mundo estava branco. Sem o seu colar de rastreamento, Dez estava invisível à nossa tecnologia, e os dias procurando de avião também não obtiveram sucesso. Agora ela já reconhecia o som do avião e sabia como se esconder. Então enviei Evan e Niels para rastrear pelo solo, desejando estar lá fora com eles, mas ciente de minha inutilidade devido ao tamanho atual de minha barriga. Na trigésima sexta semana de gravidez, minha pequenina compensou o tempo perdido e cresceu em uma velocidade alarmante. Ela estava planejada para daqui um mês, no dia de Natal.

De qualquer jeito, grávida ou não, é difícil caminhar lá fora com tanta neve. Apesar de ser mais fácil rastrear no inverno — os lobos ficam mais lentos e suas pegadas, mais nítidas —, eles são criaturas selvagens e nós somos algo mais domado. Nós nos esquecemos de como nos mover na floresta como se pertencêssemos a ela. Esse é o domínio de Número Dez, e nós somos os invasores. Minha esperança de encontrá-la se esvaía mais a cada dia, mas sempre digo a Bonnie que estamos perto de resolver. Apenas precisávamos que ela segurasse os caçadores um pouco mais para cuidarmos disso nós mesmos. Apesar de me incomodar, eu lhe assegurei que, ao capturarmos Número Dez, nós a sacrificaríamos: seria isso, e apenas isso, que salvaria os demais lobos de Red e seus amigos. Um único lobo solitário deve ser removido para proteger a espécie.

— Onde? — pergunto, ansiosa.

— Na base da montanha Cairn Gorm.

— Por que não a trouxeram?

— Eu tentei, mas a perdi. Ela fugiu e não conseguimos encontrá-la de novo.

— Está brincando comigo? Por que não seguiu suas pegadas?

— Está uma nevasca lá! Não há pegadas!

Meu temperamento se acalma ao ver o quão cansado e com frio Evan está. Ele e Niels estavam lá fora há dias.

— Desculpa — digo. — Vocês fizeram bem em encontrá-la. Vão para casa e tomem um banho. Durmam um pouco.

Enquanto Evan sai caminhando pesado, digo a Zoe para baixar as localizações de Evan para que eu possa dar uma olhada no local onde ele avistara Dez. Ele está certo em dizer que é longe — na parte mais profunda do coração das Terras Altas, o primeiro lugar que suspeitei que chamaria a atenção dos lobos. Levaria dias para chegar tão longe nesse clima tão severo. Eu não acho que posso pedir para Evan sair de novo amanhã. Ele está no limite e Niels é péssimo em rastrear mesmo sem uma nevasca. Além disso, nossos cavalos estão exaustos e Dez poderia já estar longe daquela área quando alguém chegasse lá.

— Isso é um maldito pesadelo — diz Zoe, observando a esperança desaparecer de mim.

— Está tudo bem. Vai ficar tudo bem. Vou fazer algumas ligações, ver se alguns antigos colegas podem vir nos ajudar. Precisamos de mais pessoas. Dez não vai cruzar a montanha com esse tempo, então imagino que circulará pelo sul, de volta à alcateia. Nós poderemos cruzar com ela mais perto de casa, onde as condições não estão tão ruins e nós temos mais ajuda.

Agarro meu telefone e vejo que tenho duas chamadas perdidas de Duncan, o que é estranho, mas não tenho tempo para me preocupar com ele agora. Estive lidando com Bonnie na linha de frente dos lobos, então qualquer coisa que ele tenha para falar pode esperar. Faço algumas ligações e organizo para alguns dos meus colegas de Denali virem de avião o mais rápido possível. A maioria está ocupada com trabalho que não pode abandonar, mas alguns estão ansiosos para ajudar, dizendo que vinham acompanhando o progresso do projeto pelo noticiário há meses.

Passo pelos estábulos. Nós mudamos Gall para cá no inverno, porque não tínhamos uma baia em casa para mantê-la aquecida. Eu a alimento com algumas maçãs, então faço o mesmo com os cavalos exaustos que cruzaram o campo por semanas. Escovo cada um deles e avalio seus cascos, antes de retornar para Gall e acariciar seu pescoço.

— Queria poder levá-la para casa — digo-lhe com carinho. — Aggie está com saudade. — Ela pressiona seu focinho em meu pescoço e eu fecho os olhos, respirando o calor de seu cheiro.

Depois percorro as estradas congeladas de volta para casa.

Aggie não responde à minha chegada. Presumo que esteja na cama, onde esteve o dia todo, mas, em vez de tentar convencê-la a sair para comer a refeição que preparara para ela, eu a deixo em paz. Não posso encarar seu silêncio hoje à noite. Lá se foi minha esperança de que ela tivesse superado um obstáculo. O ataque de Colm a enviara de volta ao buraco e, para ser honesta, eu não me sinto tão longe desse mesmo buraco.

Estou no meio do processo de retirar minhas camadas de inverno quando há uma batida na porta atrás de mim. Bonnie está pálida.

— Entre — digo a ela, puxando-a para o calor. — Você está bem? O que houve?

— Preciso perguntar uma coisa.

— Ok.

Sua energia nervosa é alarmante.

— Sente-se. Posso oferecer alguma coisa?

— Não, obrigada, estou bem.

— É sobre o Colm?

— Não. Estamos de olho nele, não precisa se preocupar.

Sento-me na cadeira diante dela. Minha irmã não sai de seu quarto. Um pensamento corta minha mente como um pequeno pássaro: é porque ela não está lá. Ela está morta.

Não está, não. Duncan a viu. Ele a viu.

— Recebi uma visita de Red McRae — diz Bonnie.

— Ok.

— Ele disse algo sobre você ter ido visitá-lo e ter dito algo que o marcou.

Tentei pensar de novo nessa conversa.

— Aparentemente você achou que o Duncan poderia estar envolvido na morte de Stuart.

— O quê?

— Naquela noite em que ele desapareceu. Você passou a noite no Duncan.

— Sim...

— Você me disse que esteve lá a noite toda. Mas percebi que nunca perguntei se o Duncan esteve lá a noite toda.

Meu coração pulsa forte nas pontas de meus dedos das mãos e dos pés.

— O Duncan esteve com você desde quando saiu do pub até as primeiras horas do amanhecer da manhã seguinte?

Não digo nada, pois não sei o que dizer. E, de algum modo, eu sei. Ele me disse que não matou Stuart. E por mais idiota que possa parecer, mesmo após tudo o que Aggie e eu passamos, todas as lições contrárias, penso que finalmente acredito nele.

— Sim — respondo.

— Ah. — Ela suspira, e posso ver que a conversa exigiu muito dela. — Então o que lhe fez pensar que o Duncan pudesse estar envolvido?

Respiro fundo. Era isso o que eu queria — descobrir a verdade do que aconteceu com Stuart para que pudesse anunciar a todos e eximir os lobos. Esse era o objetivo de tudo o que fiz ao enterrá-lo daquela maneira. E agora que alguém está aqui sentado, disposto a me escutar, tudo em que consigo pensar é como mentir de modo convincente. Assim como não posso deixar os lobos levarem a culpa, também não posso deixar alguém inocente ser responsabilizado.

Balanço a cabeça.

— Eu estava com raiva dele. Estive com raiva há algum tempo já. Ele não me contou que estava dormindo com Lainey. Senti que estava sendo usada ou algo do tipo. Eu só estava desabafando com Red. Mas, por mais que eu queira alfinetá-lo, Duncan esteve comigo na cama a noite toda. É tudo o que sei. Sinto muito por desperdiçar seu tempo.

Ela não diz nada por um bom tempo. Apenas me observa. É um olhar franco desconcertante, e acho que deve ser assim que ela consegue fazer as pessoas confessarem, só para se livrarem desse olhar. Mas eu me mantenho firme.

Bonnie se levanta.

— Ok, obrigada, Inti. Eu só queria saber mais.

— Claro, obrigada por perguntar.

Quando Bonnie vai embora, eu não consigo pensar no que fazer. Ela não acreditou em mim, disso tenho certeza. Seu faro de policial sentiu o cheiro e vai seguir a trilha, seja com a minha informação ou não.

Pego meu casaco, chapéu e cachecol.

— Aggie, volto logo — grito ao sair. Talvez tenha sido por isso que Duncan me ligou hoje. Sinto-me mal por não ter retornado as ligações quando encontrei sinal. Eu tinha que, pelo menos, avisá-lo de que o tornei um suspeito de novo. Avisá-lo de que Bonnie poderia ir procurá-lo.

Em vez de caminhar no frio com os pés doloridos, dirijo a curta distância até o chalé de Duncan. As luzes estão acesas e seu carro está na garagem. Porém, ao bater na porta, não recebo resposta. Bato algumas vezes mais, então vejo que a porta está destrancada. Chamo seu nome, esperando Fingal vir pulando.

Mas não nada acontece, não há ninguém aqui.

O que é estranho.

O fogão à lenha está crepitando como se tivesse sido alimentado há pouco, e isso não é algo que Duncan faria se estivesse prestes a sair. Ele não deixaria o cano da chaminé aberto assim, poderia incendiar a casa inteira. Sua carteira e chaves estão sobre a mesa de centro. Seu carro está lá fora. De pé no meio da sua sala de estar, tento entender onde ele deve estar. Como pode não estar aqui? Será que havia saído com o cachorro para caminhar? Deixando tudo como está?

Ando pela parte externa e fico de pé no escuro.

— Duncan? — grito.

Silêncio.

E então um gemido.

Algo nisso me gela.

Agarro meu celular do bolso e ligo a lanterna. Caminho, lentamente, pelo escuro. A neve diante de mim está branca, intocada, até que vejo uma bagunça de pegadas e de novo em outro ponto com traços de vermelho.

A cor das cerejas e das cristas de pintassilgos-americanos machos. E de sangue arterial.

Primeiro vejo Fingal. Sua barriga está aberta. Seus pulmões se movendo acelerados, pois por algum milagre ele ainda está vivo. Seus olhos estão abertos, me encarando conforme eu passo por ele, sentindo sua dor e desejando parar, mas compelida pelo outro corpo — o corpo humano maior que jaz a alguns metros de distância.

É Duncan.

Sua garganta está aberta. Todo o seu sangue parece ter se esvaído, espalhado pela neve. Todo o meu.

Pressiono minha garganta para mantê-la fechada, não posso olhar, mas é preciso. Vou olhar e sentir tudo o que quer que esteja sentindo, porque essa não será a última vez que o verei.

Eu me agacho, trêmula, fico de joelhos. Estendo a mão sobre seu rosto. E olho. Ele abre os olhos e me choca de maneira tão profunda que dou um grito.

Nenhum som sai da boca de Duncan, mas eu passei uma vida interpretando a linguagem de sinais. Seus olhos transmitem palavras de medo, súplica e amor.

— Está tudo bem. Você está bem — digo, e que coisa absurda de se dizer para alguém que está se esvaindo desse modo, mas não importa. Movo-me sem pensar para pressionar sua garganta, pressionar a neve no ferimento e reduzir o sangramento. Isso dói. Mal consigo respirar, mas não vou deixar minha condição me dominar, não agora.

Meu cachorro, diz seu olhar.

— Fingal está bem. Ele está vivo.

O aperto de Duncan em mim é forte. Ele está me deixando trêmula.

— Eu entendo. Não vou deixá-lo aqui. — Porque ele deve ter tentado salvar Duncan.

Minhas mãos estão escorregadias com seu sangue, que agora recobre todo o meu ser, o seu cheiro, atordoante. Lembro-me de ligar para uma ambulância, mas não há sinal aqui, mais uma vez não encontro sinal. Este lugar remoto, seu isolamento será o fim de todos nós.

— Vou levá-lo ao hospital, Duncan.

Meu cachorro, diz seu olhar.

— Não vou deixar ele aqui. Consegue se levantar? — É óbvio que não, sua garganta está aberta. — Vou arrastá-lo, ok? — Coloco minhas palmas escorregadias sob seus braços e o seguro da melhor maneira possível, então começo a arrastar seu peso pela neve. É muito difícil, mais do que imaginei. Seria difícil mesmo se eu não estivesse grávida de oito meses, mas agora meus músculos tremem em recusa. Isso é demais, impossível. E não é. É apenas levar uma pessoa para um local seguro. Eu consigo fazer isso. Fingal está aqui, estamos passando por ele.

— Não olhe, Duncan, não olhe — digo, mas ele olha, é claro que olha, e algo dentro dele se parte ao ver seu cachorro caído ali, lutando por ar. — Ele ainda está vivo — tento consolá-lo, mas é apenas um conforto gélido porque ambos sabemos que nada sobrevive após ter suas entranhas abertas por um lobo. Duncan chora a dor silenciosa do luto, mas eu continuo o arrastando, preciso continuar.

Ele é pesado, minhas mãos estão escorregadias. Deixo-o cair constantemente, mas o seguro de novo toda vez e continuo a arrastá-lo. Vou arrastá-lo para sempre se precisar, porque a cada passo cambaleante, sei de uma coisa com todas as minhas forças — eu estava errada, ele não matou Stuart e, de qualquer maneira, não importa, pois há um saber mais profundo dentro de mim — a profundidade e a extensão de meu amor por ele.

Olho para seu rosto e vejo seus olhos fechados. Ele está apagado. Um choro foge de mim, mas, ao verificar seu pulso, encontro um sutil resquício de sua pulsação. De algum modo, ainda está respirando, seu coração ainda bate. Nós chegamos ao carro. Abro a porta de trás. Entro, me viro, desconfortável como uma baleia na terra, e o agarro. Ao puxá-lo para o assento, Deus, minhas *costas*, como doem. Mordo minha língua e sinto o gosto de sangue. Há pontos piscando diante dos meus olhos, e sua garganta é a minha, mas agora sinto uma certa dormência se alastrando — uma sensação de fadiga que me inunda e, enfim, ele está no carro. Eu consegui.

Estou prestes a pular para o banco da frente quando...

Meu cachorro, diz seu olhar.

Volto para buscar Fingal. Não vou deixá-lo. Não quando ele morreu lutando para salvar a vida de Duncan. É assim o que os animais partem nosso coração, com sua coragem, com seu amor. Agarro-o em meus braços e o seguro sobre o peito. Ele é mais leve do que pensei que seria. Uma leve criatura sob todo esse pelo. Seus olhos ainda estão abertos, e olho para ele ao me apressar de volta para o carro.

— Bom garoto — digo, de novo e de novo —, tão querido e amado.

E ele parte.

Coloco-o gentilmente no banco da frente. Seus olhos agora fechados. As respirações arfantes haviam cessado.

Acelero ao longo da estrada escura até a cidade. Dirijo rápido demais, mas não tão rápido quanto o veículo permite, ciente de que as tortuosas vias são perigosas à noite, ciente de que não vou salvar a vida de Duncan se bater o carro.

Na entrada do hospital, grito por ajuda, que chega para carregar Duncan em uma maca e deslizá-la para onde não posso mais vê-lo. Afundo-me na cadeira de plástico da sala de espera até uma enfermeira chegar e me guiar pelas portas. Penso, a princípio, que esteja me levando para ver Duncan, mas ela me senta na beira de uma cama, checa minha pulsação e escuta o coração do bebê. Um médico logo chega e faz um ultrassom. Quando explico que nunca estive no médico antes, não durante minha gravidez, ele me olha chocado e começa a dizer todos os tipos de coisas sobre como fui irresponsável e como as coisas poderiam ter dado errado, mas uma parte de mim se desliga e já não posso escutá-lo. Eu encaro o teto e penso no lobo.

Apenas não faz o menor sentido — quem matou Stuart? Se não foi Lainey nem Duncan e não fui eu, então quem? Quem poderia ser?

A resposta estava aqui o tempo todo. A cidade inteira via a resposta, mas eu me recusava. Era muito teimosa, deliberadamente cega, mais empenhada em acusar o homem que amo do que acusar os animais que trouxe. Mesmo sabendo, como eu sabia, que havia um lobo entre eles que não temia humanos, um lobo mais agressivo que os demais, um lobo que não aceitava ser aprisionado. E agora Duncan havia pagado o preço da minha negação.

Sou informada de que ele havia sido levado para cirurgia. Que ficaria aqui por um bom tempo e que seria um milagre se sobrevivesse a esta noite.

Primeiro, vou para o acampamento base para examinar os dados antigos. Nós perdemos Número Dez por um tempo após ela fugir do cercado. Ela correu para o norte. Em direção a nós. Sabíamos disso, então por que não me ocorreu checar? Porque eu não queria ver.

Mas agora verifico. Olho os pontos indicados nesses dados e, apesar de não haver localização na noite da morte de Stuart, há dois em ambos os lados próximos que lhe permitiriam alcançá-lo no ponto cego no meio.

De volta à minha casa, eu me preparo. Red e seus caçadores farão o mesmo assim que descobrirem. A gota d'água. Toda a evidência que precisavam, agora que duas pessoas haviam sido atacadas até a morte. Eles formarão uma caçada aos lobos, abaterão um a um. Mas essa não é a única razão para eu agir. Ou a mais verdadeira. A verdadeira razão é que já fiquei inerte uma vez. Deixei algo terrível acontecer e não tomei a atitude certa. Eu não era forte o suficiente. Desta vez, portanto, encho uma bolsa com suprimentos. Comida e água, fósforos, meias e luvas extras. Um saco de dormir para temperaturas abaixo de zero. Uma caixa de munição. Visto o máximo de camadas possíveis, apesar de não precisar de tantas quanto antes, devido ao pequeno forno na minha barriga que me aquece. Botas de neve, chapéu e luvas.

Aggie aparece de pijamas quando estou prestes a sair. De relance, pelo canto do olho, eu a vejo sinalizar.

Aonde vai?

Da porta, olho para ela.

— Matar um lobo.

28

Antes de o caso ir a julgamento, antes mesmo de a investigação ter início, Gus continuou livre para fazer o que bem entendia e estava determinado a não desistir facilmente de ver sua esposa no hospital. Então esperei pela sua próxima tentativa sem sucesso de passar pela segurança e o segui de volta para casa. Do meu carro, eu o observei entrar na residência, vi sua silhueta na janela do quarto do casal. Peguei uma faca na cozinha. Minhas mãos estavam úmidas de suor, quase não conseguia segurá-la direito. Minha boca estava seca. Não tinha certeza se conseguiria voltar ao quarto, mas esse momento de insegurança passou e eu entrei. Eu me movi com agilidade. Nunca havia matado nada por escolha própria, mas dessa vez era diferente. Pois essa criatura não tinha minha piedade e eu não tinha medo de morrer no processo.

Ele estava na cama. De olhos fechados. A polícia chegaria mais tarde naquela noite para prendê-lo, mas, por ora, ele estava livre e impune.

Posicionei-me sobre ele e ao mesmo tempo estava sobre mim, com a lâmina contra sua garganta e contra a minha.

Gus abriu os olhos.

Ele estava com medo, isso eu via com clareza. Era uma sensação ótima. Gus havia me transformado em algo que apreciava seu medo. Pressionei a lâmina até romper a pele; uma ferroada e uma gotícula de sangue escorreu por meu próprio pescoço.

— Inti.

— Não fale.

— Sinto muito.

— Não sinta. — Minha voz soou como um rugido, um rosnado do fundo das minhas entranhas fluindo por meus dentes.

Eu iria matá-lo.

Ele podia ver e começou a chorar.

Era deplorável.

— Não chore. — Pressionei a faca com mais força, cortando uma linha limpa por sua garganta e doeu, doeu demais. E a dor me aturdiu, fez toda minha garganta se fechar em pânico.

— Ela nunca poderá ter filhos, sabia? Aggie não fala desde então e talvez nunca diga uma palavra sequer. Você fez algo pior do que matá-la. Você a torturou, a degradou e a deixou para viver com a lembrança.

E por fim, a pergunta para a qual eu não podia imaginar a resposta, a pergunta que me faria passar noites em claro.

— *Por quê?*

Mas ele não me respondeu, nunca responderia porque talvez nem ao menos soubesse o porquê, talvez esse fosse o real terror — nunca haveria uma explicação que oferecesse sentido ao que aconteceu. Ele parou de chorar e eu o vi se retrair para o canto gélido de seu mundo interior. Sabia que esse era seu mecanismo de enfrentamento, um que havia transmitido à sua esposa. Eu desejava poder matá-lo mais de uma vez.

Mas ao prosseguir para cortar sua garganta, minha mão não se moveu.

E sabia, com perfeita clareza, que não poderia fazer isso. Mesmo agora, não tenho coragem suficiente. Eu não era minha irmã, que passou a vida inteira arremessando livros em narizes de meninos cruéis por mim, para me proteger, e que puxava gatilhos para eu não precisar atirar.

— Você realmente a amava?

Ele não respondeu e eu fiquei feliz, porque essa questão parou de ter qualquer significado para mim. De qualquer forma, não importava.

É tudo carne. Não passa de maldita carne.

— Nunca mais veremos você de novo. Porque se eu vir a sua cara, mesmo que por um segundo, eu vou matá-lo. *Entendeu?*

Ele aquiesceu uma vez.

Eu abaixei a faca.

Preciso de um cavalo. Dez está nas montanhas, onde não há estradas. Nenhuma de nossas montarias está descansada; nenhuma, exceto Gall. Eu a encilho e, ao prender minha mochila e rifle, percebo meu nervosismo. Não a monto desde o dia em que nos conhecemos no gelo. O dia em que ela quebrou a perna e seu espírito. Estou ciente demais do fato de que não fui eu quem a domou o suficiente para ser montada desde então. Era Aggie que a montava e, a cada dia, Gall se tornou mais calma e confiante. Não quero colocar minha bebê em perigo, mas penso que se Duncan estiver certo sobre confiança, então animais devem reagir da mesma maneira. Talvez essa égua precise que eu tenha fé nela. Ou talvez eu esteja prestes a ser arremessada longe.

Penso em como ela me permitiu abaixá-la sobre o gelo e deslizar meu corpo sobre o dela, como ela se botou de pé e escalou a íngreme encosta apesar de seu ferimento. Minhas mãos tocam seu focinho como fizeram centenas de vezes antes, sinto-a tremer com ansiedade sob minha palma. Sinto minha palma sobre o bater quente e palpitante da pulsação no seu pescoço e no meu, e sei que há uma necessidade de liberdade.

Eu a monto. Ela não bufa ou bate o casco, nenhuma indicação de estar incomodada. Uso minhas coxas para reduzir o impacto do balançar, incentivando-a a seguir em frente, e ajusto meus movimentos aos seus. Há uma fluidez entre nós pela qual sou grata a meu pai, por todos os anos de montaria e por seu entendimento sobre o amor que pode ser transmitido entre cavalo e cavaleiro. E então partimos, submergindo na floresta iluminada pelo luar.

A aurora surge no horizonte quando chegamos no limite do território da toca da Alcateia Glenshee. A noite fora fria e longa, nossa jornada frustrante e lenta ao passo que uma viagem de carro duraria apenas algumas horas, mas não tenho veículo com o qual trazer Gall e, sem ela, eu não poderia seguir além deste ponto. O solo branco brilha sob o sol e o calor do alvorecer preenche meus músculos de energia. Duvido que Número Dez esteja aqui, mas verifico mesmo assim. Do esconderijo, observo os filhotes aproveitarem a luz da manhã e meu peito dói ao vê-los brincando tão alegres. Sinto seus dentes rasparem minha pele, suas línguas lamberem meu rosto, suas patas me jogarem sobre a neve. Posso sentir seus pelos contra meu corpo; e seu calor, sua força e sua certeza — de estar tão em casa no próprio corpo; de se sentir tão relaxado e poderoso — são meus. Um tremor de desejo se move através de mim e estou quase lá, acho que posso sentir, seu poder, a união, a família. A pequenina chuta, seu pé mais forte do que poderia imaginar, e acho que ela também sente.

Preciso sair daqui. O desejo de ficar é forte, a sensação deles é tão visceral. Sinto-me lobo; estou me esquecendo de mim mesma.

Não há sinal de Dez, então preciso seguir para o norte em direção à montanha onde ela foi avistada pela última vez. Seu padrão tem sido sair do centro do parque para suas caçadas e então retornar. Talvez se sinta mais livre ali, onde não há estradas, cavalos ou pessoas. Talvez ela seja mais inteligente do que imaginamos e entenda que é ali onde está mais segura, onde não podemos alcançá-la.

Gall e eu cavalgamos por muito tempo, seguindo vales e cordilheiras através de morros uivantes desolados. Nossa altitude sobe e desce, então sobe novamente. Nossa busca se estende pela cadeia de montanhas. Não há abrigo enquanto subimos e descemos as colinas, não há trégua do granizo congelante e dos ventos cortantes. Mais uma vez, as horas nos levam de volta para a noite — as horas horripilantes que tanto temo. Paramos para comer e beber em intervalos regulares, mas sem descanso. As paradas na cavalgada monótona ajudam a afastar as sombras. No escuro, porém, não tenho chance de ver rastros, fezes ou restos de presas, então quando chegamos a um trecho de terra sem neve, acendo uma fogueira. Faço com que Gall se deite e durmo contra seu corpo para manter nós três aquecidas.

Penso em Duncan e a raiva me preenche. *Estou* com raiva de Dez, mas é tolice; sei que estou, na verdade, furiosa comigo mesma. Por não lidar com ela antes. Por não ver esses ataques como um sinal da escuridão dentro de mim. Nós a tiramos de seu lar e a jogamos em uma terra desconhecida, e esperávamos que ela se adaptasse, mas acho que era pedir demais. Talvez ela esteja com tanta raiva quanto eu.

O amanhecer irrompe no segundo dia e, com ele, encontro rastros que acredito ser de gamos.

As palavras de meu pai ecoam em meu ouvido. *Não há como caçar um lobo. Eles são mais inteligentes do que nós. Então, em vez disso, você caça sua presa.*

Às vezes, e apenas por ter observado tantas durante todos estes anos, acho que consigo detectar as leves pegadas de um lobo *dentro* dos rastros do gamo. Eis a diferença entre um lobo e um cachorro e, de fato, entre um lobo e os demais animais. A elegância e a eficiência de buscar neve compactada — neve que outros animais tiveram o trabalho árduo de compactar — é um modo astuto de reduzir o gasto de energia. Mas agora eu estou em seu encalço.

Após algum tempo, nós seguimos as trilhas de gamos ao longo da extensão de um rio gelado até um enorme lago congelado. A superfície azul e branca brilha sob o sol. A trilha se separa ao longo da margem do lago.

E do outro lado, do nada, há um lobo.

Ela me observa. Um borrão de marrom castanho-alaranjado. Posso imaginar que ela esteja me encarando. Então ela caminha, casualmente, para longe de vista.

Não importa o quanto precise alcançá-la, não sou estúpida o suficiente para levar o cavalo através de um lago congelado sem ter ideia da espessura do gelo. Cutuco Gall e começamos a percorrer a lateral do lago, ainda em um caminhar lento. Não vou instigar um trote ou galope. Minha certeza vai se consolidar longa e calmamente. Não preciso ter pressa. Eu a encontrei. Com paciência, eu *vou* matá-la.

Acompanho os rastros de Número Dez. Sua trilha é limpa e firme na neve. Nós a seguimos com facilidade em direção à base da montanha. Ela deve estar ciente do meu cheiro. Deve saber que estou atrás dela. Mas posso ver que não está correndo, ela caminha com calma, assim como nós. Algo ancestral se atiça dentro de mim conforme seguimos adiante. Puxo o rifle da sela e o carrego com uma bala, ainda mantenho a trava presa e o cano apontado para o céu. Os passos de Gall se tornam os meus, os movimentos rítmicos de seu corpo vibrando através do pulsar de minhas veias.

A criatura adiante lança um uivo.

A linguagem da criatura mais territorial da Terra, me avisando para me afastar ou seguir em direção ao meu fim.

Ela uiva mais uma vez, de novo e de novo, e seu uivo muda de um alerta para um desafio.

As orelhas de Gall se abaixam, mas ela caminha com calma. Minha fúria não tem a mesma calma. O lobo está me provocando um frenesi. Há violência em meu interior, em minhas mãos, que reverbera com a necessidade de exercer algum tipo de controle, alguma rebeldia. Se for vingança pelas coisas que foram tiradas de mim, tudo bem, aceitarei isso também. Estou cansada de ser a presa frágil. Serei, enfim, a predadora. Esquecerei os muros e a autoproteção, e me tornarei aquilo que caço e sentirei tudo.

A neve começa a cair, logo a trilha estará encoberta. Pouco me importa. Há uma clareira adiante, e ela está do outro lado. Mal posso vê-la através da nevasca, mas lá está ela, imóvel e vigilante. Pulo do cavalo, agora inquieto devido à proximidade da loba. Não posso arriscar que Gall me derrube.

Encaro Número Dez como fiz certa vez, apesar de ter sido em uma jaula e agora estarmos bem distante de uma. Ela não se afastou de mim na época. Desta vez, tenho um rifle a postos, mirado em seu peito. Desta vez, estou pronta, esperando por seu ataque. Ela tirou algo amado desse mundo. De mim. Antes, eu não era forte o suficiente para tomar a decisão certa, mas agora sou, eu serei.

Removo a trava de segurança.

Ela não se prepara para o ataque. Apenas me observa.

Minha mão pausa no gatilho.

A maré de fúria passa.

Dez não é um ser humano que difere o certo do errado. Não se pode ficar com raiva de um animal, não se pode odiá-lo, nem se vingar dele. Isso não faz o menor sentido. Ela não matou por ser cruel. Ela matou porque há instintos em seu corpo que a compelem a isso, a se proteger de ameaças, a sobreviver, a se sustentar e a viver.

Todo aquele sentimento se esvai, então o que resta é apenas uma enorme e profunda tristeza.

Puxo o gatilho.

Porque, gostando ou não, amando-a ou não, ela atacou duas pessoas. Porque se ela não fosse abatida, todos eles seriam. Porque esse é meu trabalho — uma parte terrível dele. Mas não porque ela mereça a punição ou porque eu buscava vingança.

Meus olhos se fecham. E ao abri-los novamente uma parte seria arrancada de mim.

Permaneço imóvel, revendo todas as maneiras que poderia ter evitado esse desfecho. É devastador e claro para mim agora o que eu poderia ter feito desde o início: eu deveria ter incluído os fazendeiros no processo, trabalhado com eles em vez de tratá-los como inimigos. Eles podem ter demonstrado animosidade, mas os riscos eram altos. Eu deveria ter sido maior do que isso, liderado o caminho para a cooperação, em direção ao compartilhamento do planeta. Ninguém pode retribuir confiança se você não a oferecer primeiro.

Dez ainda está respirando. Cruzo a clareira até ela. A bala perfurou seu pescoço; posso senti-la no meu, afiada e pungente.

Agacho ao seu lado e coloco a mão em sua testa, acariciando sua pelagem macia.

— Sinto muito — sussurro. — Sinto muito. — Seus olhos encaram os meus, e desnudo minha alma, me revelo por inteiro para ela. E ela me vê, e morre.

Todas as criaturas conhecem o amor.

Acaricio-a por um bom tempo.

É o frio, no fim, que me força a me mover. Não por desejar deixá-la. Eu não quero, nunca. Trouxe uma lona para envolvê-la e, uma vez protegida pelo material, instruo Gall a ficar de joelhos e coloco o corpo de Dez em suas costas. Estou, de certo modo, impressionada que Gall esteja disposta a carregar esse peso, mas, verdade seja dita, ela sempre foi corajosa. A loba não é tão pesada quanto parece, é uma criatura elegante, de formas esguias. Parece quase delicada agora que sua ferocidade se foi, que foi roubada. Não é a primeira vez que odeio meu trabalho — a humanidade do ofício. Eu a deixaria aqui para alimentar outros animais, para alimentar a terra, se não precisasse mostrar a Red e aos caçadores a prova de sua morte; se meu trabalho não exigisse que eu examinasse seu restos mortais.

Subo no dorso de Gall mais uma vez, me encaixando ao corpo de Dez para poder sentir seu calor se esvaindo contra a base das minhas costas. E então vem a cólica.

Já senti cólicas antes. Mas isso... é mais intenso.

A pequenina está me pressionando por dentro. Sinto uma pressão e um desconforto, e então a sensação para. Estou começando a cavalgar de volta para casa com um pensamento no fundo da mente e outro alto e claro: não, é muito cedo para isso. Não posso ser tão azarada.

A não ser que seja minha culpa. O movimento do meu corpo, a expansão de minha alma. Chamando por algo antes da hora.

Agora não, pequenina, lhe digo. *Apenas aguente mais um pouco.*

Mas as cólicas persistem, crescendo em intensidade e frequência, até eu não poder mentir para mim mesma. Está acontecendo. A única questão é se chegarei em casa a tempo ou não. O trajeto geralmente leva horas, não é? *Dias* talvez?

O caminho de volta é mais curto. Chegamos até aqui traçando círculos e agora posso cortar direto pela Floresta Abernethy, passar por minha casa e seguir para a cidade até o hospital onde Duncan está. É o último trecho, mas ainda longo. A floresta se estende adiante, mas estou imensamente grata por estar em seu abrigo.

As árvores sussurram.

Siga em frente.

Só um pouco mais agora.

A pressão é tanta que preciso descer do cavalo. Preciso me mover. Ofegante, xingo e caminho em círculos. É desnorteante de tão desconfortável, tão desconfortável que parece impossível meu corpo sustentar essa sensação, mas ela persiste. E meus pensamentos deixam de ser racionais, começo a tentar barganhar com os céus e as raízes. Não consigo entender o que diabos eu deveria fazer ou como fazer isso parar, mas definitivamente, preciso que pare.

Posso ver que Gall está nervosa, mas não tenho a capacidade de meu preocupar, até que emito um gemido longo e baixo, como o mugido de uma vaca, e ela se agita em alarme e dispara, trotando para longe e me deixando aqui. E agora eu recupero a capacidade de me preocupar.

Então caminho entre as contrações, o máximo que consigo, até que venha a próxima. Minha pele está tão sensível que até minhas roupas machucam, e eu daria qualquer coisa para me livrar delas, mas estou lúcida o suficiente para saber que seria uma ideia muito estúpida. Devo começar a pensar no bebê. Venho sendo tão teimosa. Uma covarde. Eu a expus ao perigo porque estava aterrorizada do quanto poderia amá-la e como poderia ser engolida por ela. Não poderia me permitir tamanha vulnerabilidade então, em vez disso, eu a tornei vulnerável — e isso é imperdoável.

Converso com ela enquanto caminho pela neve. Digo todas as coisas que poderia ter dito ao longo de oito meses, se tivesse sido corajosa o suficiente. Anseio que ela viva; parece tolice porque é dela a vontade de viver que toma meu corpo a cada poucos minutos, sua força apesar dos meus esforço de ignorá-la. Ao ficar com os joelhos e as palmas das mãos sobre a neve, sei que devo ficar o mais calma possível, devo buscar por uma força que seja páreo para a dela.

Não sei quanto tempo se passou antes de eu precisar tirar minhas calças. Tenho que me esforçar para não empurrar, nem sei como fazer isso e, ainda assim, não posso, mas preciso. Nunca estive mais aterrorizada. Nunca mais calma.

Tiro as botas, as calças e a roupa íntima, deixando as meias, e crio uma cama no solo com meu casaco. As árvores estão acima e ao redor, balançando. Aqui estou em casa e feliz. É tão certo eu estar aqui depois de tudo. Sempre estava fadado a ser aqui.

A dor começa a tomar conta e a inchar dentro de mim, explodindo com um urro animalesco que assusta os pássaros nas árvores. Ela está rasgando através de mim, tudo está tão contraído que me esqueço de respirar e vejo pontinhos diante de meus olhos. Penso que o corpo humano é uma falha da evolução, pois não foi feito para suportar tamanha dor. Nosso formato é inadequado, nossa capacidade inadequada e, mesmo assim, as mulheres fazem isso todos os dias e sobrevivem — e é isso o que farei, farei e sobreviverei, porque depois devo levar o bebê para um local seguro.

Com meus dedos tento sentir sua cabeça, só consigo ter certeza de que há algo duro e úmido ali, mas não tenho como saber se é seu crânio, apenas espero que seja. Ainda estou me movimentando, incapaz de encontrar a posição certa — de costas é um pesadelo, mas de quatro não consigo alcançar para amparála —, então me levanto e recosto minha cabeça contra uma árvore. O tronco me fornece apoio, dobro meus joelhos e me estico para pegá-la. Dentro de mim, há uma certeza que eu desconhecia. Essa dor é minha, não é um truque da mente, não é roubada. Não pertence a qualquer pessoa além de mim. Este é meu corpo, esta é a minha filha. Posso senti-la e ela é *minha* e, neste momento, a verdade disso é tão poderosa que consigo forças para um empurrão poderoso. Sua cabeça e seus ombros forçam passagem e o restante dela desliza para liberdade. Minhas mãos a agarram pela perna e a puxam para meus braços. Ela está da cor de hematomas e coberta em sangue e muco uterino, então levo minha boca ao seu rosto e sugo para limpar suas vias respiratórias. Ela respira profundamente e está respirando em meus pulmões, os pulmões que compartilhamos. Eu pensava que minha condição era um truque mental, uma maldição, um peso a ser carregado, mas neste momento — é uma *dádiva*. Ela abre os olhos.

E olha para mim.

Sou dividida ao meio e duplicada ao mesmo tempo.

Escorrego até o chão sobre minha cama improvisada e a coloco sobre meu peito, contra minha pele, e a guio até meu seio para que possa mamar. Ela agarra de primeira, com pouca dificuldade. Sinto vagamente a placenta se soltar de mim, mas estou focada demais em seu rosto para notar. Ela é tão pequena. Não sei se ela está recebendo nutrição de meu peito despreparado. Corto o cordão umbilical com meus dentes e a enrolo em minha camisa térmica grossa. Não suporto a ideia de colocá-la no chão nem de soltá-la por um segundo que seja, mas preciso me vestir ou morrerei congelada. Então a deito e depois desastradamente visto minhas roupas e a pressiono ao meu peito dentro do casaco aquecido. Não tenho forças sobrando em meu corpo, minhas pernas estão quase paralisadas pela fraqueza. Estou sangrando bastante e isso me assusta, mas não há tempo para descansar. Preciso levá-la para algum lugar aquecido, onde possa receber cuidados. Então, dentro de mim, encontro um resquício de força, me levanto e começo a caminhar.

Ela adormece em meus braços, essa pequena criatura. Nós duas somos acalmadas pelo cheiro uma da outra. Eu lhe ofereço todo o calor que tenho. Deixando uma trilha vermelha no caminho.

Em algum ponto, percebo que estive seguindo uma silhueta adiante, mantendo meus passos sincronizados com os dele.

— Pai — chamo, e ele para e se vira.

— Minhas meninas — diz ele, com tanto amor.

— Onde esteve?

— Na floresta.

Engulo essa coisa dolorosa dentro de mim.

— Ela cuidou de você?

Papai sorri.

— Sim.

Fecho os olhos.

— Não é linda? — diz ele, agora ao meu lado. — Continue em frente, querida.

— Estou exausta.

— Sei que está, mas mostrarei o caminho.

Sigo meu pai pelas árvores até ele ser engolido pelo cair da neve.

Quando anoitece, preciso parar. Estou me movendo muito devagar. Não fiz progresso suficiente e agora está frio demais para me mover: meu corpo não me obedece. Tento fazer uma fogueira para nós, mas Gall fugiu com meus fósforos e minhas mãos tremem, rígidas demais para eu conseguir usar meus dedos. Então me agacho contra a base de uma árvore e pressiono meu corpo ao redor de minha filha, cuja calma me oferece coragem.

— Vamos começar a caminhar assim que a luz voltar — sussurro para ela. — Vamos caminhar para sempre se for preciso. Nunca vou parar. Você está segura, minha pequenina.

Estou sangrado ainda mais agora, mas estarei de pé novamente em breve.

O cheiro deles me alcança antes. Na escuridão das primeiras horas vem o almíscar delicado anunciando sua aproximação. Esta é sua floresta e eles também foram alertados pelo meu cheiro, pela trilha que deixei para trás. Abro os olhos. Não dormi, mas permaneci deitada em um limbo, quase congelada, deslizando entre a consciência e a inconsciência.

Meu primeiro pensamento consciente em horas é: a noite está muito fria para sobreviver. Nós vamos morrer aqui.

O segundo é: os lobos vieram.

Meu desejo de lutar é imenso. Vou me levantar e correr na direção deles, vou assustá-los. Se não se assustarem, vou lutar com eles com unhas e dentes. Vou despedaçá-los. Farei de meu corpo um escudo, farei *qualquer coisa*. Não vou deixar que a machuquem.

Se comparado ao corpo, a imensidão de um desejo ainda não é nada. O corpo é nosso mestre e só pode responder até certo ponto. Tento me levantar, mas nada acontece. Tento gritar, mas apenas um engasgo surge. O frio é muito profundo e eu havia perdido muito sangue.

Os lobos emergem entre as árvores. Seus olhos refletem o luar.

Eu me viro, cubro minha filha com meu corpo e a olho com seu pequeno casulo. *Sobreviva*, imploro a ela.

O ar entra em meus pulmões.

Mas ela não me ataca, a menor dos lobos, já quase crescida e ainda branca como no dia em que a segurei em minhas mãos. Ela deita seu corpo ao meu lado. E o restante de sua alcateia se junta a ela, pressionando seu calor ao nosso redor e nos salvando do frio. Afundo meu rosto em seu pescoço branco e choro.

29

Ao acordar com a luz do amanhecer, eles se foram, e me pergunto agora se eram reais. A infinitude do mistério dos lobos. Estou delirando ao me forçar a ficar de pé. A pequenina está adormecida há muito tempo.

Caminho, um passo doloroso após o outro. Estou impressionada que ainda tenha restado sangue dentro de mim.

Ouço um barulho. Reconheço esse barulho. É um cavalo. Meu corpo vai ao chão e, desta vez, não consigo me levantar de novo.

Não importa. Ela nos encontrou.

Estou imaginando?

Ela pula do dorso de Gall e corre até mim. Está aqui, minha irmã está aqui, e não importa que eu não consiga me levantar. Não há possibilidade nesta vida de ela deixar que algo aconteça com minha pequenina. Ela é uma protetora.

Aggie beija minhas bochechas, minha testa e pega a bebê em seus braços. Seus braços, que estão cobertos de sangue escorrendo pelas mangas. Estou confusa, não entendo o seu sangue.

Mas ela fala com minha filha, e eu ouço sua voz:

— Pequenina. — E eu começo a chorar de novo e ela também.

— Leve-a — digo.

Aggie encontra meus olhos e não precisamos de palavras. Ela sabe o que há dentro de mim, nos recantos mais distantes de mim. Não consigo subir em um cavalo, tamanha minha hemorragia, e, mesmo se conseguisse, Gall ficaria muito lenta tendo que nos carregar. O que importa agora é o tempo. É a bebê, ela não se move há um bom tempo, tempo demais. E então Aggie aquiesce e coloca seu casaco ao meu redor, me beija mais uma vez, e diz:

— Voltarei para você. Aguente firme.

Escuto sua voz em minha mente muito depois de ela carregar minha filha para longe.

No sonho, estou sentada diante da lareira de Duncan com a cabeça de Fingal em meu colo. Há móveis retorcidos por todos os lados. Sua mão larga acaricia meu cabelo, devagar e gentil, seus lábios beijam minha têmpora.

— Você sabe o que aconteceu — sussurra ele, respirando em meu ouvido.

Eu sei.

Agora eu sei, finalmente.

— Ôa!

Um grito surge a distância. Talvez seja no Outro Mundo. Eu estive deslizando entre os dois há horas — o véu é fino como papel.

Resisto em gritar, feliz onde estou. O fogo é quente. Seu toque é tudo.

— Logo à frente!

Inti, diz ele, e eu digo, *Duncan*, e nós dois dizemos *não vá*, mas é tarde demais. Eu me vou, de volta ao frio.

Há quanto tempo estou aqui? Há quanto tempo Aggie se foi? Ela conseguiu chegar a tempo? O céu está girando. As nuvens de neve giram em círculos. Há flocos de neve caindo lentamente em meu rosto, em meus cílios e em meus lábios. Posso sentir o gosto em minha língua.

Um rosto surge.

É Red McRae.

Minha esperança míngua. Acho que ele me deixará aqui. Seria o fim de seus problemas. Mas ele me levanta em seus braços e diz:

— Está tudo bem, querida, você está segura agora.

Agarro-me nele enquanto ele me carrega para casa, pensando que não sei nada sobre ódio ou amor, sobre crueldade ou gentileza. Eu não sei de nada.

30

Acordo e encontro minha irmã na cama comigo — e um bebê entre nós.

Aggie esteve de olho em nós duas enquanto dormíamos. Nossas mãos estão entrelaçadas, a dela é tão quente. Agora ela sorri para mim e eu sorrio de volta.

Mais tarde, quando as coisas começam a fazer sentido de novo, ela se move para a cadeira, oferecendo espaço para que eu possa amamentar. Eu havia sido costurada, recebido transfusão de sangue e estou no soro. Meu corpo dói, em grande parte devido à exaustão. A pequenina recebeu fluidos e calor, e tem sido monitorada. Ela tem icterícia e eu não estou produzindo leite suficiente, mas ela está milagrosamente em um bom estado de saúde.

É magra, com um cabelo denso e escuro, e o rostinho mais lindo e amado que já vi.

Aggie me diz que estava aguardando meu retorno quando Gall apareceu carregando sua carga. Aggie removeu o lobo das costas da égua, então a virou de novo e seguiu a trilha de volta até me encontrar — muito mais rápido do que minha jornada. É estranho escutá-la falar. Estou desacostumada com sua voz e, ao mesmo tempo, é como se ela nunca tivesse parado de falar.

Nós ficamos quietas por um tempo, escutando os bipes das máquinas que ecoam pelo corredor, e fico maravilhada pela sensação de amamentar, a intimidade, mesmo que a pequenina não esteja recebendo muito. Insistir, aparentemente, ajudará.

— O que houve com seu braço? — pergunto a Aggie.

— Um cachorro.

Eu a olho, franzindo as sobrancelhas.

— O quê?

Ela não responde e me recordo do sonho, e eu sei.

A história vem em pequenos bocados, o máximo que Aggie consegue dizer por vez. Ela usa sinais assim como sua voz, porque sinalizar não é um hábito que ela perderá em questão de dias, talvez nunca.

E assim prossegue.

Quando Lainey deixou Stuart na beira da estrada, ela pensou que o estava deixando para ir atrás de Duncan, mas em vez disso ele caminhou para minha casa. Era eu quem o estava acusando publicamente de agredir a esposa. Era eu quem estava vulnerável. Duncan é um alvo muito forte para a fúria já humilhada de Stuart.

Aggie acorda no meio da noite com uma batida furiosa na porta. Não há dúvida em sua mente de que se tratava do que esperava: Gus a havia encontrado. Ela agarra uma faca afiada na cozinha, como viria a fazer diversas vezes quando a necessidade surgia, e olha pela janela e vê um homem. Seu marido, vindo acabar com ela. Ela decide acabar com ele primeiro. Sente a agitação. A necessidade. E o medo capaz de obliterar todo o resto, de engolir tudo por inteiro.

O homem está gritando. Urrando o nome de sua irmã, cuspindo impropérios. Como eu ouso meter o nariz nos problemas dele.

Há um solavanco de dissonância cognitiva conforme o rosto do homem muda diante dos olhos de Aggie. Não é seu marido, mas é *um* marido — um que agredia a esposa. Afinal, eu havia comentado sobre ele. Falando sem parar com uma mulher que eu pensei que não pudesse me ouvir, mas acontece que ela escutava esse tempo todo e não gostava do nome Stuart Burns. Ela o havia visto, assim como eu, sentado no carro além da cerca de nossa casa, nos observando.

Quando o homem desiste e caminha para a floresta, Aggie o segue. Ela está muito assustada, ainda mais agora do lado de fora, mas reúne coragem. Ela é a corajosa de nós duas. E sempre esteve mais confortável com a raiva do que eu.

Ela o chama.

— Stuart.

Ele se vira e responde:

— O quê? — Como se fosse normal ser chamado assim no escuro da noite. Ele a reconhece, pensa que sou eu. Stuart avança, pensando em me ensinar a lição que tanto ansiava por compartilhar. Mas antes que pudesse tocar em

Aggie, algum instinto se apodera do braço de minha irmã. Ela o esfaqueia e o corta com a faca serrilhada.

Então se vira e caminha para casa. Simples assim.

O que nenhuma de nós sabia era que havia alguém observando da estrada, pensando que ela era eu.

Há um longo silêncio enquanto nós duas retornamos daquela noite na floresta e seus fantasmas. Sinto-me tremer e me pergunto como não deduzi antes. A pequenina havia se cansado de se alimentar e adormeceu.

— Prometa que nunca dirá a ninguém — peço a Aggie. — Se ele for encontrado, deixaremos que pensem ser resultado da caçada de Dez, e vou admitir que fui eu quem o enterrou para tentar proteger meus lobos.

Aggie me encara por um bom tempo, mas não responde. *E Duncan?* Eu quero perguntar, mas já sei a resposta e não suportaria ouvi-la em voz alta. Algo em mim vai perecer com ele, após a certeza de que ele está morto e foi ela quem fez isso.

Já posso imaginar como deve ter acontecido.

Aggie vê que tenho medo dele e é só isso de que precisa. A lição que a vida lhe ensinara. Ela percorre o mesmo caminho pela floresta mais uma vez, agora mais a fundo. Carrega consigo a faca. Espera do lado de fora da casa de Duncan até ele emergir. Talvez ele deixe o cachorro sair primeiro. Fingal late ao sentir o cheiro de alguém entre as árvores. Duncan o segue para ver qual o problema. Talvez Aggie tivesse apenas a intenção de assustá-lo. Ela queria que ele ficasse longe de mim, mas talvez o cachorro tenha a amedrontado e o homem avança. Então ela levanta a faca e corta a garganta de Duncan. O cachorro a ataca, fincando os dentes em seu braço. Ela é forçada a cortá-lo também, então corre, deixando ambos onde caíram. Minha irmã inseparável.

— Estava tão cansada de sentir medo — diz Aggie, e dá para ver, sua voz parece tão exausta. — Eu não queria essa prisão para você também.

Entendo. É por isso que disse que havia matado Gus. Para libertá-la.

— Por que naquela noite? O que a fez ir até Duncan naquela noite?

— Ele veio até nossa casa. Mais cedo naquele dia. Você estava no trabalho e eu não atendi. Ele estava batendo na porta toda hora, chamando meu nome, dizendo que queria conversar comigo e eu só... sabia que ele não pararia de tentar encontrá-la. A não ser que eu o parasse.

Ah, Aggie.

— Eu o amo — confesso.

Ela pisca e sua boca forma um *oh* em surpresa. *Não*, Aggie sinaliza. Uma recusa.

— Eu amo. Ele nunca fez nada para merecer ser temido. Foi Gus quem fez isso.

Aggie fecha os olhos. A terrível dor a percorre. *Eu pensei que estava acontecendo de novo.*

Eu também, sinalizo de volta. Mas, na verdade, éramos nós que não merecíamos confiança.

Há uma batida na porta. Eu me viro na cama para ver Red e Douglas McRae colocando as cabeças educadamente para dentro do quarto.

— Tudo bem receber visitas?

— Sim, entrem.

Os dois homens se arrastam para dentro. Douglas está segurando um buquê de flores, o qual ele coloca na mesa ao meu lado, derrubando um copo de água no caminho.

— Olha só essa mocinha — diz o velho senhor, pegando minha filha em seus braços e a embalando com a facilidade da prática. Pisco surpresa. Tudo bem, então.

Red olha para mim e para Aggie.

— Há duas de vocês.

Eu os apresento e Red oferece um aceno de cabeça educado a Aggie. Ela o olha de cima a baixo, avaliando-o friamente.

— Dizem que você mesma atirou no lobo — acrescenta Red, olhando para mim.

Pelos crimes de matar duas pessoas, crimes que ela não cometeu. Nunca vou me perdoar por este erro, mas, no fim, Dez seria destruída de qualquer jeito, pois deixou um rastro de rebanhos mortos e a fúria do homem é absoluta.

— Ela está em casa — digo. — Você pode ir e ver por si mesmo... se precisar de provas.

Ele balança a cabeça.

— Acredito em você. Eu cancelei a caçada.

— Obrigada.

Red se remexe desconfortável e eu aguardo para ver o que o incomoda tanto.

— Ela... — Ele hesita. — Ela demonstrou medo no fim?

Sou pega de surpresa por sua pergunta e avalio seu rosto.

— Não. — Minha garganta pinica. — Estava bem calma.

— O meu também. O macho grande. — E então ele admite, com leveza: — No momento em que puxei o gatilho, eu soube o mal que havia cometido.

Fecho os olhos. A cama se move quando minha irmã se senta ao meu lado e toma minha mão.

— Pelo que vejo — diz Red, rispidamente —, você e eu temos muito o que discutir. Nada disso dará certo se não conversarmos.

Um enorme peso deixa meu peito.

— Concordo plenamente, Red.

Mais tarde, após dormir um pouco, observo minha irmã com a bebê, balançando-a gentilmente em frente à janela.

— Sinto muito, Aggie — digo. Eu lhe devia isso há muito tempo.

Ela me olha.

— Sinto muito por não impedir aqueles monstros. Sinto muito por não lutar.

— Você não podia. Eles estavam agredindo você também.

Balanço a cabeça.

— Isso não é verdade.

Minha irmã sustenta meu olhar.

— Você entrou comigo. Eles estavam agredindo você também.

— Você estava tão longe.

— Você estava comigo. Sempre esteve comigo.

— Eu não matei Gus — digo.

Aggie absorve minhas palavras. Ela respira cansada, então inclina a bochecha sobre a da bebê.

— Ok, isso faz sentido.

— Eu tentei, Ag. Sinto muito. — Eu o odeio tanto pelo que fez, pelo que tomou dela. E de mim também. Tanto tempo desperdiçado com medo dos outros.

— Eu te amo — ela me diz.

— Eu te amo.

Olho para minha filha e ela me ajuda a reunir forças.
— O Duncan...?
— Está esperando por você.

Com a pequenina em meus braços, minha irmã me guia na cadeira de rodas até o quarto dele. É em outro andar. Duncan está conectado a monitores e ao soro. Há bandagens grossas ao redor do pescoço. Seus olhos estão fechados, o rosto pálido. Aggie me empurra até a lateral da cama, o mais perto que consegue, então nos deixa sozinhos.

O sol se move pela janela, nos banhando no calor da luz do entardecer. Nós o esperamos acordar. Talvez devido aos doces barulhos da pequenina, logo ele abre os olhos. Ao nos ver, lágrimas escorrem por suas bochechas.

Há um bloco de notas e uma caneta na bandeja ao seu lado. Ele escreve algo e segura diante de si. *Você salvou minha vida.*

Sinto meu peito inflar com a certeza de que ele estava certo. Ele estava tão certo. Poderia ter se tornado seu pai, mas optou por se tornar sua mãe. Todos nós temos essa opção, e a maioria toma esse caminho. Há crueldade a qual sobreviver, contra a qual lutar, mas há gentileza acima de tudo. Nossas raízes são profundas e emaranhadas. É isso que carregamos dentro de nós, o que levamos conosco, o modo como cuidamos uns dos outros. Olho para nossa filha e digo a Duncan:

— Você salvou a minha também.

Disseram que eu talvez nunca mais possa falar, escreve ele.

Sorrio.

— Há linguagens sem palavras, sem vozes. Eu vou te ensinar.

Ao pegar a filha, suas mãos são tão ternas que tremem.
— Com calma — digo.

31

Agora estamos em casa. Ainda não descobrimos como lidar com nossas novas vidas, dois ninhos entrelaçados, mas existe uma criaturinha em quem pensar. Não sei como cada um de nós encontrará seu espaço, porque não somos mais só nós duas, agora somos quatro.

Duncan fez uma declaração por escrito dizendo que havia sido atacado por um lobo, como todos imaginaram. Eles não investigaram mais a fundo os tipos de ferimentos que ele recebeu — uma faca afiada em vez de dentes de animais, um corte em vez de um rasgo. Não questionaram, pois ele é o chefe da polícia e porque esse é o resultado que fazia sentido para eles — um crime que já havia sido punido. Afinal, eu matei o monstro. Número Dez morreu por uma mentira. Por um erro meu. Ela vai se tornar uma lenda, e os lobos sofrerão por isso, porque não foram eles que vieram para este lugar derramar sangue. E, sim, minha irmã e eu.

E Duncan foi o primeiro a descobrir. Após conhecê-la, constatar nossa semelhança e o estado em que ela estava, criou uma teoria. Fergus o chamou de perdigueiro e, de fato, ele era. Adivinhou tudo e ainda fez tudo que pôde para nos proteger. Isso é algo que jamais esquecerei.

Esta noite, enquanto Aggie banha a pequenina, Duncan e eu estamos sentados diante da lareira. Suas mãos correm pelo meu cabelo, e revivo meu sonho acordada.

Ele escreve em seu caderno.

Ela precisa ser internada. Ainda pode ser um risco para os outros.

Encontro seus olhos escuros.

— Não posso, Duncan.

Ele abaixa a caneta, mas eu sei que não é o fim dessa conversa. É o policial dentro dele. O protetor. Ele é muito parecido com ela nesse sentido.

Telefono para mamãe, incerta de como posso colocar em palavras tudo o que aconteceu, e sabendo que preciso.

Ela atende rápido.

— Aí está você, querida. Eu não parava de ligar. Tenho que falar algo para vocês duas.

Isso me surpreende, então seguro meu próprio turbilhão.

— Jim e eu vamos nos casar.

Eu gargalho.

— Como isso aconteceu, mamãe?

— Bem, eu mesma estava tentando entender e me ocorreu uma coisa. Lembra quando lhe contei sobre a linha do tempo? Sobre criar uma linha do tempo para solucionar um caso?

— Sim.

— Meu pensamento fez exatamente isso. Sim, as pessoas cometem atos terríveis umas com as outras. E nós nos lembramos dessas histórias, nos lembramos da dor, mas lembramos porque isso se destaca. É um ponto na linha do tempo, algo que ocorreu que não se encaixa, e isso porque o resto da linha do tempo, na qual toda a nossa vida se passa, é feito de gentileza. Esse é o normal, é tão normal que nem percebemos.

Sorrio.

— Mamãe. Você pode vir para a Escócia?

— Pensei que nunca fosse me chamar.

Aggie e eu levamos Gall para caminhar ao redor do pasto enquanto Duncan prepara o jantar com nossa filha no *sling* em seu peito. Nós duas estamos olhando, mais uma vez, para o céu em busca das luzes, mas elas não retornam até nós, não esta noite. As estrelas e a lua estão sozinhas lá em cima.

Depois de um tempo, falo na quietude.

— Vi papai — digo com gentileza. — Quando estava na floresta.

Aggie busca em meu rosto por mais respostas.

— Como ele estava?

Sorrio.

— Sendo o papai.

— Ela ainda te chama, não é? A floresta?

— Sempre. — Mas meus olhos recaem no Chalé Azul aconchegante e no que ele contém. — Está mais calmo agora.

— Acho que finalmente entendo — diz Aggie com um sorriso. — Que lá é o seu lugar. É o nosso lugar.

Você acorda cedo. Há uma forte neblina. Sua égua espera por você, como sempre. E você a guia em direção aos morros.

Você estava saudável, cuidando de nossa pequena família — até mesmo de Duncan, apesar de haver algo pesado e irrevogável entre vocês. Você tomou algo precioso dele, e ele sabe que você está doente, ainda está. A vida é estranha, nós fazemos o nosso melhor. Ele é muito bom em perdoar, aprendeu muito cedo. Você estava feliz, sei que estava. Há um propósito agora e nós deixamos Gus para trás. Então por quê?

Você caminha ao longo da cordilheira para assistir ao nascer do sol dourado. O relincho de Gall é quente, sua boca lambe a palma de sua mão. É lindo aqui em cima. É vasto. Com o mundo acordando aos seus pés, você é livre.

Talvez seja culpa por toda a violência. Talvez isso viva dentro de você de um modo que não possa ignorar.

Talvez pense que você ficará entre nós ou apenas deseje buscar espaço para algo novo. Ou porque a dor não desaparece, nunca desaparece, mesmo no meio dessa nova vida.

Talvez seja porque você finalmente pôde ter certeza de que eu ficaria bem sem você.

De fato, não sei ao certo. Mas acordo uma manhã para ver que você se foi.

Você deixou um bilhete sobre a mesa.

Com as singelas palavras: *Fui para casa. Beijos.*

E levou Gall com você.

Deixo a pequenina com Duncan e saio em sua busca. Rastreio o que posso, mas a trilha desaparece. Chamo seu nome com a voz dilacerada pelo luto, mas já fiz isso antes e sei como termina. Você seguiu a trilha de papai, como os animais fazem. Você se lançou na floresta selvagem para morrer.

Ou talvez tenha ido para viver.

Epílogo

Em uma noite fria do mês passado, Ash, a líder da Alcateia Abernethy, se deitou para dormir e não acordou. Sua família se deitou ao seu lado, mantendo seu calor enquanto ela falecia. Tinha nove anos de idade. A primeira a construir uma alcateia neste novo mundo, a primeira a ter filhotes e a protegê-los, sozinha, contra todos os tipos de ameaça. Ela os guiou por essa terra e os ensinou a sobreviver. Nunca mais teve outro companheiro, não após a morte de Número Nove. Teve apenas uma ninhada, mas todos se provaram fortes e corajosos. Ash desfrutou de uma passagem mais gentil do que a maioria dos lobos poderia ter.

A Alcateia Abernethy agora tem uma nova líder. Ela é branca como sua mãe. É menor, e até mais forte, se é que é possível. Eu a amo com cada átomo de meu ser e, talvez, em um mundo mais profundo do que o que conhecemos, em algum lugar mais lindo do que vemos, ela me ama de volta. Ela nos salvou, uma vez. E não se pode dizer que não existem mistérios dentro de um lobo.

No último inverno, saí com meu dardo tranquilizador e removi cada colar localizador que havíamos colocado. Agora os lobos poderiam ser realmente livres.

Já é primavera e os morros mudaram de cor. Os cervos estão em movimentação. A vegetação voltou a crescer. Os lobos chegaram em seu lar. E por algum milagre, ou talvez seja apenas natural, as pessoas desta terra estão se acostumando com sua presença. Sem outros incidentes desde a morte de Número Dez, uma espécie de quietude se instaurou nas Terras Altas. E eu suspeito, ao ver os locais usando binóculos e esperando pacientemente pelos avistamentos, que os lobos estão encontrando espaço no coração do povo escocês.

Minha filha se remexe em seu *sling* nas minhas costas. Ela prefere andar, mas eu quero alcançar o topo do morro antes de colocá-la no chão para explorar. O céu está cinzento, como sempre, aqui no lado norte do mundo. Isso torna a terra exuberante, ajuda a vida a crescer.

Nós chegamos ao local de pesquisa que inspecionei pela primeira vez anos atrás. Esse trecho de morro onde caminhei diversas vezes, esperando ver algum crescimento. Eu a tiro do *sling* para que possa correr livremente pelo gramado. Ela ri tão apaixonada pela natureza quanto eu já fui. Ela nasceu aqui, sua conexão é profunda. Mesmo se formos embora — há outras florestas para salvarmos, outros lobos aguardando voltarem para casa e ouço o chamado do gigante trêmulo —, uma parte dela sempre pertencerá a esta terra.

Algo chama minha atenção e eu me agacho para ver.

— Venha ver — digo e ela corre para olhar, deslizando os dedos pelos corajosos brotos pelos quais esperávamos. — Salgueiro e amieiro — indico. Então a mostro como pressionar o ouvido no solo. — Escute — sussurro. — Pode escutá-los?

Agradecimentos

Escrevi este romance devido a uma profunda tristeza pela morte do nosso mundo natural. Queria imaginar um esforço para reintroduzir a vida selvagem nas paisagens, como alguns dos mais corajosos conservacionistas estão tentando ao redor do mundo. Para eles, nutro apenas imensa gratidão pela coragem necessária para reverter o destino.

Eu queria oferecer um agradecimento especial à equipe do Parque Nacional de Yellowstone. Após setenta anos sem lobos, em 1995, eles conquistaram a façanha quase impossível de reintroduzir esse predador essencial em um meio ambiente em crise, e deram uma nova vida ao parque. Grande parte da minha inspiração veio desses homens e dessas mulheres, mas também dos próprios lobos e suas incríveis histórias.

Um enorme obrigado à minha agente, Sharon Pelletier. Você tem sido um porto seguro em minha vida, sempre tão generosa, perspicaz e apoiadora. Eu sou muito sortuda por tê-la no meu time.

E um imenso agradecimento à minha maravilhosa e incansável editora, Caroline Bleeke. Você é uma mulher excepcional que tomou em suas mãos algo tão pequeno, tímido e experimental, e viu um modo de ajudá-lo a florescer. Eu sou muito grata por sua sabedoria, gentileza e honestidade. Sua dedicação é inspiradora e seu trabalho, exemplar.

Meu muito obrigada à Amelia Possanza, uma publicista extraordinária! Você conseguiu milagres, AP, de verdade! E à toda equipe da Flatiron — Katherine Turro, Keith Hayes, Jordan Forney, Marta Fleming, Nancy Trypuc, Kerry Nordling, Cristina Gilbert, Megan Lynch e Bob Miller —, vocês são a equipe dos sonhos e não posso colocar em palavras minha gratidão por esta segunda jornada!

Meus agradecimentos à incrível Nikki Christer, minha publicista australiana; à publicista Karen Reid e toda a equipe da Penguin Random House Australia. Todos vocês fizeram o possível e o impossível por mim, e eu não poderia me sentir mais grata por este romance ter encontrado morada com vocês. Nikki, obrigada por ser uma defensora incansável desses livros e das mensagens que tentam passar. Tenho muita sorte de conhecer você.

Um obrigada à Charlotte Humphery e à equipe da Chatto & Windus por seu serviço maravilhoso no Reino Unido. CH, você tem olhos de águia e sou muita agradecida por isso!

Obrigada à Teresa Pütz, e à sua equipe alemã da S. Fischer, por oferecer uma morada alemã tão fantástica.

E um enorme agradecimento à Addison Duffy, minha agente de cinema e TV em UTA, por seu trabalho incansável ao dar vida aos meus romances na tela. Tem sido uma jornada emocionante e um desejo realizado, muito obrigada!

Para meus amigos. Sarah Houlahan, Charlie Cox, Rhia Parker, Caitlin Collins, Anita Jankovic, Raechel Whitty e todas as minhas colegas do maravilhoso clube de leitura — não acredito na minha sorte por estar rodeada de pessoas tão generosas, inteligentes, hilárias, fortes e gentis. Sinceramente, cada uma de vocês me surpreende. Obrigada por serem essas pessoas incríveis.

E quero agradecer ao meu pai, Hughen, cuja fazenda é o testamento de uma agropecuária sem maus-tratos e sustentável. Sua atitude é um testemunho de compartilhamento e nutrição da terra. Esse é o caminho a ser seguido e um que me enche de orgulho, pai. Obrigada a você e Zoe, Nina, Hamish e Minna. Obrigada a todos pelo amor e apoio, que, assim como minha gratidão, é infinito. Ao meu irmão, Liam, minha avó, Ouma e minha mãe, Cathryn. Nunca serei capaz de agradecer o suficiente, porque não posso colocar em palavras o quanto sou grata a vocês. Não estaria fazendo isso se não fosse por vocês. Acho que me faltaria coragem

E para Morgan. Você é o meu lar. Eu te amo.

Por fim, devo novamente lembrar as criaturas selvagens e os lugares do planeta que inspiraram cada palavra deste romance. A gentileza que nos mostraram supera em muito o que oferecemos de volta. Apesar de a Escócia ainda não ter aprovado a iniciativa de reintroduzir os lobos, espero que eles — assim como o restante do mundo e especialmente minha terra natal, a Austrália — aumentem os esforços para abraçar o trabalho essencial de reintrodução e, talvez assim, nós tenhamos a chance de nos reintroduzirmos à natureza também.

Sobre a Autora

CHARLOTTE MCCONAGHY é escritora e reside em Sydney, Austrália. Seu romance de estreia nos Estados Unidos, *Migrações*, se tornou um best-seller nacional e está sendo traduzido em mais de vinte idiomas.

ALTA NOVEL

CONHEÇA OUTROS LIVROS DO SELO

- Autora colunista em *Modern Love*
- Profundo e comovente

UM THRILLER PSICÓLOGICO PROFUNDO E COMOVENTE.

Anna Hart, uma detetive de São Francisco especializada em casos de desaparecimento, retorna para sua cidade natal e se depara com um crime assustadoramente similar ao que ocorrera no momento mais crucial da sua infância, e que mudou a comunidade para sempre...

UMA VIDA MARCADA POR SEDE DE LIBERDADE E PERIGO.

Marian Graves é uma aviadora corajosa, decidida a ser a primeira a dar a volta ao mundo. Em 1950, prestes a concluir com sucesso sua histórica tentativa, ela desaparece na Antártida. **Hadley Baxter** é uma estrela de cinema envolvida em escândalos que vê a salvação de sua carreira em um novo papel: a piloto desaparecida Marian Graves. O destino dessas duas mulheres colide ao longo dos séculos nessa obra épica e emocionante.

- Protagonismo feminino
- Romance histórico
- Segunda Guerra Mundial

Todas as imagens são meramente ilustrativas.

/altanoveleditora /altanovel

Este livro foi impresso nas oficinas gráficas da Editora Vozes Ltda.,
Rua Frei Luís, 100 – Petrópolis, RJ.